»Auf der Spitze des Berges. Da leuchteten Lichter. Blasse, blaue Lichter. Drei am Hang, und eines auf der Spitze.

Ich blinzelte.

Der Schnee fiel mir ins Gesicht, dick und feucht. Ich wischte ihn mir aus den Augen. Die Lichter verschwanden nicht.

Und dann hörte ich es.

Es hallte von den Hängen des Berges, durch die Bäume und den Schnee, leise, als käme es aus der Erde, als würde es jemand singen, der unter dem Schnee lebte.

Das Lied der Schneekönigin.

Und da wusste ich, was zu tun war. Nicht auf ein Wunder hoffen. Eines herbeiführen.

Ich folgte dem Ruf der Schneekönigin.«

C.E. Bernard

Die Schneekönigin

Kristalle aus Eis und Blut

C. E. BERNARD

DIE SCHNEE KÖNIGIN

Kristalle aus Eis und Blut

ROMAN

penhaligon

MIX
Papier aus verantwortungsvollen Quellen
FSC® C014496

Klimaneutral*
Druckprodukt
ClimatePartner.com/14044-1912-1001

Penguin Random House Verlagsgruppe FSC® N001967

1. Auflage 2022

Neumarkter Straße 28, 81673 München
Redaktion: Angela Kuepper
Umschlaggestaltung: Umschlaggestaltung und Artwork:
© Isabelle Hirtz, Inkcraft, unter Verwendung mehrerer Motive von Shutterstock.com (Warm_Tail; Olive Kitt)
BL · Herstellung: MR
Gesamtherstellung: GGP Media GmbH, Pößneck
Printed in Germany
ISBN 978-3-7645-3279-6

www.penhaligon.de

Meiner Nichte

ERSTER TEIL

Seht, nun fangen wir an! Und wenn die Geschichte vorüber ist, wirst du eine ganze Menge mehr wissen als jetzt.

Hans Christian Andersen
Die Schneekönigin

PROLOG

Es lebte einst hoch im Norden ein Mädchen, das Greta hieß. Ihr Haar war rot wie das Feuer im Kamin, und ihre Augen waren grün wie Sommerlaub. Ihre Nase war spitz, genau wie die Ellbogen und das Kinn. Ihre jüngere Schwester Ida, fanden viele, war schöner als sie. Ihre Mutter und ihren Vater kümmerte das nicht, auch nicht die Großeltern, schon gar nicht die Amme und Stallmeisterin und den Koch.

Sie wuchs auf in einer Burg, deren Zinnen vom Herbst bis in den Frühling mit Schnee bedeckt waren und auf der gut dreißig Seelen lebten. Im Winter wucherten Eiskristalle an den Fenstern, die das Glas zum Klirren brachten, ganz so, als wollten sie die Fenster zerschmettern, um nach ihr zu greifen, sie zu packen mit ihren kalten Fingern und hinauszuzerren in die Dunkelheit.

Die Burg stand am Fuße eines hohen Berges und am Ufer eines breiten Fjordes. Umgeben war sie von dunklen Wäldern, in denen hohe Tannen wuchsen, und drei kleinen Dörfern, in denen des

Nachts Laternen entzündet wurden, um den Holzfällern den Weg zu weisen, Frauen und Männern, die mit Schlitten voller Stämme Tag für Tag aus den Wäldern zurückkehrten.

Unablässig heulte der Nordwind über den Fjord. So stark war der Nordwind, so tückisch, dass kein Schiff und kein Boot ihn befahren konnte, ohne von den Böen erfasst und zu den scharfen Felsen der Küste getrieben zu werden, an denen der Bug vieler stolzer Segler zerschellt war.

So waren Greta und die Menschen im Hohen Norden abgeschnitten vom Festland auf der anderen Seite des Fjordes, wo die Stadt Esnedo lag, die ihr Holz brauchte und die sie mit Medizin und Öl und Journalen versorgte.

Außer im Winter. Im Winter blies der Nordwind so eisig von den Bergen, und es wurde so kalt, dass die Meerenge zufror. Dann wurde das Wasser zur Straße. Wenn die Tage und Nächte am kältesten waren, zogen die Schlitten von der Burg, auf der Greta lebte, mit dem Holz über das Meer Richtung Stadt. Und jeden Winter kamen die Schlitten von der Stadt zur Burg, mit Delikatessen wie getrockneten Tomaten und scharfen Oliven, Wein aus dem Süden und Bier aus der Stadt und schwerem Brokat und allem, wovon die Menschen in den langen Sommermonaten geträumt hatten.

Und jeden Mittwinter, am dunkelsten Tag des Jahres, versammelten sich die Menschen aus der

Burg und aus den Dörfern auf dem zugefrorenen Meer, um der Schneekönigin zu huldigen.

Der Diakon, nicht ganz ein Pfarrer, aber doch ein Mann Gottes, hatte das verboten, strengstens, und er betete manchmal in der verfallenen Stabkirche mit zehn oder fünfzehn Schäfchen aus den Dörfern: *Bewahre uns vor dem Bösen, bewahre uns vor dem Eis und dem Schnee, bewahre uns vor der Schneekönigin.*

Auf der Spitze des Hohen Berges wohnte sie, so wollten es die alten Geschichten. In einem Palast aus Eis mit ihrem Prinzgemahl, der in der Gestalt eines Luchses um sie geworben hatte, ehe ihr Kuss ihn in den schönen Mann zurückverwandelt hatte, der er einst gewesen war.

Den Nordwind schickte sie ihnen, den Schnee und auch das Eis, welches die Meerenge gefrieren ließ und ihnen so erlaubte, zu essen und zu trinken, sich mit Lavendelseife zu waschen und ihre Kranken mit frischen Verbänden, Wundsalben und Fiebermedizin zu versorgen.

Deshalb hörten die Menschen im Norden nicht auf den Diakon und sangen des Nachts vor dem Einschlafen das Lied der Schneekönigin, ob auf der Burg oder in den Dörfern. Sie sangen vom Palast aus Eis auf der Spitze des Hohen Berges, von der großen Güte ihrer Königin und vom schönen Prinzgemahl an ihrer Seite.

Auch in jener Mittwinternacht sangen sie es.

In jener Mittwinternacht, die schon lange vergessen ist.

Viel zu lange.

KAPITEL EINS

DER LUCHS

In den westlichen Fjordlanden Norwegens, 1842

Die Sterne schienen hell am Himmel, und der Mond war aufgegangen, als ich zum ersten Mal glaubte, das Eis würde unter meinen Füßen erzittern.

Damals war es meine Aufgabe, die Mittwinterprozession über das zugefrorene Meer anzuführen, gemeinsam mit meiner lieben Schwester Ida, die mir der wichtigste Mensch war im Leben neben meinem Mann und meinem Sohn.

Es war Ida, die den ersten Ton anstimmte. Sie summte ihn mit ihrem schönen Sopran, das hohe C, das hell wie eine silberne Glocke über das Eis hallte. Dann stimmte ich mit ein. Auch ich summte ein C, mit meiner tiefen Altstimme, und dann begannen wir alle gemeinsam zu singen, wir Schwestern und die Männer und Frauen und Kinder aus den drei umliegenden Dörfern, hier im Hohen Norden, am schroffesten Hang des Fjordes.

Damals war ich die Burgherrin, und es war seit jeher die Aufgabe der Herrin oder des Herrn der

Burg, die Schlitten und die Winterstraße instand zu halten, um von der Burg hinüber zur Stadt Esnedo auf der anderen Seite der Meerenge zu gelangen. Außerdem war es meine Aufgabe, Botschaften in die Stadt zu schicken, geschrieben auf dickem Pergament, mit festen Kordeln eng an die Beine weißer Raben gebunden, die meine Familie schon seit vielen Generationen auf der Burg züchtete und denen die verräterischen Winde nichts anhaben konnten.

Wir liebten den Norden, trotz seiner Einsamkeit. Wenn die Meerenge zugefroren war, empfingen wir hin und wieder Händler aus Tromsø, und sogar sie fanden, dass wir hier einsam seien. Auf der anderen Seite des Fjordes in Esnedo hielten manche uns für sonderbar, wie uns zu Ohren gekommen war.

Wir aber kannten das Eis und den Schnee. Wir wussten, wie man mit ihnen zu leben hatte, wir liebten die dunklen Tannenwälder, den hohen Berg und die Geschichten, die man sich abends erzählte, wenn man ums Feuer in der Stube saß: von Waldgeistern und Eschenfrauen, von Hexen mit langen Brüsten, die sie sich über die Schultern warfen, von der Schneekönigin, ja, vor allen Dingen von der Schneekönigin. Ihretwegen hatten wir uns versammelt und das Lied angestimmt. Eingehüllt in dicke Wollmäntel und warme Stiefel, gefüttert mit dem Fell von Rentieren, zogen wir alle gemeinsam über das zu Eis erstarrte Meer. Auch die Fischer und Holzfäller und ihre Kinder waren Teil der Mittwinterprozession. Sie hatten Tücher um die Brust geschlungen, rot wie heißer Würzwein und grün wie die Nadeln der Bäume.

Nur Ida und ich trugen Blau. Ida das tiefdunkle Blau des nächtlichen Himmels, bestickt mit goldenen Sternen. Und ich, einzig ich trug damals den Mantel in den Farben der Schneekönigin, das helle Eisblau, durchwoben mit silbernem Garn in Form von Schneeflocken. Über die ganze Meerenge hinweg glitzerte der Mantel im Licht der Laternen aus blauem Glas, welche die Kinder der Holzfäller in den Händen hielten. Manche saßen auf großen Schlitten, welche die Erwachsenen zogen, neben Fässern voll mit warmem Wein.

Ich wusste, dass der Mantel glitzerte, weil ich ihn so oft bestaunt hatte, wenn meine Mutter ihn getragen hatte. Und nun, da er mich wärmte, während wir singend über die zugefrorene Meerenge zogen, sah mein Sohn mich an, mit ebenso glänzenden Augen.

Dass sie Unik niemals kennengelernt hatte, machte mich noch immer traurig. Unik, meinen einzigen Sohn, den ich so sehr liebte, dass es mich manchmal in panische Angst versetzte.

An jenem Abend hatte Unik nicht in dem Tuch bleiben wollen, in dem ich ihn so oft trug, fest um meine Brust gebunden, so wie auch meine Eltern und Großeltern, sogar Agnes und Frieda, mich und Ida getragen hatten.

Normalerweise liebte Unik das Tuch, obwohl er schon eine Weile laufen konnte und seinen Eltern der Rücken schmerzte. Aber an jenem Abend hatte er seine eigenen Schritte tun wollen, und nun watschelte er vor mir über das Eis, die Laterne in den kleinen Händen mit den weichen Nägeln. Unik, der mein Herz manches Mal zum Stillstand brachte vor Freude und Staunen ob des Wissens, dass Kay und ich ein so schönes, verletzliches Menschenwesen hatten hervorbringen können. Ich musste ihn angelächelt haben wie ein liebestrunkener Narr, als er über das Eis schlitterte. Aber ich bildete mir ein, dass alle, die ihn sahen, ihn so anlächelten, sogar die Nacht und das Eis und die Sterne und der Mond.

Schon immer hatte ich es geliebt, den Zug anzuführen und das Lied der Schneekönigin in der Mittwinternacht zu singen. Noch mehr liebte ich es, seit ich meinen Sohn mitnehmen konnte, der nach mir Herr auf der Burg werden und die Winterstraße instand halten würde.

So dachte ich damals.

Wenn es nur in jener Nacht nicht geschehen wäre.

Wenn ich nur in jener Nacht nicht das Zittern im Eis gespürt hätte.

Mein Leben lang hatte ich im Winter auf dem zugefrorenen Fjord gespielt, ihn mit meiner Mutter und Schwester, mit Agnes und Frieda erkundet, ihn auf Schlitten überfahren. Und mit den Stiefeln aus dem weichen Leder junger Lämmer hatte ich das Eis getestet, um herauszufinden, ob es schon stark genug war, das Gewicht der Schlitten zu tragen.

Deshalb war es auch für mich selbstverständlich gewesen, meinen eigenen Sohn mit hinaus aufs Eis zu nehmen, sobald er alt genug gewesen war, um zu laufen. Gut eingepackt in warme Wolle und kleine gefütterte Schuhe, die die Schusterin aus Tromsø geschickt hatte im ersten Winter seines Lebens. Er war am Mittwintertag geboren, mein Sohn.

Es war die Nacht seines zweiten Geburtstags. In dieser Nacht geschah es, dass das Eis unter meinen Füßen erzitterte. Ganz so, als sei es noch zaghaft und dünn, kaum mehr als eine trügerische eisige Haut im Herbst, wenn jede Sturmböe des Nordwinds es noch zerschlug.

Der Schock war so groß, dass ich es nicht glauben konnte, nicht einmal innehielt, mir bloß sagte, ich müsse mich täuschen. Mechanisch sang ich weiter, denn das Lied der Schneekönigin durfte nicht unterbrochen werden. Es ist tiefster Winter, sagte ich mir, wie eine Närrin, die sich nicht vertraute, immer noch nicht, obwohl ich schon eine erwachsene Frau war und es hätte besser wissen müssen: Der inneren Stimme zu misstrauen, ist stets ein riskantes Geschäft.

Aber es war undenkbar, und deshalb sagte ich es mir: Es ist tiefster Winter, und das Eis ist dick wie nie im Jahr. Ich muss mich täuschen.

Trotz meiner beruhigenden Gedanken lief ich schneller, um meinen Sohn bei der Hand zu nehmen. Ich fühlte mich, als lauerten spitze Felsen unter der Wasseroberfläche, die nur darauf warteten, hindurchzustoßen. Vor meinem inneren Auge konnte ich sie sehen.

Einen Moment bevor ich ihn erreicht hatte, stieß Unik einen aufgeregten Ruf aus. Mit seinem dicken Fäustchen, noch immer unbeholfen, deutete er auf das Eis, das vor uns lag.

Im Licht seiner Laterne, im Licht der Sterne und des Mondes sah ich den Luchs.

Auf einmal stand er da auf dem Eis. Aus dem Nichts schien er aufgetaucht zu sein. Bleich wie ein Geist war er, sein Fell hell in der Nacht und die Augen dunkel wie ein Himmel ohne Sterne.

Unik stieß noch einen Ruf aus und lief auf das Tier zu.

Wieder erzitterte das Eis.

Dieses Mal machte ich mir nichts vor, sondern einen Satz nach vorn. Ich versuchte, Unik zu fassen, aber sein hellblaues Tuch glitt mir durch die Finger.

Die Prozession geriet in Aufregung. Unik lief auf den Luchs zu.

Das Tier machte ein paar Schritte zurück.

Unik lief schneller. Er streckte beide Arme aus.

Da hörte ich auf zu singen.

Ich musste es tun, um seinen Namen zu rufen.

»Unik!«

Aber Unik, mein lieber, kleiner Sohn, hatte ein Tier gesehen, das er mochte, und lief einfach weiter.

Ich rief noch einmal, so laut, dass ich sogar das Lied der Schneekönigin übertönte. »Unik! Bleib stehen!«

Ich liebte die Schneekönigin, aber nicht so sehr wie meinen Sohn.

Unik hielt inne. Er drehte sich zu mir um.

Noch immer erinnere ich mich an sein Gesichtchen, das auf einmal besorgt war, ängstlich, furchtsam. Ich erinnere mich, als wäre es gestern gewesen, wie er die Arme nach mir ausstreckte, die kleinen, speckigen Arme.

Wie weich sie gewesen waren.

Erleichtert eilte ich auf ihn zu.

Da stieß der Luchs einen Ruf aus. Ein lang gezogenes, geisterhaftes Heulen, wie ein Wolf in der Nacht.

Und dann hörten wir es.

Wir hörten es alle.

Ein tiefes Grollen. Ein unheilvolles Knacken.

Einen Moment lang, der mir wie eine Ewigkeit erschien, glaubte ich, der Luchs sehe mir direkt in die Augen.

Dann brach das Eis.

Unik schrie. Ida, die noch immer neben mir lief, stieß einen Warnruf aus. Sie war stets die Schnellere von uns beiden gewesen und ich die Gründlichere.

Die Prozession stob auseinander. Laternen klirrten, Stiefel hämmerten über das Eis, Kinder begannen zu weinen. Das Lied der Schneekönigin verstummte.

Damals kümmerte es mich nicht, nicht in jenem Moment. Ich rief nur Uniks Namen, wollte auf ihn zustürmen, aber der Spalt im Eis hatte sich genau zwischen uns aufgetan, maß schon zwei Meter.

Trotzdem kam Unik auf mich zugewatschelt, direkt auf den Spalt zu. Er kannte das Eis nur fest unter seinen Füßen, hatte den Riss im Eis nicht bemerkt, und er wollte zu seiner Mutter. Ich sah, dass er kurz davor war zu weinen, sein kleiner, zitternder Mund schon geformt zu einem breiten O, die Augen schmal, das Gesicht zerknittert wie Papier, das jemand zusammengeknüllt hatte.

Hinter ihm stand nach wie vor der Luchs und starrte mich an. Auch daran erinnere ich mich noch, als wäre es erst gestern gewesen. An diesen Luchs und alles, was er tun würde.

Ich raffte meinen Umhang. Meine Schwester packte mich an der Schulter, aber ich schüttelte ihre Hand ab und rannte mit Anlauf auf den Spalt zu.

Meine Stiefel donnerten über das Eis. Unter jedem meiner Schritte schien es zu erbeben. Ich konnte es spüren, von der Sohle bis in die Haarspitzen, wie es bebte unter dem Gewicht all der Menschen, ihrer Laternen und ihrer Schreie.

Auch unter dem Gewicht meines Sohnes, der mir ansonsten so federleicht vorkam, so leicht, dass doch kein Eis unter ihm brechen konnte, sicherlich nicht einmal das zarteste Eis im Herbst!

»Greta! Es ist zu weit!«, rief Ida hinter mir mit ihrer glockenhellen Stimme, um die ich sie als Kind so beneidet hatte.

Dieses Mal achtete ich nicht einmal auf sie. Ich maß nur den Spalt mit den Augen. Ich wusste nicht, ob ich es schaffen konnte, aber ich musste es versuchen.

Also rannte ich, bis ich die Kante der Eisdecke unter den Fußballen spürte. Dann stieß ich mich vom Boden ab. Ich schraubte mich hoch in die Luft, die Beine angezogen, das Ziel vor Augen. Unik starrte mich mit großen Augen an.

Mit einem Krachen setzte ich auf der anderen Seite auf. Der Schock des Aufpralls schoss durch meinen ganzen Körper, die Wirbelsäule hinauf, und presste die Luft aus meiner Lunge. Ich schmeckte Blut, wusste aber nicht, woher es kam. Sobald ich wieder atmen konnte, hievte ich mich stöhnend auf alle viere, sah auf, vergaß das Blut, schaute nur nach meinem Sohn.

Unik stand vor mir. Noch immer hatte er den Mund weit geöffnet vor Schrecken, noch immer das Gesicht verzerrt, aber er gab keinen Laut von sich, streckte nur die Arme nach mir aus.

Ich zog ihn an mich, drückte ihn fest an meine Brust, so fest, dass es ihm wehtun musste. »Du brauchst keine Angst zu haben«, sagte ich, während mein eigenes Herz hämmerte. »Alles wird gut.«

Unik nickte. Ich stand auf und hob ihn hoch. Meine Beine und Arme zitterten, das weiß ich noch genau. Ich schaute mich um, suchte nach meiner Schwester, der Prozession, dem Spalt im Eis.

Stattdessen erspähte ich den Luchs mit seinem hellen Fell, blass wie ein Geist.

Er war uns so nah gekommen, mir und Unik, dass ich ihn mit ausgestreckter Hand hätte berühren können. Ich drückte meinen Sohn nur noch enger an die Brust. »Fort mit dir!«, zischte ich das Tier an und versuchte, meine Stimme fest klingen zu lassen.

Der Luchs blieb still. Er starrte mich nur aus seinen nachtdunklen Augen an.

Ich blinzelte. Da, hinter ihm.

Stand da nicht eine Gestalt in der Dunkelheit?

War das nicht der Umriss einer Frau, die näher kam?

Das war es, was ich sah, in jener Nacht. Oder zu sehen glaubte. Den Umriss einer Frau, die auf mich zukam.

»Greta!«

Ich wirbelte herum. Auf der anderen Seite des Spalts hatten sich Ida und einige der Holzfällerinnen und Holzfäller versammelt. Ida gab Anweisungen, immer die Schnelle, die Impulsive, die Festentschlossene, dann rief sie mir zu: »Wir bauen euch eine Brücke!«

Noch bevor sie ausgesprochen hatte, ließ Agnes behutsam den ersten Schlitten ins Wasser. Ich sehe sie noch immer vor mir, die Holzfällerin mit dem weißen Haar, der faltigen Haut und dem scharfen Blick, die geholfen hatte, uns aufzuziehen, sie und ihre Frau Frieda, die erst im vorletzten Winter von uns gegangen war und die wir mit ihrer liebsten Fischerrute und ihrem besten Kleid begraben hatten.

»Vertäu den Schlitten gut, Agnes!«, rief ich ihr zu, als wüsste sie, die alte Holzfällerin, es nicht viel besser als ich.

Agnes schnaubte.

»Wenn du's nicht gesagt hättest, Schwesterchen«, rief Ida, »dann hätten wir nicht dran gedacht!«

Ich glaube, dass ich mühsam lächelte und Uniks Stirn küsste. Sicher weiß ich es nicht mehr. Ich weiß nur, dass ich noch immer spürte, wie das Eis unter meinen Füßen zitterte.

Fünf Schlitten brauchte es, dann war der stetig wachsende Spalt überbrückt. Ich band mir Unik mit dem Tuch auf den Rücken und kroch auf allen vieren hinüber.

Kaum stand ich auf der anderen Seite, zog Ida mich in ihre Arme. Niemand konnte einen Menschen so fest drücken wie meine Schwester.

»Du Wahnsinnige!«, rief sie. »Ich hab dich schon im Eiswasser schwimmen sehen.«

Einen Moment lang presste ich mein Gesicht an die warme Wange meiner Schwester. »Ich mich auch«, flüsterte ich.

Dann löste ich mich aus der Umarmung und fragte: »Geht es allen anderen gut?«

Ida nickte. »Es ist ein Wunder, dass niemand ertrunken ist. Wir mussten Gerd rausziehen, aber er hat's geschafft.«

Die Erleichterung war überwältigend, wirklich und wahrhaftig. Am liebsten hätte ich mich einfach auf das Eis gesetzt, genau dorthin, wo ich stand.

Aber ich war die Burgherrin. Ich war die Gründliche, diejenige, die einen Plan hatte und die Verantwortung trug.

Ganz besonders für dieses Eis. Für die Winterstraße nach Esnedo.

»Gut. Lasst uns die Brücke abbauen und schnellstmöglich zur Burg zurückkehren. Was ist mit dem Luchs und der Frau?«

Ida zog die Brauen zusammen. »Welchem Luchs?«

Ich sah erst sie, dann Agnes an. »Habt ihr sie denn nicht gesehen?«

Langsam schüttelte die alte Holzfällerin den Kopf. »Keine Frau«, sagte sie. »Keinen Luchs. Nur einen schwarzen Abgrund im Eis.«

Ich erinnere mich noch ganz genau an ihre Worte, weil sie mir einen kalten Schauer über den Rücken jagten.

Vorsichtig drehte ich mich um, meinen Sohn auf dem Rücken, und spähte über den Spalt hinaus.

Da war niemand.

Kein Luchs.

Keine Frau.

»Es ist das erste Mal«, sagte Agnes unvermittelt.

»Das erste Mal für was?«, fragte ich, die ich noch immer in die Nacht starrte, noch immer an den blassen Luchs dachte und den Umriss, den ich geglaubt hatte zu sehen.

»Das erste Mal, seit ich denken kann, dass das Lied der Schneekönigin verstummt ist, bevor die Prozession den Fuß des Berges erreicht hat.«

Mit einem Mal spürte ich ihre Hand in meiner. Es war eine steife Hand, die Haut alt, die Gelenke geschwollen. Agnes' Finger bebten.

Wie das Eis unter unseren Füßen.

»Kommt«, sagte ich. »Zurück zur Burg.«

Und noch während wir über das Eis stapften, ebenso hastig wie vorsichtig, Unik auf meinem Rücken, glaubte ich ihn zu hören.

Den lang gezogenen Ruf eines Luchses.

KAPITEL ZWEI

DIE BURG DER WEISSEN RABEN

»Du hättest ihn nicht mitnehmen dürfen.«

So sanft seine Hände waren, so fest klang seine Stimme, nachdem wir an diesem Abend auf die Burg zurückgekehrt waren. Mein Mann war Arzt, wenn auch eigentlich Geburtshelfer, und ich saß auf dem Rand unseres Ehebettes, während er mich abtastete, um nach verborgenen Verletzungen zu forschen.

»Das Eis ist noch nie zum Mittwinter gebrochen, Kay«, sagte ich. »Noch nie.«

Kay schüttelte den Kopf. Er kniete vor mir, betastete vorsichtig meine Knie und Schienbeine, meine Fußgelenke und die Sohlen. Sein Haar leuchtete bronzen im Licht der Flammen, die in der Feuerstelle vor dem Bett brannten. Um den Hals trug er eine Kette mit einem Anhänger in der Form eines Kreuzes. Es glitzerte silbern im Licht des Feuers, silbern wie die grauen Strähnen an seinen Schläfen.

»Es ist ein alberner Ritus, diese Mittwinterprozession«, stieß er hervor.

Ich streckte eine Hand aus und streichelte seine Schläfen, die grauen Strähnen, die Sorgenfalten auf seiner Stirn. Er mochte die silbernen Haare nicht, hatte sie mit einer Pinzette herausgepickt, als er sie zum ersten Mal entdeckt hatte.

Ich fand sie anziehend wie wenig sonst. »Agnes sagt, das Lied der Schneekönigin sei noch niemals nicht zu Ende gesungen worden«, erwiderte ich.

Kay schüttelte unwillig den Kopf. »Sie ist eine abergläubische alte Frau.«

»Sie lebt länger als wir beide zusammen«, mahnte ich und zog die Hand zurück. »Sie war schon Vertreterin der Holzfäller, als ich geboren wurde.«

Er fing meine Hand ab, nahm sie in seine beiden. Dann küsste er zärtlich meine Handinnenfläche. »Du hättest sterben können«, flüsterte er.

So hat er mich lange nicht mehr geküsst, dachte ich. Nicht seit Uniks Geburt zwei Jahre zuvor, die so schwierig gewesen war, dass sie mich beinahe das Leben gekostet hätte. Gemeinsam hatten wir daraufhin entschieden, dass wir keine weiteren Kinder haben würden, dass wir nur miteinander schlafen würden, wenn mein Zyklus es mir unmöglich machen würde, schwanger zu werden.

Unseren Sohn hatten wir Unik genannt. Das Wort bedeutete Einziger, Einzige, denn wir wussten, er würde unser einziges Kind bleiben. Wir liebten ihn sehr, vielleicht zu sehr. Es hatte mich oft traurig gemacht, dass er nie ein Geschwisterchen haben würde, keine Vertraute, die ihn seit frühesten Kindheitstagen kannte und er sie, die ihn sein Leben lang begleiten würde.

Und immer wieder machte es mich traurig, manchmal, wenn ich nachts wachlag.

Aber nicht an jenem Abend. An jenem Abend ließ ich mich zurück aufs Bett sinken, während Kay meine Finger küsste, einen nach dem anderen. Dann meinen Handrücken, danach das Handgelenk, schließlich meinen ganzen Arm hinauf bis zur Schulter, zu meinem Hals, der Wange, dem Ohr.

Ich spürte seinen Atem an meinem Ohrläppchen, während er sprach: »Ihr hättet beide sterben können.«

Ich verbarg das Gesicht in den Händen. Vor meinem inneren Auge tat sich noch einmal der Spalt auf, der mich von Unik getrennt hatte.

»Erinnere mich nicht daran«, flehte ich.

Er nahm meine Hände, küsste erneut ihre Innenflächen, dann meinen Mund. Seine Lippen fühlten sich warm an, so wunderbar warm, wie sich nur die Lippen eines Mannes anfühlen konnten, der den ganzen Abend vor einem Feuer mit einem Becher Würzwein auf seine Frau und seinen Sohn gewartet hatte, statt hinaus aufs Eis zu stapfen und beinahe im tödlich kalten Fjord zu ertrinken.

Ich vergrub eine Hand in Kays Haar und hielt ihn fest. »Ich mache mir Sorgen ums Eis«, flüsterte ich, denn ich traute mich nicht, die Worte laut auszusprechen. Eine abergläubische Angst hatte mich befallen: als würde das Unglück erst dadurch besiegelt, dass ich es benannte. »Um die Winterstraße.«

Er stützte sich auf den Ellbogen ab, streichelte meine Stirn. Ach, wenn ich nur an seine Berührungen damals denke, seine warme Hand, die weichen Lippen, die silbernen Strähnen an seiner Schläfe …

»Kann der Spalt überbrückt werden?«, fragte er.

»Wenn er sich nicht noch weiter verbreitert«, antwortete ich, aber ich wusste viel über das Eis, vielleicht mehr als jede andere, abgesehen von Ida, die mir gleichkommen mochte. Und ich glaubte nicht, dass der Spalt schrumpfen würde. »Wir haben die meisten Lieferungen vom Festland schon erhalten.«

Im Gegenzug für Holz und Holzkohle, geköhlert von den Menschen im Norden, sandten die Menschen aus der Stadt uns nicht nur Nahrung und Medikamente, sondern auch Bücher, Zeitungen, Kerzen und Öl. Die Burg wies eine stattliche Bibliothek auf, die jedem Bewohner des Nordens zugänglich war, und Ida kümmerte sich gut darum, sie auf dem neuesten Stand zu halten. Mir zuliebe sorgte sie dafür, dass immer neue Märchensammlungen ihren Weg zu uns fanden. Erst vor zwei Jahren war es ihr endlich gelungen, eine Übersetzung der vierten Auflage einer Märchensammlung zweier gelehrter deutscher Männer zu ergattern, die Grimm hießen. Gedacht war die Sammlung für Kinder, und auch ich betonte, wie schön es für die Kinder des Nordens wäre, diese Geschichten zu lesen.

Ich vermied es zu sagen, dass ich nachts manchmal mit einer Öllampe in die Bibliothek schlich, um mich im Dunkeln vor den Geschichten zu gruseln, die ich dort im alten Lesesessel unseres Vaters las, eingewickelt in eine dicke Wolldecke, die Pantoffeln zur Seite getreten und die Knie an die Brust gezogen.

Vor der Hexe in ihrem Knusperhäuschen fürchtete ich mich besonders. Auch die Geschichten des Nordens waren voll von ihnen, aber unsere Hexen waren freundlicher. Oft warteten sie in Bäumen oder auf großen Wurzeln auf die junge Frau oder den jungen Mann, der ausgezogen war, um ein Abenteuer zu leben oder einen geliebten Menschen zu retten, und wiesen ihnen den Weg. Sie versuchten nur selten, Kinder zu essen, Kinder, so klein und speckig wie Unik.

Auch dieses Jahr waren wieder einige Bücher dabei gewesen in der Lieferung, die uns vom Festland erreicht hatte. Mehrere Säcke Korn und Kartoffeln hatten sie noch bringen wollen sowie einige Flaschen Wein, um die es mir sehr leidtat, aber wir waren gut versorgt.

»Alles, was wir für dieses Jahr brauchen, hat uns schon erreicht. Aber was ist nächstes Jahr? Und das Jahr danach?«, mahnte Kay. Sein Gesicht verdüsterte sich. Dann sah er mich wieder an. »Greta, wir müssen endlich umsiedeln. Wir haben lange genug gewartet.«

Ich blickte zur Seite, zum prasselnden Feuer im Kamin. Unter mir spürte ich das warme, weiche Himmelbett, das so gut war zu meinen schmerzenden Schultern. Die samtblauen Vorhänge des Bettes streiften meine Knie. Hell waren sie wie ewiges Eis, die Teppiche auf den Holzböden dunkel wie die sternenklare Nacht. Auf dem Kaminsims und den Fensterbänken standen goldene Kerzenständer mit hohen Kerzen darin, strahlend grün wie die Nordlichter, die im Winter über den Wäldern am Himmel weit im Norden tanzten.

Vom Kamin aus schaute meine Mutter zu mir herab, ihr Antlitz verewigt auf einem Ölgemälde – das einzige Bildnis, das ich von ihr hatte. Darauf trug sie eine Mütze aus Kaninchenfell mit breiten Ohrschützern und lächelte dem Betrachter verschmitzt zu, einen schlanken Weißen Raben auf ihren Schultern, an dessen Bein eine Pergamentrolle gebunden war.

Ihr Bildnis war das jüngste in einer langen Reihe von Gemälden, die in meinem Schlafzimmer hingen: die Herrinnen und Herren der Burg, Züchter der Raben, die Botschaften in die Stadt schickten, welche dafür sorgten, dass die Menschen in den umliegenden Dörfern zu essen und zu trinken hatten.

All die Holzfällerinnen und Holzfäller, die Rentierzüchter, die Schäferinnen, die Köhlerinnen und Fischer, die im Hohen Norden lebten, jenseits des Meeres, jenseits der Stadt. Am Fuß des Hohen Berges, auf dessen Gipfel die Schneekönigin lebte.

Viele von uns gab es nicht mehr. Und wir waren die letzten Menschen, die jeden Mittwinter das Lied der Schneekönigin sangen. Die Letzten, die ihr Fasane, Rehe und Kaninchen darbrachten, die wir am Ende der Mittwinterprozession an den Fuß des Berges legten, bevor wir nach Hause gingen, unsere Lieben in den Arm nahmen und der Schneekönigin dankten für das Eis und den Schnee, den wir so gut kannten.

Auch die Fässer voll Würzwein ließen wir dort zurück, oder jedenfalls das, was am Ende des Abends noch übrig war. Das war mal mehr, mal weniger. Je nachdem, wie durstig Hager war, der in seiner Hütte auf der anderen Seite des Wäldchens Schnaps brannte, welcher sogar in Esnedo nachgefragt wurde, den er aber nie abgab, nur an uns, versetzt mit den Beeren, die er im Sommer und Herbst im Wald sammelte.

Da er seinen Schnaps gewohnt war, konnte er auch viel Wein trinken, unser Hager. Und die Schneekönigin schien es uns nicht übel zu nehmen.

Niemand sah je, wohin das Fleisch und der Wein verschwanden. Aber am nächsten Mittag, wenn die Sonne nicht mal eine Stunde schien, war stets alles fort.

Meine Großmutter hatte mir erzählt, der Wein und die Tiere würden des Nachts von Luchsen in ihren warmen Mäulern den Hang hinaufgetragen, bis zum Palast der Schneekönigin. Meine Mutter hatte hingegen behauptet, die Schneekönigin selbst käme herab auf ihrem Schlitten aus Eis, um die Geschenke zu holen. Sie würden sie dann mit den drei Nornen teilen, die auf dem Berg lebten.

Sie spinnen und schneiden den Faden, der das Schicksal von uns Sterblichen ist, hatte sie mir erklärt. Meine Mutter hatte stets gelächelt, wenn sie von der Schneekönigin und den Nornen und Waldgeistern gesprochen hatte, auf ihre verschmitzte Art, wie auf dem Gemälde, das ich an jenem Abend betrachtete.

Nicht zum ersten Mal wünschte ich mir, meine Mutter wäre noch bei uns. Seit Uniks Geburt wollte ich sie bei hundert Dingen am Tag um Rat fragen, und an diesem Abend, an dem das Eis das erste Mal zum Mittwinter gebrochen war, hätte ich ihn besonders dringend gebraucht.

»Jemand muss die Winterstraße instand halten und die Weißen Raben züchten«, wehrte ich ab, während ich das Porträt meiner Mutter betrachtete.

»Wer würde das tun, wenn wir nach Esnedo ziehen?«

Kay machte ein unwilliges Geräusch, dann rollte er sich zur Seite, von mir fort. Beinahe wäre ich ihm gefolgt. Ich wollte nicht, dass das Knistern zwischen uns verpuffte, das selten genug geworden war seit Uniks Geburt.

»Soll unser Sohn nichts anderes werden können als Bauarbeiter und Tierzüchter?«, fragte Kay.

Damit nahm er mir den Wunsch, ihm zu folgen.

Ich setzte mich auf. »Burgherr kann er hier werden, Kay«, erinnerte ich ihn scharf. »Tausend Mal haben wir schon darüber gesprochen.«

»Dann lass es tausendundein Mal sein«, beharrte Kay, der sich ebenfalls aufsetzte, seine Miene verdüstert von Sorge und Wut. »In der Stadt kann er werden, was er möchte. Er kann sogar zur Universität gehen.«

Schon wieder fing er damit an. Und nannte mich starrköpfig! Es machte mich rasend, und er wusste das. »Um Arzt zu werden, so wie sein Vater?«

»Warum nicht?«, entgegnete er hitzig. »Seine Mutter hat schließlich einen Arzt geheiratet!«

»Und sein Vater eine Bauarbeiterin und Tierzüchterin!«

Er sah mich an. So etwas wie Reue huschte über sein Gesicht.

»Burgherrin«, korrigierte er mich und streckte die Hand aus, aber ich war nicht in der Stimmung, mich besänftigen zu lassen. Ich war wütend, und ich fühlte noch immer das Eis unter meinen Stiefeln erzittern.

»Du wusstest, dass ich den Norden nicht verlassen will«, sagte ich. »Von Anfang an wusstest du es. Immer hast du so getan, als würde es dir nichts ausmachen.«

»Es hat mir auch nichts ausgemacht«, beharrte Kay.

»Bis Unik geboren wurde«, sagte ich und konnte die Bitterkeit nicht aus meiner Stimme verbannen. »Bis du einen Sohn hattest und dir auf einmal nichts sehnlicher wünschtest, als dass er in deine Fußstapfen tritt.«

»Das ist doch Unsinn!«, sagte Kay und stand auf.

»Was ist es dann? Warum hast du deine Meinung nach der Geburt auf einmal geändert?«

»Weil du fast gestorben wärst!«

Kay wirbelte herum. Mit blitzenden Augen sah er mich an.

»Du wärst fast gestorben in der Mittwinternacht, als du Unik zur Welt brachtest. Du wärst gestorben, wenn wir dich nicht auf den Schlitten geladen und in die Stadt ins Krankenhaus geschafft hätten, Ida und ich. Da war kein Rabe, der dich gerettet hätte, kein Luchs, keine Schneekönigin, Greta. Zwei Jahre ist das schon her, und immer noch erzählst du mir, du musst Burgherrin bleiben. Wieso? Was hält dich hier?«

Wieder kam er auf mich zu. »Warum willst du nicht mit ihm und mir in der Stadt leben, Greta, wo wir sicher wären? Warum musst du die Herrin der Burg der Weißen Raben sein?«

Ich schwieg, denn ich fürchtete mich davor, was ich sagen würde, mit all der Wut, die in mir kochte, und all der Angst, die noch immer an meinem Innersten rüttelte.

Am meisten Angst machte mir, dass ich nicht zum ersten Mal dachte: *Er hat recht.* Vielleicht war die Stadt ein besserer Ort für unseren Sohn als die Burg, wo meine Schwester und ich aufgewachsen waren. Wo ich die Herrin war, eine Aufgabe hatte, wo ein Porträt von mir gemalt und Geschichten über mich erzählt werden würden, bis niemand mehr hier im Norden am Fuße des Hohen Berges wohnte, auf dessen Gipfel die Schneekönigin lebte.

Also antwortete ich nicht. Kay schloss kurz die Augen, atmete tief ein, wieder aus.

Dann setzte er sich aufs Bett und nahm meine Hand. »Ich hätte nicht Bauarbeiter und Tierzüchter sagen sollen«, meinte er sanft. »Entschuldige bitte.«

Ich schüttelte müde den Kopf. »Das sind doch gute Berufe. Ich hätte nicht sagen sollen, dass du nicht an unser aller Bestes denkst.«

Er zuckte mit den Schultern und bemühte sich um ein Lächeln. Für einen Moment ließ es ihn wieder jung aussehen, so jung, wie er gewesen war, als wir uns kennengelernt hatten: beide gerade zwanzig, er noch als Student an der Universität in der Stadt, ich noch in der Lehre bei meiner Mutter, der Burgherrin.

Wir hatten uns auf dem zugefrorenen Meeresarm kennengelernt, in einer Mittwinternacht, bei einer Prozession für die Schneekönigin. Meine Mutter hatte die Prozession angeführt, und ich war auf dem Schlitten mitgefahren, um Glühwein zu trinken, noch in Trauer über den letzten jungen Mann, mit dem sich etwas angebahnt hatte, einem Bergmann aus der Stadt, der mich dann hatte fallen lassen, weil er meine Schwester schöner fand und den Norden nicht mochte.

Er war mein Mann fürs Leben gewesen, hatte ich in meinem jugendlichen Leichtsinn gedacht, Trübsal geblasen und mir schreckliche Vorwürfe gemacht, dass ich nicht mit ihm in die Stadt hatte gehen wollen, während ich auf dem Schlitten gesessen und meinen Glühwein getrunken hatte, den Hager mit einem guten Schuss Schnaps angereichert hatte, nur für mich.

Bis sich dieser neue junge Mann mit der ledernen Arzttasche und dem roten Haar unter der dicken Fellmütze neben mich auf den Schlitten geschwungen hatte.

»Darf ich auch einen?«, hatte er gefragt, seine Stimme so sanft wie an diesem Abend, an dem das Eis zum ersten Mal gebrochen war. Ebenso sanft sprach er noch immer mit mir, so zärtlich, so liebevoll, zehn Jahre später, in dem Schlafzimmer meiner Mutter, das nun das meine war.

Ich war damals auf dem Schlitten nur überrascht gewesen, dass er mich angesprochen hatte und nicht Ida. Ida war blond und schmal und hatte große blaue Augen und einen schönen Busen, und das schienen viele Männer sehr zu mögen. Ich hingegen hatte breite Schultern und spitze Ellbogen, und mein Busen war kleiner als ihrer.

»Greta«, sagte Kay nun, während wir gemeinsam auf dem Himmelbett in der Burg saßen. »Lass uns endlich nach Esnedo ziehen. Es ist doch gar nicht weit. Du könntest sogar immer noch hierherkommen, die Winterstraße instand halten, zumindest im Winter.«

Ich schloss die Augen. Ich wollte meine Mutter nicht sehen und auch meinen Mann nicht. Meinen Sohn nicht, auch nicht meine Schwester oder die Menschen aus den umliegenden Dörfern, die sich alle darauf verließen, dass ich das Richtige tat, dass ich für sie sorgte, dass ich sie an erste Stelle setzte.

»Wir müssen zuerst einen Raben in die Stadt und in die Dörfer schicken«, sagte ich, als ich die Augen wieder öffnete. »Wir müssen fragen, wer gehen will, wenn das Eis sich weiterhin so benimmt, und ob man in Esnedo bereit ist, uns alle aufzunehmen. Vielleicht müssen wir auch weiterziehen, bis nach Tromsø oder sogar Oslo.«

Und da strahlte mein Mann mich an. Mit einem Mal. Er sah so glücklich aus, ich wollte ihn in meine Arme ziehen, sein ganzes Gesicht küssen, die Wangen, die Stirn, die Ohren, den Hals.

»Das werden wir tun«, antwortete er. »Sofort. Ich hole dir Ida.«

Ich rutschte näher zu ihm und streckte die Hand nach seiner Wange aus.

»Und Agnes«, bat ich ihn. »Das Opfer muss gebracht, das Lied der Schneekönigin zu Ende gesungen werden. Wir könnten frühestens in einem Jahr aufs Festland, wenn das Eis wieder dick genug ist. Das kann nur der Königin gelingen.«

Seine Miene verdüsterte sich so schlagartig, wie sie sich aufgehellt hatte. Er stand auf, bevor ich ihn berühren konnte. »Immer findest du einen Weg, Greta«, sagte er und klang erschöpft. »Immer findest du einen Weg, dich aus allem herauszuwinden.«

»Es ist gerade nicht sicher auf dem Eis, Kay! Wir können nicht in die Stadt, selbst wenn wir wollten.«

Er drehte sich um, krempelte die Ärmel herunter, verschloss sie mit Manschettenknöpfen. Ich sah ihn an, seine breiten Schultern, den schmalen Rücken, die schönen, schlanken Oberschenkel.

»Hörst du das?«, fragte ich, in dem Versuch, geduldig zu sein.

Er hielt inne und lauschte. Dann warf er wortlos seine Anzugjacke über und ging hinaus.

Ich sprach kein weiteres Wort. Stattdessen stand ich auf, warf mir ein Rentierfell über, das auf dem Bett lag, und trat zum Fenster.

Denn da war etwas, da draußen.

Ein Donnern.

Wie das Grollen einer wütenden Gottheit auf der Spitze des Berges.

Unwillkürlich schreckte ich zurück, als ich mit den nackten Fingern den Fensterriegel berührte, so kalt war das Holz. Dann packte ich fest zu, entriegelte das Fenster und stieß es auf.

Der Wind, der hineinfuhr, war eisig. Er zog an dem Fell um meine Schultern, an meinem schneeweißen Nachthemd, das einmal meiner Großmutter gehört hatte. Eiskristalle breiteten sich über die Scheibe aus, während ich hinausblickte, während ich lauschte.

Draußen herrschte tiefste Dunkelheit. Hinter mir erzitterten die Flammen im Kamin, als streckten die Eiskristalle die Finger nach ihnen aus, als würden der Wind und die Kälte sie erdrosseln.

Nichts als Stille und Dunkelheit.

Oder?

War da nicht ein Gesicht im Glas?

Ein Gesicht, das sich aus Eiskristallen bildete?

Dann hörte ich es wieder.

Ein Grollen.

Tief klang es, tief und dunkel. Als wollten die hohen alten Tannen auf den Hängen des Berges ihre

Wurzeln aus der Erde reißen. Als rissen die Berge selbst an ihren Fundamenten, um die Erde zu sprengen.

Wieder knackte es.

Das Eis, dachte ich.

In der Dunkelheit konnte ich nichts erkennen. Ich konnte nur dabei zuhören, wie die Bäume bebten, wie der Wind grollte, wie das Eis barst. Wieder und wieder grollte es, wieder und wieder raste der Wind den Berghang hinab, heulte zwischen den dunkelgrünen Tannen umher, drang durchs offene Fenster herein und zerrte an den Flammen im Kamin. Wieder und wieder knackte es draußen auf dem Meer, wieder und wieder brach das Eis.

Ich zog das Fell enger um die Schultern und starrte in die Dunkelheit. Der Boden schien unter meinen Füßen zu erzittern. Wie auf dem Eis. Wie unter Uniks kleinen Schuhen.

Noch einmal sah ich auf die Scheibe.

Da! Ein Gesicht im Glas, ein Gesicht aus Eisblumen.

Ich bemerkte, dass es nicht der Boden war, der zitterte. Es war mein Körper.

Eilig schloss ich das Fenster und verriegelte es, so schnell ich konnte. Danach starrte ich wieder die Scheibe an, konnte aber kein Gesicht erkennen. Ich musste es mir eingebildet haben.

Müde lehnte ich die Stirn ans Fenster. Das Glas war so kalt, dass es an meiner Haut brannte wie eisiges Feuer. Sogar Kay musste die Geräusche von brechendem Eis gehört haben. Nicht einmal er konnte ernsthaft vorschlagen, unter diesen Bedingungen mit unserem zweijährigen Sohn den Weg über das Eis nach Esnedo zu wagen.

Hinter mir wurde die Tür aufgerissen. Schritte kamen auf mich zu.

»Ida«, sagte ich. »Du kommst genau richtig.«

»Das Eis, Greta«, antwortete sie eindringlich.

»Ich weiß.«

Meine Schwester kam neben mir zum Stehen. Sie sah blass aus in dem tintenblauen Mantel, den sie noch immer trug. »Woher wusstest du, dass ich es bin?«

»Jeder andere hätte geklopft«, erwiderte ich trocken. »Komm, wir müssen hinaus.«

Ich spürte, wie sie zusammenzuckte. »Hinaus? Wohin?«

»Wir müssen das Lied der Schneekönigin zu Ende singen.«

Meine Schwester schwieg.

Und durch dieses Schweigen hörte ich, dass etwas nicht in Ordnung war.

Durch dieses Schweigen und ihr Zögern, das Zögern, das so untypisch war für meine schnelle, entschlossene kleine Schwester.

Hätte ich nur damals schon verstanden, worum es ging. Hätte uns das einiges erspart?

Vielleicht.

Aber ich konnte mich nur zu ihr umdrehen und erkennen, wie blass sie aussah. »Was ist los?«, fragte ich sie.

Ida presste die Lippen zusammen. »Schwesterchen«, setzte sie an. »Ich muss dir etwas sagen.«

»Was?«

Ida wandte sich ab. Blickte hinaus aus dem Fenster. Dann zum Feuer, hinauf zum Porträt unserer Mutter. Schon als Kind hatte Ida unserer Mutter sehr ähnlich gesehen, die eine schöne Frau gewesen war, mit langem blondem Haar und blauen Augen, klein und zierlich.

Ich hingegen war auf meine Großmutter gekommen, väterlicherseits, die Geschichtenerzählerin in unserer Familie, die ich sehr gemocht hatte, auch wenn ich ihr Erbe so manches Mal verflucht hatte. Als Jugendliche hatte ich mir die Brust manchmal ausgestopft und mich dann im Nachhinein immer sehr geschämt. Wollte ich denn so dringend gefallen?

Als ich Kay kennengelernt hatte, den es nicht störte, dass ich groß war und spitze Ellbogen hatte, da war mir das beinahe wie ein Wunder erschienen. Sogar als Erwachsene trug ich immer noch am liebsten weite Ärmel, damit man meine Ellbogen nicht sah.

Ida trieb eine andere Sorge um. Ich liebte sie sehr und wollte sie um keinen Preis der Welt unglücklich sehen. »Was ist denn?«, fragte ich meine Schwester.

Noch immer starrte Ida das Porträt unserer Mutter an. Dann schüttelte sie schließlich den Kopf. »Nichts«, murmelte sie.

Mit aller Macht zwang ich mich, nicht ungeduldig zu werden, nicht die Sorge in Gereiztheit umschlagen zu lassen. Wieso verhielt sich meine Schwester so? Das passte gar nicht zu ihr, das Ausweichen, das Schweigen, das Zögern. Ida hatte einmal Schmiedin werden wollen, die meiste Zeit ihrer Kindheit über, einfach nur, damit sie schnell und mit aller Kraft auf etwas einschlagen konnte.

Den Plan hatte sie erst aufgegeben, als sie von Enda, der Schmiedin, herausgefunden hatte, dass es großer Sorgfalt und Genauigkeit bedurfte, um ein Stück Eisen oder Stahl, Kupfer oder Bronze zu bearbeiten und dabei auch noch den Blasebalg im Blick zu behalten.

Ich berührte die Wange meiner Schwester mit den Fingern, drehte ihr Gesicht zu mir. »Was ist, Idachen?«

Ida öffnete den Mund.

»Ich muss in die Stadt«, flüsterte sie. »Noch heute.«

Ich ließ die Hand sinken. »Was?«

»Sofort. Bevor das Eis vollständig bricht.«

»Ida, was ist los?«

»Ich muss fort von hier, ich muss nach Esnedo.« Sie drehte sich um, begann auf und ab zu gehen.

Ich hielt sie zurück. »Warum? Ida, was ist mit dir?«

Meine Schwester war angespannt. Jeder einzelne Muskel. Ich konnte es fühlen, da, wo ich ihr Handgelenk umklammert hielt.

Ida blieb abgewandt, sodass ich nur eine Seite ihres Gesichts sehen konnte. Ihre Augen waren geschlossen.

»Greta«, sagte sie. »Ich bin schwanger.«

Ich ließ sie los.

»Frag mich nicht, von wem«, fügte Ida hinzu. Sie schien durch die Worte hindurchzuhasten wie durch einen eisigen Schneesturm, nun doch ganz eilig, ganz schnell, so, wie ich sie kannte.

»Ich muss nach Esnedo, bevor der Weg versperrt ist. Ich werde Bescheid geben, was hier geschehen ist. Damit sie das nächste Jahr mehr Vorräte bringen, falls das Eis wieder gefriert.«

»Bist du des Wahnsinns, Ida?« Endlich hatte ich meine Stimme wiedergefunden. »Du kannst nicht allein übers Eis!«

Ida schüttelte wieder den Kopf. »Ich muss.«

»Es geht nicht. Nicht allein!«

Ich spürte, wie weitere Worte in mir Form annahmen, wie sie gegen meinen Kehlkopf pochten und meinen Mund, wie sie gesagt werden wollten.

Ich begleite dich. Ich sorge dafür, dass du sicher bist. Wie ich immer für meine kleine Schwester gesorgt hatte.

Meine kleine Schwester, die ein Kind erwartete. Von wem? Wann? Warum hatte ich es nicht bemerkt, warum war ich nicht aufmerksam gewesen, warum hatte Ida es mir nicht schon viel früher erzählt? Hatte sie die ersten drei Monate abwarten wollen, in denen Frauen so oft unter so großer Trauer tote Kinder gebaren, ganz ohne ihr Zutun?

»Kay hat gesagt, er würde mit mir kommen«, sagte Ida leise. »Er und Unik.«

Die Worte schlugen mir in den Magen wie eine eisige Faust. »Was?«

»Sorge dich nicht, Schwesterchen«, sagte Ida.

Ich erinnere mich noch genau, wie meine kleine Schwester mir auf einmal wie eine Fremde vorkam. Nein, keine Fremde. Wie ein Naturgeist, die Huldra oder die Eschenfrau, die in Idas Körper hineingeschlüpft war, die nur noch die Haut des Menschen trug, den ich kannte und liebte. Die sich ihrer Stimme bediente, um mir einen Streich zu spielen, um mich aufs Eis hinauszulocken. Denn die Geister und Wesen des Nordens, sie liebten es in allen Märchen, den Menschen Streiche zu spielen.

»Natürlich habe ich abgelehnt«, sagte Ida rasch. »Sie müssen dort sein, wo du bist. Und du bist Herrin auf der Burg.«

»Kay hat das angeboten?«, fragte ich, denn ich musste es noch einmal hören, musste es wissen. Mir wurde übel.

»Gerade eben«, bestätigte Ida.

Unwillkürlich tat ich einen Schritt zurück. Dann ging ich zum Bett und setzte mich.

»Du kannst nicht über das Eis gehen, nicht jetzt«, sagte ich, als ich meine Stimme wiedergefunden hatte. War ein Naturgeist auch in meinen Mann gefahren? Hatte ein Nöck ihn auf den Grund eines dunklen Waldsees gezogen und sich seines Körpers bemächtigt? Das waren doch alles nur Märchen. »Niemand darf aufs Eis. Ich verbiete es.«

Ida atmete schwer ein und aus. »Du verbietest es, Burgherrin?«

»Es ist dieses Jahr nicht mehr sicher, Ida!«, stieß ich hervor. »Bin ich denn die Einzige, die das Eis brechen hören kann? Warum will das niemand verstehen? Warum du nicht, die das Eis genauso gut kennt wie ich?«

»Wird es jemals wieder sicher sein, Schwesterchen?«, fragte Ida. Ihre Stimme war leise wie die Dunkelheit der Nacht.

»Es war immer sicher!«, herrschte ich sie an. »All die Jahre, in denen es Weiße Raben gibt auf dieser Burg, war es sicher! Und es wird nächstes Jahr wieder sicher sein, natürlich.«

Dann schloss ich einen Moment lang die Augen, schüttelte den Kopf, wandte mich noch einmal meiner Schwester zu. »Bring Agnes zu mir. Wir werden das Lied der Schneekönigin zu Ende singen. Um sicherzugehen.«

Ida starrte mich an. »Schwesterchen«, sagte sie sanft, so sanft wie Schnee, der zu Boden fällt. »Du weißt, dass es die Schneekönigin nicht gibt, oder?«

Ich fühlte, wie mein Körper sich zusammenzog, all meine Muskeln, meine Lunge, mein Herz.

»Sie ist nur ein Märchen, Greta«, fuhr Ida fort, ganz so, als spräche sie mit einem kleinen Kind. »Das weißt du doch, oder? Sag mir, dass du es weißt.«

Ich schwieg. Natürlich wusste ich es.

Und doch …

Und doch hatte ich den Luchs gesehen und den Umriss der Frau und das Gesicht in der Scheibe.

»Hier draußen gibt es keine Königin«, sagte Ida. »Nur eine alte Burg, alte Holzfällerinnen, alte Schäfer. Alte Frauen und alte Gemäuer, deren Zeit gekommen ist.«

Jedes ihrer Worte bohrte sich wie ein eisiger Splitter unter meine Haut. Ich sah meine Schwester an, aber ich erkannte sie nicht wieder. Es schien mir, als hätte Ida Jahre darauf gewartet, all dies zu sagen, viele, lange Jahre. Als hätte sie es schon immer gedacht, mich schon immer für albern gehalten, mich und unsere Mutter, diese Burg und die Schneekönigin.

Und Ida sprach weiter: »Das Eis hat keine Zukunft, Greta. Das musst du doch wissen. Die Winterstraße, die Schlitten, die Schneekönigin. Nichts davon wird es noch geben, wenn wir alt sind. Die Zukunft liegt in den Städten. Schon bald werden sie nicht einmal mehr Holz brauchen. Sie graben die Braunkohle nun aus der Erde, mit großen Maschinen. Die ist viel besser als unsere Holzkohle, die lange geköhlert werden muss. Das müsstest du doch wissen, seit du mit dem Bergmann zusammen warst.«

Ich schaute zu Boden, denn ich konnte nicht mehr ins Gesicht meiner Schwester sehen, die jedes Wort, das sie sprach, zu genießen schien. Die Worte platzten, purzelten nur so aus ihr heraus, eilig, eilig, immer eilig. »In der Stadt und den Fabriken, in den Kohlebergwerken und auf den Dampfschiffen. Das hättest du von ihm lernen können. Oder war ich die Einzige, die auch mit ihm gesprochen hat? Hat er dir nur gefallen, weil er so dicke Arme und Beine hatte wie ein Holzfäller?«

Da schlug ich mit der geschlossenen Faust gegen den Bettpfosten.

Endlich schwieg Ida.

Und in die Stille hinein sagte ich, Herrin der Burg der Weißen Raben, zu meiner eigenen Schwester: »Raus.«

Ida sah mich lange an, ohne etwas zu sagen. Und dann ging sie.

Ließ mich allein.

Allein in dem großen Bett der Burgherrin, ohne meinen Mann, ohne meinen Sohn, ohne meine Schwester.

Allein mit dem grollenden Donnern, dem Brechen des Eises, dem eisigen Wind, der an den Fenstern zerrte und Muster auf das Glas malte, Muster, die aussahen wie Gesichter.

Ich konnte es nicht fassen. Nichts war mehr so, wie es noch zur Morgendämmerung gewesen war.

Ich stand auf und lehnte mich an den Bettpfosten. Meine Hand schmerzte von dem unüberlegten Faustschlag. Einen Moment war mir schwindelig. Ich dachte an die Menschen in den Dörfern, die Frauen, die Holz fällten und Schafe hüteten, die Männer, die ihre Enkel aufwachsen sehen und Rentiere züchten wollten, an Hager, der seinen Schnaps brannte, nur für uns, an Agnes, die jeden Abend zum Grab ihrer geliebten Frieda ging und mit ihr redete, während sie ein kaltes Abendessen zu sich nahm aus Brot und Schinken.

Das Eis wird wieder zufrieren. Nächstes Jahr. Dann können wir hinüber. Oder auch bleiben. Es ist noch genügend Zeit.

Tief atmete ich ein, nachdem ich all dies gedacht hatte. Meine Schwester würde es verstehen, auch Kay, auch Unik. Wir waren alle aufgeregt, mussten uns beruhigen, sagte ich mir. Am kommenden Morgen würde ich noch einmal mit ihnen sprechen. Wir mussten nur bis zum nächsten Winter durchhalten, bis das Eis wieder dick genug war. Dann konnten wir uns entscheiden.

Ich spürte, wie das Zittern meinen Körper verließ, ersetzt von dem Verlangen, gründliche Pläne zu machen, das Für und Wider abzuwägen. Ich würde sofort einen Raben nach Esnedo schicken.

Ich würde Kay und Ida Bescheid sagen, auch Agnes. Allen würde ich Bescheid geben.

Und das Lied der Schneekönigin würde ich zu Ende singen. Ein letztes Mal.

Es raschelte.

Schlagartig öffnete ich die Augen.

Da war etwas auf dem Bett.

Da saß jemand auf meinem Bett.

Ein Umriss.

Eine Frau mit weißem Haar und eisblauen Augen.

Und dann erklang eine Stimme, so tief und schwer wie neuer Schnee in den Bergen.

Komm zu mir, sagte die Stimme.

Komm auf die Spitze des Berges.

Rette, was dir lieb und teuer ist.

KAPITEL DREI

DER SOMMER KOMMT

In dieser Nacht träumte ich.

Wieder brach das Eis unter meinen Füßen, aber dieses Mal schien ich über der Meerenge zu schweben. Ich sah, dass etwas auf dem Eis lag. Ein grauer öliger Film, der sich klebrig auf meine Haut legte, auf das Eis, und schwarzer Rauch vergiftete die Luft.

Im Traum wusste ich ohne Zweifel, was ich vor mir sah, und ich verfiel in eine solche Angst, dass ich stolperte, fiel, den Schmerz sogar im Traum zu spüren schien: Es war ein Giftgeist, eines jener schrecklichen Geschöpfe, die unerbittliche Feinde der Naturgeister waren.

Breitete sich ein Giftgeist über Wäldern aus, fielen innerhalb weniger Stunden jedes Blatt und jede Nadel von den Bäumen. Äste brachen ab, Wurzeln vertrockneten in der Erde, sodass nichts als graue Gerippe übrigblieben, wo einst ein tiefer Wald gestanden hatte. Eine Eisscholle schmolz er in nur einer Nacht. Tiere erstickten, noch während sie flohen, Rentiere erdrosselte er im Schlaf, ganze Ernten ließ er innerhalb eines halben Tages verdorren. Menschen konnten ihm nur wenige Stunden standhalten, bevor sie zu Boden stürzten, erstickt an seinem klebrigen Rauch. Die Gesichter seiner Opfer waren weiß, der Schaum stand ihnen vor dem Mund, und ihre Zungen hingen heraus, ihre Gliedmaßen waren verzerrt. Und die Haut war ihnen vom Körper geschmolzen.

Im Traum drang der Giftgeist in meine Lunge, während er das Eis entzweibrach, immer weiter entzwei, bis ich wieder darauf stand und nicht länger darüber schwebte und es unter mir barst und ich ins Wasser stürzte, Unik an meine Brust gedrückt, dessen Zunge schon aus dem Mund baumelte. Von seinen Augen war nur noch das Weiße zu sehen, die kleinen, dicken Fäuste waren im Todeskampf verrenkt.

Ich erwachte schweißgebadet.

Ich erzählte niemandem von dem Traum, denn ich hielt ihn nicht für wichtig, wenn so viel Konkretes zu tun war. Und ich sprach auch nicht von der Frau mit dem weißen Haar und den eisblauen Augen, die ich in meinem Schlafzimmer gesehen hatte, denn ich glaubte mir nicht einmal mehr selbst, dass sie wirklich da gewesen war.

Aber ihre Stimme ging mir nicht aus dem Kopf und auch nicht die Worte.

Komm zu mir.

Ich gab meinem nächtlichen Ausflug die Schuld an dem Albtraum: Agnes und ich waren an den Fuß des Berges gegangen, um das Lied der Schneekönigin zu Ende zu singen. Es war kalt und dunkel gewesen, da wir kein anderes Licht bei uns hatten als zwei blau verglaste Laternen mit dicken Kerzen darin, wie es Brauch war, wenn man der Schneekönigin huldigte. Sie wollte kein Öl, kein Brennholz, keine Kohle.

Nur eine Kerze hinter blauem Glas.

Nachdem wir gesungen hatten, waren wir auf die Burg zurückgekehrt. Ich war ins Kinderzimmer gegangen und hatte meinen schlafenden Sohn betrachtet. Er hatte friedlich ausgesehen, warm und behütet, hier in seinem Zimmer auf der Burg, das er mit Tannenzapfen verzierte und Ästen, die er mit Agnes' Hilfe gesammelt hatte, und mit Steinen, denen er Gesichter aufgemalt hatte, große Augen und lachende Münder. Seine liebste Puppe hatte er an die Brust gedrückt, ein aus weißen Stoffresten zusammengenähter Schneemann mit dickem Bauch und Rumpf und Kopf, dem Kay eine orangene Nase aufgemalt hatte.

Ich hatte ihn auf beide Wangen und die Stirn geküsst, dann mich selbst ins Bett gelegt, zu meinem Mann, der mir den Rücken zugewandt hatte und kein Wort zu mir sagte. Ob er nur so tat, als schliefe er, wusste ich nicht zu sagen.

Als ich am nächsten Morgen nach meinem Albtraum erwachte, war die andere Seite des Bettes leer. Ich setzte mich auf. Im Kamin lag nur noch klebrige graue Asche. Mir war kalt, sogar in meinem weißen Wollnachthemd. Die Felle waren in der Nacht vom Bett gefallen. Kay hat sie nicht wieder über mich ausgebreitet, als er aufgestanden ist, dachte ich und nahm mir die Zeit, im Bett zu liegen und mich verdrossen zu zeigen.

Bis ich Schritte auf der Treppe hörte. Es war Kay, der hinaufgeeilt kam, das wusste ich sofort. Seinen Gang hätte ich überall erkannt, so lange lebten wir nun schon zusammen. Große Schritte machte er, denn er war ein großer Mann, und häufig eilte er, denn er war Arzt, und Ärzte hatten es oft eilig und wussten stets, wo sie gebraucht wurden, so hatte er das zumindest einmal gesagt, als ich ihn aufgezogen hatte mit seinen großen Schritten, denen Unik und ich stets hinterhereilen mussten, und er hatte gelacht und verlegen gesagt: *Ich bin ja auch Arzt! Frauenarzt sogar! Eine Geburt wartet nicht auf dich, da musst du schon schnell sein, wenn du gebraucht wirst.*

Ach, sag bloß?, hatte ich geantwortet. *Ich bin froh, dass ein Mann mir das erklärt, ich hätt's sonst einfach nicht gewusst.*

Er hatte gelacht, mich in seine Arme gezogen und meine Schläfe geküsst.

Mit einem liebevollen Lächeln ob der glücklichen Erinnerung und schon viel weniger mürrisch wandte ich mich der Tür zu.

Sie flog auf. Es war Kay. Ihm stand der Schweiß auf der blassen Stirn, die roten Haare hingen ihm wild ins Gesicht, er war außer Atem.

Ich sprang auf, die nackten Füße auf dem Perserteppich vor dem Bett, bevor er auch nur ein Wort gesagt hatte. »Unik?«, fragte ich. »Stimmt etwas mit Unik nicht?«

Ich fragte mich, ob wieder eine Zeit kommen würde, in der ich mich nicht als Allererstes um meinen Sohn sorgen würde, wenn jemand durch die Tür gerauscht kam.

Niemals hätte ich damit gerechnet, was mein Mann als Nächstes sagte.

»Ida!«, rief Kay. »Ida ist auf dem Eis gesehen worden!«

»Was?« Ich rannte auf ihn zu, aber schon das war ihm offenbar nicht schnell genug.

»Beeil dich!« Er kam auf mich zu und packte meinen Arm. »Wir müssen sie suchen gehen!«

»Langsam, Kay, langsam!« Ich legte meine Hand auf seine, um ihn zu beruhigen. »Wann ist sie gesehen worden?«

»Agnes hat sie gesehen, heute Morgen. Es war dunkel, natürlich war es dunkel, aber Ida hatte eine Laterne dabei. Die hat Agnes gesehen, da war sie gerade auf dem Weg in den Wald.« Er wischte sich den Schweiß von der Stirn. »Sie hat rausgeschaut über die Meerenge und Ida erkannt, sie trug noch immer den Mantel von der Prozession, sie konnte im Licht der Laterne die Stickereien erkennen.«

Ich sah zum Fenster hinaus. Mir zog sich der Magen zusammen, doch ich wusste, dass es hoffnungslos war. Ich kannte das Eis. »Es ist zu spät, Kay. Wir werden sie nicht mehr einholen.«

Aber mein Mann gab nicht auf. Wieder zog er an mir. »Unsinn! Wir müssen sie finden. Sie ist schwanger, Greta! Vielleicht steckt sie in einem Spalt, vielleicht ertrinkt sie im Wasser.«

Ich nahm seine Hand und löste sie von meinem Arm. »Glaubst du, das weiß ich nicht? Aber es ist zu gefährlich!«

»Nicht für dich«, rief er. »Du kennst das Eis wie keine Zweite.«

Als ich keine Antwort gab, zog er die Augenbrauen zusammen. »Warum zögerst du? Du liebst deine Schwester doch über alles.«

Ich blickte ihn an.

»Warum hast du angeboten, mit ihr in die Stadt zu gehen?«, fragte ich ihn. »Gestern Nacht? Und dann auch noch Unik mitzunehmen? Was soll das?«

Kay warf die Arme in die Luft. »Aus Wut, Greta. Auf dich und deinen Starrsinn! Ich habe es nicht ernst gemeint.«

»Das war der Grund?«, hakte ich nach. Nur in meinem Nachthemd stand ich vor dem Bett, die

Arme um den Körper geschlungen, während er schon vollständig angezogen war: schwarze Hose, das glatte weiße Hemd, die Hosenträger unter der dunklen Jacke mit den breiten Schultern und dem blauen Halstuch.

»Was um Himmels willen soll sonst der Grund gewesen sein?« Er starrte mich verständnislos an. »Ich habe angeboten, sie hinzubringen, weil ich wütend war und es ihr wichtig, und mir wäre es das auch, wenn du diejenige wärst, die ein Kind erwarten würde.« Er machte eine ausschweifende Handbewegung. »Hier zu gebären, ist zu gefährlich. Ich hätte sie gebracht, dann wäre ich zurückgekommen.«

»Mit Unik? Was hat dich bloß geritten?«

»Ich war wütend, Greta, das habe ich doch gerade schon gesagt!« Frustriert ließ er die Arme wieder sinken. »Ich hätte ihn natürlich nicht mitgenommen, aber ich wäre mit ihr gegangen, um sie sicher abzuliefern, und wie sich nun zeigt, wäre es das einzig Richtige gewesen, denn nun ist sie alleine los! Greta, wir müssen sie suchen. Ihr und dem Kind kann Gott weiß was da draußen zustoßen!«

Ich nickte. Und sah ihm lange in die blauen Augen, so blau wie sein Tuch. Blau wie Idas.

»Spann die Hunde vor den Schlitten!«, befahl ich schließlich. »Ich ziehe mich an, dann bin ich sofort bei euch. Zieh dich warm an! Wer passt auf Unik auf?«

»Agnes ist hier. Ich gebe ihr Bescheid!« Er nickte, küsste hastig meine Wange, dann rauschte er hinaus.

Ich berührte meine Wange, wo seine Lippen mich berührt hatten, nur ganz kurz. Ich liebte ihn sehr und liebe ihn noch immer.

Jeden Tag.

Dann zog ich mich an, die Wollunterwäsche, die Hose aus Leder, mein wärmstes Hemd, den gestrickten eisblauen Pullover, meinen wärmsten Mantel aus Kaninchenfell, den ich bis zum Kinn mit hölzernen Knöpfen schloss, zuletzt die Lammfellstiefel. Meine Handschuhe, die dicken Fäustlinge, waren mit Rentierfell gefüttert. Bevor ich sie überzog, setzte ich mich an den Sekretär aus dunklem Eichenholz in meinem Schlafzimmer und verfasste einen eiligen Brief, auf nachtblauem Papier mit silberner Tinte, so wie wir seit jeher Briefe schrieben auf der Burg der Weißen Raben.

Dann rannte ich hinauf in den höchsten Turm der Burg, wo die Weißen Raben wohnten. Er war ganz aus glänzendem schwarzem Stein erbaut. Die Vögel strahlten wie Schneeflocken inmitten einer dunklen Winternacht, als ich hinaufsah zu den Ästen der großen Eiche, die hier wuchs, so hoch wie der Turm selbst, bis hinauf zum offenen Dach des Burgturmes.

Ich musste den Kopf in den Nacken legen und konnte selbst so den Wipfel der Eiche kaum erkennen. Vor meinem geistigen Auge blitzten Erinnerungen auf, während ich mich den Raben näherte. Jedes Jahr zum Frühlingsanfang seilte ich mich mit den Holzfällerinnen an, trieb Seile in eiserne Haken im Stein und stutzte mit feinen Beilen und Messern die Eiche zurecht, sodass der alte Baum seine Äste nicht durch den Mörtel trieb, der den schwarzen Stein zusammenhielt.

Auch Ida war immer bei uns, natürlich. Der Tag des Turmstutzens war einer der Höhepunkte des Jahres für Ida und mich. Wir feierten ihn so groß wie das Erntedankfest, den Mittsommer und den Mittwinter. Wenig liebte ich so sehr, wie mit all diesen Frauen die Wand hochzuklettern, mit Beilen den Baum wieder in Form zu bringen, zu einem Zeitpunkt, an dem es die Eiche danach dürstete, Altes abzulegen und Neues hervorzubringen, an dem ihre Kraft, zu wachsen und zu treiben, nur darauf wartete, endlich hervorzutreten. Ida und mir setzte es körperlich am meisten zu – für die Holzfällerinnen war ein wenig Gartenarbeit keine Herausforderung.

Aber nach getaner Arbeit gingen wir alle in das Langhaus der Burg, ließen uns auf Felle auf dem Boden sinken und aßen Fleisch vom Spieß und geröstete Kastanien und lachten und sangen und erzählten unflätige Witze.

Ich erinnerte mich noch genau an den letzten Frühlingsanfang, an meine kleine Schwester, während ich unter immer größerer Unruhe nach Märtha Ausschau hielt, meinem liebsten Raben. Hager war in das Langhaus hineingeplatzt. Laut rufend hatte er eine Holzkiste voller unbeschrifteter Flaschen über dem Kopf geschwenkt: »Für die starken Frauen des Nordens! Die Bezwinger der Eichen, die Gärtnerinnen unserer Seelen, die Königinnen des Eises! Kommt, liebe Frauen, trinkt mit mir!«

Lautes Gelächter. Besonders laut von Ida. Das grinsende Gesicht meines Mannes hatte einen Moment über Hagers Schulter gelugt, denn Kay war groß und Hager klein. Er hatte beide Daumen gereckt, »Viel Spaß« mit den Lippen geformt und Hager eine Flasche Schnaps aus der gereckten Kiste stibitzt. Dann war er wieder hinuntergegangen in die Burg, in den Willkommensraum, ans warme Feuer, um die Ruhe und den Frieden zu genießen und Unik dabei zuzusehen, wie er auf seinem Schaukelrentier ritt. Hager hingegen hatte ich willkommen geheißen. Er war in das Langhaus hineingestolpert, hatte die Kiste abgestellt, die Mütze abgenommen und plötzlich verlegen gesagt: »Da, ist ein Geschenk. Wenn ihr's mögt.«

»Wir mögen's!«, hatte Ida laut gerufen. »Komm, mach die Flasche auf!«

Mit krampfendem Herzen dachte ich an Ida, ihr lautes Lachen, ihr wildes Tanzen, wie ihre Röcke damals durch den Ballsaal geflogen waren. Jetzt war sie dort draußen auf dem Eis, ganz allein!

Warum hatte sie mir nicht erzählt, dass sie ein Kind erwartete? Warum glaubte sie, sie könnte mir nicht anvertrauen, wer der Vater war? Wann waren wir einander zu Fremden geworden, meine Schwester und ich, obwohl wir doch als erwachsene Frauen noch immer in derselben Burg wohnten, noch immer gemeinsam die Aufgaben der Burgherrin wahrnahmen?

Viele Fragen stellte ich mir an diesem Morgen, aber es konnte keine Antwort geben, ohne Ida zu finden. Wenigstens erspähte ich endlich Märtha oben in den Ästen des Baumes.

Die Angst um Ida ließ mich ungeduldig werden, aber die Rituale mussten eingehalten werden, sonst würden die Raben nichts für mich tun. Also schob ich alle Gedanken, die Erinnerungen, sogar die Furcht beiseite, zückte eine kleine Flöte, breit und flach, aus dunklem Holz geschnitzt. Ich legte die Finger an die Löcher und blies hinein, spielte das Wiegenlied, das meine Mutter Ida und mir stets vorgesungen hatte vor dem Einschlafen, bis wir knatschig wurden und darum baten, etwas anderes zu hören, sie solle Papa reinschicken, der könne mehr als ein Lied. Fünf dunkle Töne, das Lied der Weißen Raben.

Über mir erhob sich ein wildes Flügelschlagen, ein Rascheln von Federn, laute Rufe aus langen Schnäbeln. Ein Schwarm stieg auf im hohen Turm, ein Schwarm weißer Vögel, gekleidet in warme Federn. Ich griff in meine andere Tasche und zog einen Beutel mit Nüssen hervor, alle geknackt an langen, dunklen Winterabenden. Ich nahm eine Handvoll, dann warf ich sie in die Luft.

Mit einem lauten Geräusch fielen sie auf den Boden, *klack klack klack klack*, und schon stieß der Vogelschwarm zu mir herab. Umgeben von dichten weißen Federn, von schlagenden Flügeln, schloss ich einen Moment lang die Augen, um es zu genießen, dieses Gefühl, das niemandem außer mir zuteilwurde, nicht im Alltag, denn ich war die Herrin auf dieser Burg, und dies waren meine Boten.

Dann hob ich erneut die Flöte zum Mund und spielte das Lied so lange, bis sich ein Rabe von den Körnern abwendete und auf meinem Unterarm landete, auf meinem dicken hellen Lederhandschuh.

»Guten Morgen, Märtha«, sagte ich zu der Rabin, meiner liebsten, und auch sie liebte mich sehr, so glaubte ich. Oder sie mochte einfach den Flug über die Meerenge nach Esnedo, denn sie erledigte die meisten Botengänge für mich. »Verzeih, aber es muss schnell gehen. Ida ist in Gefahr!«

Einen Moment lang drückte ich meine Wange in das weiche Federkleid des Vogels. »Ich habe einen Brief, der dringend in die Stadt muss. Es hat nur selten mehr geeilt.«

Märtha spreizte die Flügel. Sie hob ab und nahm auf dem niedrigsten Ast der Eiche Platz, kunstvoll geschnitzt in Form eines Rabenkörpers mit langem Schnabel und glitzernden Augen, eingesetzte schwarze Steine, die im Tageslicht funkelten.

Ich eilte zu ihr und band den Brief an ihren Fuß. Dann beugte ich mich hinab und küsste ihren Rücken.

Mit einem Krächzen hob die Rabin ab, schlug dreimal kräftig mit den Flügen und schraubte sich hinauf in die Luft, hinaus in die Freiheit.

Ich drehte mich auf dem Absatz um und rauschte die Treppen hinab zur Eingangshalle der Burg, in der ein heißes Feuer im Kamin brannte und eine hohe Tanne stand, geschmückt wie zu jedem Mittwinter mit Eicheln und Kerzen und Blumen, die ich im Sommer gepflückt und seitdem getrocknet hatte, zu Ehren der Schneekönigin, auf dass auch sie sich im Winter an Blumen erfreuen konnte.

Eine Blüte erfreute sie besonders, nämlich der getrocknete Siebenstern. Die Blume, die der Luchs seiner Schneekönigin gebracht hatte, die Blume, die ihr geholfen hatte zu erkennen, dass er ein Mensch war, so erzählte es das alte Märchen.

Und es war auch die Blume, die Kay mir überreicht hatte, als ich ihn zum ersten Mal mit meinem Schlitten ausgefahren hatte.

Mit einem letzten Blick auf den Siebenstern an unserem Baum hastete durch die hohen Flügeltüren hinaus auf den Burghof. Dort stand Kay bereits an unserem leichtesten Schlitten und überprüfte ein letztes Mal den Sitz des Geschirrs. Die Schlittenhunde warteten schon, acht Stück an der Zahl, vier Hündinnen und vier Rüden in Tandemanspannung, und scharrten mit den Pfoten.

Die Rentierdamen wären stärker und ausdauernder gewesen, aber zu schwer. Es war nicht sicher, ob das Eis sie noch tragen würde. Schon die Hunde aufs Eis zu führen, stellte ein Risiko dar, das ich kaum einzugehen wagte – wäre es nicht meine kleine Schwester gewesen, die sich übers Eis davongemacht hatte, mit einem Kind, das in ihr wuchs.

»Sind sie bereit?«, fragte ich, als ich mich hinten auf den Schlitten schwang.

Kay nickte, dann trat auch er auf den Schlitten.

Ich starrte ihn an. »Was tust du?«

»Ich lasse dich nicht noch einmal alleine gehen.« Er nahm mich fest in den Arm und küsste mich auf den Mund, mit so viel Leidenschaft, als hätten wir uns gerade erst kennengelernt.

Ich ließ die Zügel fallen, um beide Arme um ihn zu schlingen. »Mein lieber Herr Doktor«, flüsterte ich. »Ich wusste gar nicht, was alles in dir steckt.«

»Oh doch, das weißt du.« Dann küsste er meine Wange. »Fahr zu, Burgherrin!«

Ich rief Nordwind, der Leithündin, zu, sie möge sich beeilen, und schon schossen wir davon, hinaus aus dem Burghof durch das große dicke Tor mit den eisernen Beschlägen, die Brücke über den breiten Graben und den breiten Weg hinab zum See, mit einem Satz auf die Winterstraße.

In dem leichten Schlitten rasten wir über das Eis und hielten auf den ersten Spalt zu, der sich über die Straße zog. Ich lenkte mit einer Gewichtsverlagerung und einem schnellen Kommando die Leithündin nach links.

Nordwind kam der Anweisung mit einem Heulen nach, die anderen Hunde folgten ihr. Ihr Fell glänzte grau im silbrig blassen Licht der Wintersonne. Wir glitten am Spalt entlang. Ich beobachtete genau, wie er dünner wurde, wie er schließlich ganz verschwand.

»Jetzt«, sagte Kay, aber ich schüttelte den Kopf.

»Das Eis ist trügerisch. Es sieht stabil aus, ist es aber nicht. Schau, du kannst den Riss unter der Oberfläche noch immer sehen, eine dunklere Linie als alle anderen.«

Kay beugte sich über das Eis. »Da sind fünfhundert Linien«, sagte er, aber ich schüttelte den Kopf. »Vertraue mir. Es ist noch ein Stück.«

Ich lenkte den Schlitten weiter über das Eis an dem Riss entlang, bis er sich im festen Eis auflöste, durch das sich viele eisblaue Linien zogen wie Adern durch den Körper eines Menschen in den Anatomiebüchern meines Mannes.

Erst dann gab ich das Kommando, das Eis zu überqueren.

Ich hielt den Atem an, als wir hinüberglitten. Kay tat es mir gleich, ich konnte es spüren.

Die Hunde hechteten los. Der Schlitten glitt. Das Eis hielt.

»Es hat geklappt!«, rief Kay. Er riss die Arme in die Luft. Seine Wangen waren rot, die Augen glänzten.

Wir waren schon viel zu lange nicht mehr Schlitten fahren gewesen, dachte ich da. Wir hatten es dem Leben gestattet, dem geschäftigen Leben mit einem kleinen Kind, uns die Zeit zu rauben, füreinander da zu sein.

»War das der einzige Spalt? Dann können wir sie vielleicht noch einholen!«

Ich nickte und trieb die Hunde zu mehr Eile. Ida musste einen ähnlichen Weg gegangen sein, um dieselben Spalten herum. Vielleicht konnten wir wirklich …

Nordwind bellte panisch. Das Herz rutschte mir in die Stiefel. Mit aller Kraft ging ich in die Bremsen. Der Schlitten schlug aus, Kay stieß einen überraschten Schrei aus und klammerte sich fest. Auch mir gelang es gerade so, auf den Beinen zu bleiben.

Noch ein Spalt. Direkt vor uns hatte er sich aufgetan, so plötzlich, dass ich ihn vor Nordwinds Warnung nicht einmal gesehen hatte. Drei Meter war er breit.

»Es gibt vielleicht wieder einen Weg drum herum«, sagte Kay angespannt. Seine Hände klammerten sich um den Rand des Schlittens.

»Ja«, antwortete ich. »Ja, das muss es!«

Ich gab das Kommando. Die Schlittenhunde wandten sich zur Seite. Wir folgten dem Spalt. Genau beobachtete ich seine Breite. Erst nach vielen Minuten schneller Fahrt wurde er schmaler und schloss sich schließlich ganz.

Angst machte sich aufs Neue in mir breit. Wieder lenkte ich den Schlitten um den Spalt herum, steuerte ihn auf die Stadt zu. Dahinten, war das nicht eine schwarze Linie? Fuhren wir nur auf den nächsten Spalt zu?

»Jetzt«, sagte Kay, »jetzt müssen wir doch freie Fahrt haben!«

Ein Knacken. Panik schoss durch mich hindurch. Abrupt brachte ich den Schlitten zum Stehen. »Das Eis!«

Unter seiner Mütze, hinter seinem Schal, wurde Kay leichenblass, als wieder ein Knacken ertönte.

»Wir müssen umdrehen!«, rief ich.

»Nur noch ein Stück weiter!«, bestand Kay darauf.

Er starrte über das Eis, angestrengt in Richtung Esnedo, als könnte er Ida heraufbeschwören, wenn er nur genau genug hinsah. »Was, wenn sie in einer Spalte steckt?!«

Auch ich sah hinüber zur Stadt. Alles in mir schrie danach, weiterzufahren, meine kleine Schwester nicht alleinzulassen, und gleichzeitig warnte mich mein Körper mit jeder Faser: *Das Eis ist nicht mehr sicher*. »Es ist zu gefährlich!«

Wieder knackte es. Das Eis erzitterte unter den Kufen. »Kay, wir *müssen* umdrehen! Unik darf nicht beide Eltern verlieren!«

»Verdammtes Eis!« Vor Wut hieb Kay auf den Handgriff ein. »Verdammter Hurenbock! Dreh den Schlitten um, dreh um!«

Ich gab das Kommando. Gemeinsam verlagerten wir das Gewicht, wandten den Schlitten ab von der Stadt, zurück zur Burg.

Und sahen, dass sich der Spalt hinter uns verlängert hatte.

»Greta«, sagte Kay. »Greta, der verdammte Spalt breitet sich aus!«

»Das sehe ich.« Wieder knackte es.

»Schaffen wir es zurück?« So panisch klang er wie zuletzt Unik, unser kleiner Sohn, auf dem Eis.

»Wir müssen, verdammt noch mal!«, rief ich, schluckte wieder die Angst herunter und gab das Kommando. »Lauf, Nordwind!«

Nordwind heulte auf, und die Hunde stürzten los. Sie waren nun genauso panisch wie wir. Unter ihren Pfoten, unter unseren Kufen, erbebte das Eis. Donnernd breitete sich die Spalte aus. Ich steuerte den Schlitten an seinem Rand entlang.

»Greta!«, rief Kay. »Er wächst schneller, als die Hunde laufen!«

Mit einem lauten Kommando trieb ich die Hunde zur Eile an, noch einmal. Mein Herz pochte so laut, dass es beinahe das Donnern des brechenden Eises übertönte. »Kommt schon!«, bat ich mit zusammengebissenen Zähnen. »Komm schon, Nordwind!«

Noch einmal bellte die Hündin laut auf. Noch einmal erhöhten sie alle das Tempo. Wir flogen über das Eis, rasten so schnell dahin, dass die Kufen den Schnee hoch aufwarfen.

Da! Endlich überholten wir den Spalt!

»Kommt, kommt!«, rief ich. »Verdammt noch mal, nur noch ein kleines Stückchen!«

So schnell rasten wir nun dahin, ich konnte das Eis nicht mehr genau erkennen, wie dick es war, wie stabil.

»Wann biegen wir ab, Greta?«, rief Kay.

»Noch nicht!«

»Wann? Wann?!«

Ich starrte auf das Eis. Nichts konnte ich erkennen, nicht bei diesem Tempo, und der Spalt war uns dicht auf den Fersen.

Ich schloss die Augen.

Horchte auf das Eis unter dem Schlitten. Spürte es.

»Jetzt!«, schrie ich und gab das Kommando. Wir verlagerten das Gewicht.

Der Schlitten schlitterte über das Eis, zurück Richtung Burg.

Es knackte.

Das Eis brach.

Kay und ich schrien auf.

Die Hunde jaulten.

Dann sausten wir über den Spalt hinweg. So schnell waren wir, so lang der Schlitten, dass wir es noch gerade so hinüberschafften.

»Verdammtes Eis«, fluchte Kay. »Verdammtes, verfluchtes Eis!«

Und so fluchte er, bis wir endlich das rettende Ufer erreichten. Während wir den Schlitten in den Burghof lenkten, die Hunde genauso erleichtert wie wir, erinnerte ich mich an die Stimme, die ich gehört hatte, an die alte Frau mit dem weißen Haar und den blauen Augen, die in meinem Schlafzimmer erschienen war.

Rette, was dir lieb und teuer ist.

Ich sah auf zu dem Gipfel, der hoch über der Burg thronte, auf die wir wieder zusteuerten.

»Ida kennt das Eis gut«, sagte ich mit zitternder Stimme, um ihn zu beruhigen, aber auch mich. »Sie muss es geschafft haben.«

»Es tut mir nur so weh«, sagte Kay mit finsterer Miene, »daran zu denken, wie sie mit dem Kind in eine Eisspalte gestürzt ist und im Wasser ertrinkt.«

Kay griff nach dem Geschirr, als wir beide vom Schlitten hinuntergetreten waren. Dann sah er auf:

»Du glaubst wirklich, dass sie sicher nach Esnedo kommen kann?«

Ich stellte mich auf die Zehenspitzen, legte beide Hände an seine Wangen und küsste ihn.

Sein Atem war warm, seine Lippen kalt. Ich lehnte meine Stirn an seine und flüsterte: »Nächsten Winter haben wir sie wieder. Nächsten Winter wird das Eis halten.«

Ich musste es einfach glauben. Niemals hätte ich mir damals vorstellen können, meine kleine Schwester zu verlieren.

»Nächsten Winter.« Kay sah auf zu der Burg, zog mich an sich, einen Arm um meine Schultern, mein Kopf an seiner Brust. »Hoffen wir, dass du recht hast.«

Ich hatte recht, aber auch nur in einer Hinsicht. In anderer lag ich ganz, ganz falsch.

KAPITEL VIER

KÖNIGLICHER GRUSS

Zwei Tage nach unserer lebensgefährlichen Schlittenfahrt kehrte Märtha in der Dämmerung zurück. Sie trug einen Brief am Bein. Auf den ersten Blick erkannte ich die Handschrift meiner Schwester. Ich brach in Tränen aus. Jegliche Verdächtigungen, jedes Misstrauen, jeder Zweifel, der tief in meinem Herzen, im Geheimen und Verborgenen, ihr und Kay gegenüber entstanden war, war vergessen in dem Moment, als ich ihre Worte las.

Ida schrieb, es gehe ihr gut, die Überquerung sei ihr ohne Unglück gelungen. Sie sei in Sicherheit, würde nur schnell diese paar Worte schreiben, um uns zu beruhigen, und alles Weitere erklären, wenn wir uns im nächsten Winter sähen. Sie bat mich, mit Kay und Unik zu Besuch zu kommen, sobald das Eis stabil genug war.

Kay weinte mit mir, als er meine Tränen sah, denn so war er: ein Mann, der die eigenen Tränen nicht fürchtete.

Und dann lachte er laut, hob mich hoch und drehte uns im Kreis. »Noch ein Winter auf dieser wunderbaren Burg«, flüsterte er. »Komm, lass uns das Beste daraus machen.«

Und das taten wir.

Ach, wenn ich an jenes Jahr denke! Es erscheint mir nun wie ein Traum, wie etwas, das nie geschehen war, von dem man sich nur wünschen konnte, dass es so kam. Wie eine Reise, einen Urlaub, den man sich ausmalt, wieder und wieder, und so schön er auch wird, nie kann er dem Traum gerecht werden.

Ein Jahr lang lebten wir wie Winterkönige. Wir legten Rutschbahnen an und bauten Eisskulpturen, wir gaben Feste, bis die Burg vor Musik und Tanz und Lachen dröhnte. Wir tranken Glühwein und warme Milch mit dem Honig aus der Stadt und viel Branntwein aus Hagers Fertigung.

Wir beriefen auch die Versammlung des Nordens ein und bereiteten die Abstimmung vor, in der man gemeinsam entscheiden würde, was das Richtige war: zu bleiben oder zu gehen.

Lange wurde beraten, bevor die Entscheidung vertagt wurde: Bis zum Winter, sagten wir uns.

Manche wollten gehen. Gerade einige von den Frauen, als sie erfuhren, dass bald vielleicht kein Arzt mehr für sie und ihre Kinder da sein würde. Sie wollten dem Vorschlag der Herrin der Burg der Weißen Raben folgen und gehen, so ich denn entschlossen war, dass es Zeit sei, den Norden aufzugeben. Es lag bei mir, sagten sie.

Ihr Vertrauen ehrte mich, aber es war auch ein schweres Gewicht, das sich um meine Schultern legte, ganz so, als schleppte ich einen Schlitten über das Eis, auf dem sich Säcke voll Holzkohle stapelten. Denn ich war mir alles andere als sicher.

Doch niemand kann immer nur besorgt sein, schon gar nicht, wenn die Tage wieder länger werden. Es wurde Frühling, und Kay und ich tanzten am Ufer des Sees, als wären wir wieder frisch verliebt.

Kay küsste meine Hand und forderte mich zum Tanz, ich flocht Blumenkronen für mich und dann für andere und verteilte sie an die Holzfäller und Holzfällerinnen. Gemeinsam feierten wir im Frühling und im warmen Sommer, dem schönsten und wärmsten seit Jahren. Besonders prächtig war das Fest zum Maifeiertag, an dem wir an langen bunten Bändern um einen hohen Baum tanzten.

Doch das größte Fest von allen feierten wir, als wir einen weiteren Brief von Ida aus der Stadt erhielten. Sie hatte ihn einem unserer Raben mitgegeben, die noch immer den Fjord überqueren konnten: Ihr war am Mittsommertag eine Tochter geboren. *Ich will sie nach meiner Schwester benennen,* schrieb sie. *Bitte kommt, sobald ihr könnt!* Sie sendete auch ein Geschenk für Unik, eine Puppe in Rabenform, weiß wie Märtha, ein säuberlich genähtes Stück. *Für seinen Geburtstag,* schrieb sie. *Oder für einen Moment, an dem er an seine Tante denkt, denn zu seinem Geburtstag sehen wir uns sicher schon wieder.*

Damals machte ich mir keine Gedanken mehr darum, wer der Vater ihres Kindes sein könnte. Die Ängste des Winters waren verschwunden, ganz so, als hätten sie sich aufgelöst im Licht der Sonnenstrahlen.

Am wärmsten Tag des Jahres ging ich mit Unik hinunter zum See. Er hatte sich seit dem Winter sehr gefürchtet vor dem Wasser, und ich wollte ihm die Angst nehmen. Ich trug ein Kleid, bestickt mit gelben und roten Blumen, er einen kleinen Matrosenanzug, den der Schneider aus Oslo im vergangenen Winter geschickt hatte. Uns beiden stand der Schweiß auf der Stirn.

»Nicht zum Wasser«, sagte er, als wir das Ufer hinabgingen, und zerrte an meiner Hand, zog mich zurück. »Mama, Burg!«

»Nein, Mama möchte ans Wasser, mein Schatz«, sagte ich. »Da ist es schön kühl. Erfrischend. Wie wenn du ein Bad nimmst.«

Unik schüttelte den Kopf. »Nein, nicht Bad«, sagte er. »Unik sauber.«

»Nur mit den Füßen«, sagte ich und hob meinen nackten Fuß, damit er ihn sehen konnte. »Nur mit den Füßen, Mama und Unik, zusammen im Fjord.«

Unsicher sah er meinen Fuß an, dann den See, dann wieder mich. »Unik Angst«, sagte er kleinlaut. Sein Gesicht verzog sich. »Fjord gemein!«

Ich kniete mich vor ihm auf den Boden und nahm ihn in die Arme. »Hör zu, mein Schatz«, sagte ich. »Du musst keine Angst haben. Das hier ist dein Zuhause.« Bei diesen Worten zog sich mir das Herz zusammen. Aber vielleicht nicht mehr lange, dachte ich. »Der Fjord ist nicht gemein, er folgt nur anderen Regeln als wir.«

»Fjord macht Angst«, erwiderte mein Sohn.

Dass mein Sohn Angst haben musste, Angst vor dem Eis, das seine Bestimmung hätte sein sollen als Burgherr … es tat mir in der Seele weh. »Schau, Unik«, sagte ich. »Mama hat etwas für dich.«

»Geschenk?«, fragte Unik sofort hoffnungsvoll. »Für mich?«

Langsam griff ich in den Beutel, den ich bei mir trug. Ich hatte eigentlich mindestens bis zum Herbstanfang warten wollen, wenn die Tage wieder kürzer wurden, damit er sich die Zeit an lan gen, dunklen Abenden mit Idas Geschenk vertreiben konnte.

Doch nun holte ich die Puppe hervor. »Schau, Unik«, sagte ich. »Das ist ein Geschenk von deiner Tante Ida.«

Er sah den Raben an. »Märtha!«, rief er aufgeregt.

»Genau, das ist Märtha«, sagte ich. »Und weißt du, was?« Ich legte ihm die Puppe in den Arm.

»Solange Märtha bei dir ist, musst du niemals Angst haben. Sie wird dich beschützen.«

Unik drückte die Puppe an die Brust. »Wie?«, fragte er. Er drückte mit seinem kleinen Finger auf ihre Krallen. »Nicht scharf.«

»Sie kann eine Botschaft zu mir tragen«, sagte ich fest. »Zu mir und deinem Papa. Und bei uns bist du immer sicher, ja? Du brauchst dich vor nichts zu fürchten, solange wir bei dir sind. Papa und ich und Märtha.«

Unik nickte feierlich und drückte die Puppe noch fester an sich. »Liebe, Mama!«

»Ich liebe dich auch, mein Schatz«, sagte ich und drückte ihm einen Kuss auf die Wange. Dann umarmte ich ihn so fest, dass er nach Luft schnappte.

»Zu viel Liebe, Mama!«

Ich lachte und ließ ihn los, streichelte ihm über die Wange. »Nie zu viel Liebe.«

»Nie zu viel Liebe«, sagte er, breit lächelnd.

Dann nahm er meine Hand und zog an mir. »Mama Fjord! Füße baden!«

Von da an gingen wir beinahe jeden Tag zum Fjord, und ich erklärte Unik die Regeln des Nordens, wie die Winde hier wehten und das Wetter sich drehte und die Natur bei uns war.

So wurde es Herbst, und meine Sorgen kehrten zurück. Nun wurde es ernst, wollten wir wirklich den Norden verlassen, und je ernster es wurde, desto mehr Zweifel kamen mir.

Wir besprachen es mit den Menschen in den Dörfern, wenn wir sie besuchten, Agnes und ich.

»Wer weiß, wie viele Jahre lang der Meeresarm noch zufrieren wird«, sagte ich, als ich im späten September in der Hütte einer Holzfällerin stand, und hörte auf die Stimme der Vernunft, die schon immer so laut gewesen war in meinem Kopf, von Kindheitstagen an. »Lasst uns gehen, bevor es zu spät ist.«

»Das sagst du nur, weil dein Mann das will!«, erwiderte die junge Holzfällerin in jenem September, als die Vorbereitungen fürs Erntedankfest in vollem Gange waren. Ich kannte ihren Namen nicht, aber sie meinen, und machte eine Bewegung, als wollte sie ausspucken. »Er hat den Norden satt, und du gibst nach.«

In ihrer Hütte standen wir, mit nur einem Raum, alle um das Feuer herum, jeder einen Krug Bier in der Hand. Ihrer Frau, der geschäftigsten Fischerin des Nordens, gefror das Lächeln im Gesicht.

Ich lachte nur und nahm die Holzfällerin bei der Hand. »Das glaubst du? Meine Liebe, dann haben du und deine Frau aber ein anderes Verhältnis als mein Mann und ich. Wir treffen unsere Entscheidungen gemeinsam.«

»Wir auch«, sagte die Fischerin, ihr Ton scharf. »Und wir finden, es ist eine gute Idee, nicht wahr, Elsa? Ich kann vom Esnedoer Hafen aus hinausfahren und fischen.«

Die Holzfällerin schwieg und sagte nichts mehr, aber sie grüßte auch nicht, als Agnes und ich uns verabschiedeten.

»Sie hat Angst«, erklärte Agnes, sobald wir die Hütte verlassen hatten. Erst jetzt erlaubte ich mir, meine Erschütterung zu zeigen. »Ihr ganzes Leben wird sich ändern. Natürlich hat sie da Angst.«

»Glaubt sie denn wirklich, dass ich nur wegen Kay vorschlage, zu gehen?«, fragte ich Agnes, während sie die Hände in den Ärmeln vergrub.

Agnes schwieg.

Ich blieb stehen. »Glaubst du das etwa auch, Agnes?«

Agnes neigte den Kopf, die alte Stirn in Sorgenfalten gelegt. »Du weißt sicher, was du tust, mein Mädchen. Aber ich wundere mich schon. Nie wolltest du weg, nicht als Kind, nicht, als deine Mutter von uns ging, nicht, als du schwanger warst, nicht, als Ida uns verließ. Und jetzt willst du?«

»Es geht nicht darum, was ich will«, sagte ich. »Es geht darum, was das Beste für meinen Sohn und die Menschen hier ist.«

»Der Diakon wird bleiben«, warnte Agnes. »Der wird nicht gehen, und er liebt den Norden nicht. Er wird in die Burg ziehen, und dann werden die armen Menschen alle in die Kirche müssen, und niemand wird mehr der Schneekönigin huldigen.«

Darauf wusste ich nichts zu erwidern. Allein der Gedanke, dass der Diakon auf meiner Burg wohnen könnte, dieser viel zu dünne, viel zu ängstliche Mann, missfiel mir so sehr, dass es mich schauderte.

Nachdem wir eine Weile geschwiegen hatten, seufzte Agnes auf. »Lass uns gehen. Das Wetter ist nicht gut für meine Gelenke, die Knie tun mir weh, als hätt ich das ganze Jahr ohne Unterlass Holz gehackt oben im Wald.«

An diesem Abend stand ich in meinem Schlafzimmer und betrachtete die lange Reihe der Porträts an der Wand. Nicht nur meine Mutter, die Ida so ähnlich sah, auch die Großmütter und deren Mütter und deren Mütter … Bis zum ersten Porträt, das man in die Burg gehängt hatte: das Bild meiner Ahnin Anna, der ersten Herrin auf der Burg der Weißen Raben.

Sie grinste breit auf dem Bild, das so alt war, dass die Farben längst verblasst waren. Über den Schultern trug sie den Pelz eines Luchses und am Körper Seide, dekoriert mit silbernem Garn in der Form von Schneeflocken.

In der Hand hielt sie eine Axt, im Gürtel steckte ein Schwert, an der Wand hinter ihr lehnte ein Speer, daneben stand ein Köcher voll Pfeile, die sogar Eisen durchschlagen konnten. Auch zwei Schilde lehnten an der Wand.

Hinter ihr war ein Fenster, durch das man in den Innenhof der Burg sehen konnte. Dort standen zwei Pferde, ein Schimmel und ein Fuchs.

Das Bild war alt, aber nicht so alt, dass es tatsächlich ein Porträt von Anna gewesen sein konnte, die einer Gruppe Wikinger angehört hatte, die an dieser kargen, kalten Küste gelebt hatte, Seefahrer und Räuber. Eine Künstlerin hatte es sich ausgedacht, viele Jahrhunderte später, inspiriert von einem alten Verweis in den Burgchroniken und von den Inschriften an Annas Hünengrab am Ufer der Meerenge, nur ein Stück weit die Küste hinunter.

Trotzdem war es mein Lieblingsbild. Oder vielleicht auch gerade deswegen. Es fiel mir leicht, zu glauben, dass die Frau, die in dem Grab lag, so gewesen sein könnte wie die Frau auf diesem Bild. Denn sie ähnelte uns: Sie war Herrin auf der Burg, und sie grinste, und sie wusste, dass sie hierhergehörte.

So sicher wusste sie es, dass sie sich an diesem Ort zum letzten Schlaf niedergelegt hatte. Hier war sie gestorben, hier begraben worden. Hier erinnerte man sich noch an sie, hier hielten die Burgherrin und einige Frauen aus den Dörfern das Grab sauber und die Inschriften leserlich, Inschriften in einer alten Keilschrift, die wir nicht mehr lesen konnten, aber die noch leserlich war, so leserlich wie an dem Tag, als die Künstlerin sie vor Jahrhunderten entdeckt und daraufhin das Bild gemalt hatte.

Nun ging ich an dem Gemälde von Anna vorbei und warf die Fenster auf. Im Tageslicht, das nun immer kürzer währte, konnte ich den großen Stein erkennen, der ein Stück nördlich auf der höchsten Erhebung vor der Meerenge stand, höher als alles mit Ausnahme des Berges, der sich hinter der Burg erhob und ins eisige Gebirge führte, wo der Palast der Schneekönigin stehen sollte.

Unter diesem Stein lag sie begraben, Anna, eine Frau mit Schwert und Axt, mit Pferd und Speer. Eine Frau, die ein Luchs nicht verführte, sondern dessen Fell sie schmückte.

Ich starrte hinaus. Konnte ich den Norden wirklich verlassen?

Noch war es nicht zu spät, um unsere Pläne zu ändern, sagte ich mir. Ich glaubte damals nicht an so etwas wie das Schicksal, auch nicht an Bestimmung oder Vorsehung. Ich wusste noch nicht, dass manche Entscheidungen, einmal getroffen, Dinge in Gang setzen konnten, die kaum mehr aufzuhalten waren.

»Es sind nur Bilder«, sagte Kay mir später, als wir gemeinsam im Bett lagen. Er hielt mich im Arm, denn ich hatte ihn um Trost gebeten. Darum, mich festzuhalten, als wäre ich das Kind und nicht Unik.

Er hatte bemerkt, wie ich die Gemälde anstarrte. »Sie sind tot, Greta, und wir sind lebendig. Lass uns die Bilder einpacken.«

Ich schüttelte den Kopf. Er hatte recht, aber das wollte ich nicht zugeben, und ich konnte die

Vorstellung dieses Zimmers ohne die Gesichter meiner Ahninnen nicht ertragen. »Noch nicht.«

Bedeutungsschwere Stille senkte sich über den Raum.

»Änderst du etwa deine Meinung?«, fragte er. Er klang so angespannt, wie ich ihn zuletzt vor unserer Schlittenfahrt über das Eis erlebt hatte.

»Nein«, sagte ich, flüchtete mich feige in Ausreden. Ich wollte es nicht besprechen. Nicht heute Abend, da ich mir selbst nicht sicher war. »Aber es ist noch zu früh, um die Bilder einzupacken. Sie könnten beschädigt werden.«

Er sagte nichts, schlang nur beide Arme noch fester um mich. Seine Anspannung war deutlich zu spüren.

Ich wandte mich um, sodass ich mit dem Rücken zu ihm lag und er mich von hinten umarmen konnte, mein nackter Körper von Kopf bis Fuß an seinen gepresst. Hier fühlte ich mich sicher. Hier traute ich mich, die Worte auszusprechen: »Was werde ich dort tun?«

»Wo?«, fragte er.

»In Esnedo. Das ist es, wovor die Holzfällerin Angst hat, oder nicht? Dort wird sie nicht weiter als Holzfällerin arbeiten können. Die Braunkohle ist besser als unser Holz, sogar unsere Holzkohle. Ihre Frau, die kann fischen gehen, aber was wird sie tun?«

»Wenn man sie lässt«, sagte Kay. Er sagte es so leise, so hastig, als hoffte er, es könnte mir entgehen.

Ich schwieg einen Moment. »Was meinst du damit?«, fragte ich.

Eine Weile blieb auch er still. »Du weißt, warum ich zu dir auf die Burg gezogen bin«, sagte er schließlich. »Warum ich mich für dich entschieden habe.«

Ich schluckte. Ja, sie erinnerte sich. »Die Frauen in der Stadt«, sagte ich, »sie dürfen nichts. Nicht arbeiten, nicht Schlitten fahren, nicht Bäume fallen, keine Raben züchten, nicht fischen, nicht zur Universität gehen oder Ärztin werden, es gibt auch keine Versammlung, wo gemeinsam Entscheidungen getroffen werden, so wie hier.« Er nickte.

»Es ist immer noch so, oder?«, fragte ich. »Es hat sich nichts verändert, wie du es einmal gehofft hattest.«

Ich spürte, wie er den Kopf schüttelte. »Ich wünschte, es wäre so. Vielleicht täusche ich mich. Vielleicht ist es besser, als ich denke, ich war lange nicht mehr da. Als ich das letzte Mal im Krankenhaus war, waren dort aber noch immer keine Frauen als Ärztinnen angestellt.«

Mir lief ein Schauer über den Rücken. »Was werden die Holzfällerinnen dort tun? Die Fischerinnen? Die Rentierzüchterinnen? Wie kann ich sie an einen Ort führen, an dem sie abhängig sein werden? Ich, die ich ihre Burgherrin bin. Ich bin verantwortlich für sie, für ihr Wohlergehen. Sie vertrauen mir!«

»Und ich vertraue dir auch«, sagte Kay. »Und Unik. Du bist nicht nur Burgherrin.«

»Dort werde ich es in jedem Fall nicht mehr sein«, sagte ich.

»Ich kann uns erst einmal durchbringen«, beruhigte er mich. »Ich kann für uns sorgen.«

Als wäre das beruhigend. »Und ich?«, fragte ich. »Was tue ich, während du für uns sorgst? Was tun die anderen? Willst du für uns alle sorgen, Kay, während wir den Norden dem Diakon überlassen? Ein großer Vater?«

»Das ist lästerlich«, sagte er scharf. Und dann, mit einer Spur Verzweiflung: »Wir können nicht hierbleiben, Greta. Das hast du selbst gesagt.«

In dieser Nacht schlief ich so unruhig, wie ich seit Jahren nicht mehr in den Armen meines Mannes geschlafen hatte.

Ich wollte also mit Kay in eine Stadt gehen, in der ich keine Arbeit finden würde. In der er uns versorgen musste. Dorthin wollte ich mit meinem Sohn und Mann ziehen, dorthin die Frauen des Nordens bringen, ich, ihre Burgherrin, der sie vertrauten. Ihr Wohlergehen war meine Verantwortung.

Ich schreckte hoch.

Es dämmerte. Das blasse Licht, das durch das Fenster hineinfiel, kündete von einem neuen Tag. Kay schlief noch tief und fest.

Eine Weile betrachtete ich ihn, meinen Mann. Dort wollte er also mit mir hingehen. Nach Esnedo, vielleicht sogar nach Oslo, wo ich nicht würde arbeiten können, kein eigenes Geld verdienen würde, niemals mehr eine Straße instand halten, eine Bibliothek betreiben, eine Flotte von Schlitten verwalten würde. Die Menschen des Nordens kümmerten ihn nicht, keinen Deut. Er dachte nicht einmal an sie, an die Frauen aus diesen Dörfern, an die Männer. Schon gar nicht an den Wald, an den Berg, an die Schneekönigin, an das Wetter, die Winde, die Hunde.

Ich konnte es nicht verstehen. Dass er das tun würde. Dass ich es tun würde. Dass es ihn nicht zu kümmern schien, als hätte das nichts mit ihm zu tun.

Als ich spürte, wie sein Anblick mich wütend machte, sah ich weg, schaute zum Fenster hinaus.

Das Licht war noch milchig, dünn. Vor dem Fenster lag Nebel in der Luft. Er schien durch das geschlossene Fenster sogar ins Zimmer zu dringen, dieser dichte weiße Nebel, der alles verbarg, was zum Tag gehörte.

Und dann bemerkte ich ihn.

Er stand in unserem Schlafzimmer. Vor dem Fenster, ein dunkler Umriss vor dem weißen Glas, durch das der Nebel einzudringen versuchte.

Ein Luchs.

Ich setzte mich auf.

Aber dieses Mal jagte ich ihn nicht fort. Dieses Tier, das der Gefährte der Schneekönigin war. Das sich durch ihren Kuss in ihren Prinzgemahl verwandelt hatte.

Ich war auch nicht überrascht, dass er da war.

Es war, als hätte etwas in mir auf ihn gewartet. Als wäre er mir zur Rettung gesandt worden, obwohl ich nicht wusste, wovor er mich retten wollte.

»Was willst du?«, flüsterte ich. »Warum kommst du zu mir?«

Der Luchs legte den Kopf schräg.

Und dann hörte ich wieder die Stimme.

Das Eis kehrt nicht wieder.

Der Sommer ist zu warm, der Winter ebenso.

Komm zu mir. Rette, was dir lieb und teuer ist.

Ich drehte mich um und schaute zur Tür.

Dort stand sie wieder.

Die Frau.

Mit ihrem weißen Haar, ihren blauen Augen.

Das Blut gefror mir zu Eis. »Was willst du?«, fragte ich sie. »Warum warnst du mich?«

Das Eis kehrt nicht wieder.

Rette dich.

Rette, was dir lieb und teuer ist.

»Antworte mir!«, forderte ich. »Das ist mein Schlafzimmer, meine Burg! Ich bin die Herrin hier. Sprich!«

Ich sprang aus dem Bett und schritt auf die Frau zu.

Doch da war sie verschwunden.

Ich wirbelte herum.

Auch der Luchs war fort.

Nur ein Lied lag noch in der Luft.

Ein Lied, das ich kannte.

Das Lied der Schneekönigin.

Da setzte sich Kay plötzlich im Bett auf. »Wer singt da?«, fragte er, die Stimme noch rau vom Schlaf, die Augen nur einen Spalt geöffnet, das Gesicht voll Schlaf. »Greta, bist du das?«

Ich starrte noch einen Moment zwischen der Tür und dem Fenster hin und her.

Irgendetwas geschah mit mir. Mit meiner Art zu sehen. Es erinnerte mich daran, wie es gewesen war, Unik in mir zu tragen. Etwas war damals mit meinem Körper geschehen, neun Monate lang, etwas, über das ich keine Kontrolle hatte, das aber doch zu mir gehörte und das ich nicht fürchtete.

»Liebling? Greta?«

Mein Mann ließ mich aus meinen Gedanken aufschrecken. Ich wandte den Blick ab und kroch zurück zu ihm ins Bett, schmiegte mich an seinen warmen Körper.

»Gott im Himmel, bist du kalt«, sagte er und zog mich enger an sich. Dann legte er die Stirn in Falten. »Ich hatte einen Albtraum.«

»Ich auch«, flüsterte ich.

»Ich habe geträumt, dass die Meerenge nicht zufriert«, sagte er. Seine Stimme zitterte, sogar während sie noch schwer war vom Schlaf. Er war ganz mit seinen bösen Träumen beschäftigt und hatte keine Zeit für meine.

Ich schluckte schwer. Die Worte, *es war nur ein Traum,* die ich so oft schon zu Unik gesagt hatte, Unik, der ständig davon träumte, dass die Burg über seinem Kopf zusammenstürzte, sie wollten mir nicht über die Lippen kommen.

»Sag, es war nur ein Traum, Liebling«, bat er mich.

»Es war nur ein Traum«, antwortete ich unter Mühen und küsste ihn. Die Wangen, die Stirn, den Hals. »Nur ein Traum.«

Und so verging der Herbst.

Und dann der Winter.

Und jeden Tag sah ich aus dem Fenster hinaus auf die Meerenge.

Jeden Tag ging ich mit Unik, der seine Puppe an die Brust gedrückt hielt, hinunter zum Fjord. »Märtha ist sicher«, sagte er. »Unik ist sicher.«

Und jedes Mal, wenn wir zur Burg zurückkehrten, streckte er die Arme nach mir aus. »Mama, Liebe«, sagte er.

Und ich drückte ihn an mich, viel zu fest. »Mama liebt dich sehr!«

»Mama zu viel Liebe!«, sagte er daraufhin voll Freude.

Und dann lachte ich und ließ ihn los und sagte: »Nie zu viel Liebe.«

»Nie zu viel Liebe, Mama«, antwortete Unik stolz.

Da nahm ich ihn bei der Hand, und wir gingen hinein, und ich warf einen letzten Blick auf den Fjord.

Denn jeden Tag wartete ich darauf, dass das Wasser zu Eis werden möge, und fürchtete mich gleichzeitig davor. Der Diakon kam nun öfter zur Burg, aber ich schickte ihn unter Ausreden fort, und er war zu furchtsam, um mir zu widersprechen. Immer wieder beschlich mich der Gedanke: *Nichts ist entschieden. Noch kannst du bleiben.*

Und doch konnte ich auch keine Entscheidung treffen. Also wartete ich einfach nur, in jenen Tagen, lernte, anders zu sehen, anders zu schauen, und blickte auf die Meerenge hinaus.

Wartete darauf, dass der Schnee liegen bleiben würde. Dass sie hinauskommen würden auf die Winterstraße.

Vergebens.

Die Meerenge fror nicht zu.

Drei Tage vor Mittwinter wachten mein Mann und ich gleichzeitig auf. Ich stand auf und warf die Fenster auf, noch nackt, genau wie er. Gemeinsam schauten wir hinaus auf das Wasser, das windgepeitscht vor uns lag.

Noch immer war es nicht gefroren.

»Was ist das da am Ufer?«, fragte Kay angespannt.

»Was?«

»Die kleine Gestalt. Da. Unter dem Grab.«

Ich sah genau hin.

Dann sah auch ich sie, nur für einen Moment lang.

Ich blinzelte, dann war sie verschwunden.

»Sie ist fort«, sagte Kay. »Ich … Aber ich hätte schwören können …«

Ja, das hätte ich auch.

Ich hätte schwören können, dass eine Frau am Ufer gestanden hatte. Eine große, schlanke Frau.

Mit einer Krone auf dem Kopf.

Und dass sie die Hand gehoben hatte, mir zum Gruß.

KAPITEL FÜNF

DEN BERG HINAUF

Wir warteten darauf, dass das Wasser noch frieren möge. Mein Mann mit stetig wachsender Angst und ich mit geheimer Erleichterung. Auch Agnes schien erleichtert, genauso wie der Koch, die Holzfällerinnen sowieso. Die Fischer freuten sich, dass sie weiter hinausfahren konnten. Nur die Rentierzüchterinnen waren unruhig, sehr unruhig, und alle schauten auf mich. Wann immer ich in die Dörfer hinunterging, um allen zu versichern, dass die Speicher der Burg noch gut gefüllt waren, merkte ich es, und wann immer wir alle am Fjord standen, um hinauszusehen.

Auch Unik wurde unruhig. Vielleicht spürte er die Furcht seiner Eltern, die manches Mal in Wut umschlug. Vielleicht wusste er auch einfach nur, dass etwas anders war als sonst, etwas, das er nicht mochte.

Als ich ihn am dritten Abend vor Mittwinter ins Bett brachte, fragte er mich, der kleine Schatz, die

Rabenpuppe an seiner Wange: »Wie lang noch bis Geburtstag, Mama?«

»Du hast in drei Tagen Geburtstag, Unik«, sagte ich und streichelte ihm die Stirn. »Nur noch zweimal schlafen. Dann wirst du drei Jahre alt.«

Er nickte, aber seine kleine Stirn war noch immer in Falten gelegt.

»Was ist denn, mein Schatz?«, fragte ich und setzte mich zu ihm an die Bettkante. Er war ungewöhnlich still gewesen die letzten Tage, mein Sohn, der es so liebte, zu tollen, Stöcke aufzuheben und so zu tun, als wäre er ein Zauberer oder noch lieber eine Hexe mit einem magischen weißen Raben. Dazu verwuschelte er sich das Haar und klemmte sich Blätter hinter die Ohren und schmierte sich, nur des Kostüms wegen, versteht sich, Matsch ins Gesicht und an die Kleidung, sehr zum Leidwesen seiner Eltern.

»Warum gehen Mama, Papa, Unik, Agnes weg, Mama?«, fragte er. »Warum in die Stadt? Ich will nicht weg von der Burg, und ich will nicht in die Stadt!«

Ich nahm ihn in die Arme. »Mein Schatz«, sagte ich. »Wo auch immer wir hingehen, deine Eltern lieben dich sehr, das musst du wissen.«

»Aber was hat das mit der Burg zu tun?«, fragte Unik.

Ich konnte ihm keine Antwort geben.

Ich musste mit Kay sprechen.

Am nächsten Tag gingen wir zu dritt hinunter ans Ufer. Sonst spielte Unik hier im Winter im Schnee. Doch nicht an diesem Tag. An diesem Tag starrte er nur aufs Wasser hinaus. Kühl genug für Schneefall war es, doch nicht kalt genug, dass ein Fjord gefrieren würde.

Ich wusste, dass ich mit Kay reden musste, drückte mich aber noch davor. Wir sprachen über die Möglichkeiten, die uns blieben – gedämpft, damit Unik nicht bemerkte, dass wir immer wütender aufeinander wurden.

»Wir hätten letztes Jahr gehen sollen«, sagte Kay düster, während er stur geradeaus starrte.

»Es war nicht mehr sicher im letzten Jahr«, antwortete ich, und es fühlte sich an, als sei es das tausendste Mal. Der erdige Pfad knirschte unter meinen Füßen. Immer noch lag kein Schnee.

»Unik, geh nicht zu nah ans Wasser!«, rief Kay, bevor er sich wieder mir zuwendete.

»Und auf gar keinen Fall auf das Eis am Rand!«, rief ich, denn auf den Rändern des Fjordes lag eine Eisschicht, dünn wie Blätter.

»Uchs!«, rief Unik und deutete auf das Wasser.

»Da ist nichts, Unik«, rief Kay.

»Die Jahre davor wäre es sicher gewesen«, sagte Kay trotzig wie ein Kind.

Ich senkte meine Stimme noch weiter, während wir den trostlosen Pfad entlanggingen, zwischen den nackten Laubbäumen zu beiden Seiten des

Uferweges hindurch. »Wir haben das gemeinsam entschieden.«

»Uchs!«, rief Unik wieder. Ich sah mich kurz nach ihm um. Er starrte aufs Wasser hinaus.

Ich starrte aufs Wasser.

Schwamm da nicht etwas im Fjord?

Ein Tier?

»Dann haben wir uns falsch entschieden«, sagte Kay, ohne mich anzusehen. Stattdessen starrte er mit finsterer Miene auf den Berggipfel. Auch ich wandte den Blick wieder von Unik ab. »Alles wegen dieses Ammenmärchens.«

»Hör endlich auf, es so zu …«

Da hörten wir ein lautes Platschen.

Gleichzeitig wirbelten wir herum.

Unten am Ufer. Im Wasser. Uniks Mütze. Der kleine Körper darunter, im eiskalten Wasser. Die Strömung, die ihn zu packen versuchte.

Kay schrie den Namen unseres Sohnes. Da war ich schon losgerannt. Kay überholte mich auf dem Weg zum Ufer. Noch während wir rannten, entledigten wir uns beide unserer schweren Mäntel.

Kay war der Erste, der die Meerenge erreichte. Ohne zu zögern, sprang er ins eiskalte Wasser. Ich bremste ab, auf den letzten Metern, und sah, wie er mit starken Zügen zu Unik hinausschwamm.

Mein Herz raste. Wir durften nicht beide hineinspringen, das wäre närrisch. Schon jetzt wurde Kay von der verräterischen Strömung gepackt und zur

Seite getrieben. Mit aller Macht kämpfte er dagegen an.

»Mit der Strömung!«, rief ich, wie meine Mutter es mir so oft zugerufen hatte. »Schwimm mit der Strömung!«

Einen Moment lang wusste ich nicht, ob er mich gehört hatte.

Dann gab er nach. Die Strömung zerrte ihn in dieselbe Richtung wie Unik, das Ufer hinab, weg von der Burg, auf das Hünengrab meiner Ahnin zu.

Ich rannte los, las unsere Mäntel auf und folgte ihnen am Ufer entlang, um auf ihrer Höhe zu bleiben. »Du musst schwimmen, Kay!«

Dann endlich begriff er. Er lehnte sich in die Strömung. Noch drei, vier, fünf, zehn Züge, dann bekam er Unik von hinten zu packen. Japsend griff er nach Uniks Hand und legte sie auf sein Schulterblatt. Mit der freien Hand griff er nach Uniks Kinn.

»Unter dem Grab!«, rief ich. »Unter dem Grab treibt die Strömung euch ans Ufer!«

Ich rannte, bis die Seitenstiche mich fast in die Knie zwangen, und erreichte die Stelle als Erstes, wo der Pfad so schmal wurde, dass kaum ein Pferd, niemals ein Karren vorbeigepasst hätte, im Schatten des Grabes. Dort stürzte ich hinab zum Ufer, watete bis zu den Knien hinein und nahm Unik von Kay entgegen.

Sogleich riss ich meinen Mantel auf, das Hemd, drückte meinen Sohn fest an meinen Körper, um ihn zu wärmen. Zitternd hielt ich ihn im Arm und ließ ihn nicht mehr los, bis wir zurück auf der Burg waren.

So schnell es ging, heizte ich mit Agnes' Hilfe heißes Wasser für den Badezuber an, während Kay erst Uniks und dann die eigenen nassen Kleider ablegte und sich mit unserem Sohn in warme Schaffelle hüllte.

»Wie viele Kräuter haben wir noch da?«, fragte ich an Agnes gewandt. »Schafgarbe und Lindenblüte? Haben wir noch Ingwer aus Esnedo? Und was ist mit Kamille? Wo ist die Weidenrinde, ich brauche Weidenrinde, wenn die beiden ein Fieber bekommen. Und Chinin, am besten wäre natürlich Chinin, aber ich weiß nicht genau, wie viel – wir brauchen einen Arzt, wir brauchen …«

Dann verstummte ich.

Der einzige Arzt im Norden saß im warmen Bad auf dieser Burg.

Agnes warf mir einen Blick zu. »Ein bisschen getrocknete Schafgarbe haben wir noch, aber keinen Ingwer mehr und kein Chinin, das ist aufgebraucht. Und einen Arzt, der könnte nur übers Meer kommen.«

Sie dürfen nicht krank werden, dachte ich, flehte ich, während ich meinem Sohn das Haar wusch, die feinen braunen Strähnen. Während ich meinem Mann den Rücken abtrocknete. Sie wieder in Felle hüllte, ganz fest einpackte. Was auch immer passiert, dachte ich, keiner von beiden darf schwer krank werden, so wahr mir die Schneekönigin helfe.

Nach dem Bad legten Kay und Unik sich schlafen in unserem Ehebett. Eine Weile lang legte ich mich zu ihnen und streichelte den Kopf meiner beiden Männer. Dann stand ich auf, zu ruhelos, um zu ruhen.

Als ich den Kopf in das Willkommenszimmer steckte, den kleinen Raum auf der südlichen Seite der Eingangshalle, in dem immer ein Feuer brannte, damit Reisende und Gäste und die meiste Zeit auch die Bewohner der Burg sich aufwärmen konnten, fand ich Agnes dort.

Sie saß am Feuer in einem der hölzernen Stühle mit tannengrünem Polster, die Füße auf einen Schemel hochgelegt, den Blick auf die Holzscheite gerichtet. In ihren schwieligen Händen hielt sie einen hölzernen Becher, aus dem sie einen dampfenden Tee trank.

Der Kessel hing noch über dem Feuer. Es war still in dem kleinen Raum voller Schemel und hölzerner Polsterstühle, voll mit Kays und Uniks und meiner nassen Kleidung, die am Feuer trocknen sollte. Nur die Scheite knackten.

Und Agnes summte ein Lied.

Das Lied der Schneekönigin.

Es klang wie ein Gebet.

Ich stand im Türrahmen und wartete, bis sie es fertiggesungen hatte. Der Klang des Liedes war tröstend, sogar in dieser verzweifelten Stunde. Es gab mir Trost. Denn auch für mich war es wie ein Gebet. Der Pfarrer aus Esnedo kam im Winter zu uns in den Norden, um die Neugeborenen zu segnen, auch wenn unser Diakon das schon getan hatte. Aber die Stabkirche am Fuß des Hügels Richtung Süden war nicht mehr gut in Schuss. Ich konnte sie vom Fenster aus kaum mehr erkennen, und die Gebete darin sagten mir nichts.

Denn in der Kirche sprachen der Pfarrer und der Diakon ihre Gebete gegen die Schneekönigin, und die Ängstlicheren im Norden murmelten sie mit ihnen: *Bewahre uns vor dem Bösen. Bewahre uns vor dem Eis und dem Schnee und der Kälte. Bewahre uns vor der Schneekönigin.*

Als ob alles Beten dafür sorgen konnte, dass es auch nur ein klein wenig wärmer wurde.

Manche Männer machte es nervös, dass ihre Kinder nur im Winter von einem echten Pfarrer getauft werden konnten, wenn der Fjord gefroren war. Sie murmelten manchmal etwas von der Hölle und dem Fegefeuer und allerlei Dingen. Sie wollten gehen, in die Stadt, fort von dem Berg und den Wäldern und dem Schnee.

Aber wir Frauen wussten es besser im Norden. Wir wussten, dass die Schneekönigin Kinder beschützte. Und auch der gute Gott und sein lieber Sohn würden doch wohl kaum einen Säugling in die Hölle schicken, nur weil das Wasser des Pfarrers ihn ein klein wenig zu spät erreicht hatte. Das ergab für uns gar keinen Sinn. Hier oben hielten wir uns an unsere eigenen Regeln, und wichtig war uns nur, dass sie Sinn ergaben. Das war nicht, was man sich in Esnedo erzählte oder was der Pfarrer uns einmal im Jahr einschärfte, wenn er zu uns kam, mit seinem verschwitzten roten Gesicht, dem vollen, lockigen Haar und den jungenhaften Zügen.

»Die Schneekönigin stiehlt Kinder, das weiß doch jeder«, rief er aus, stets mit großem Ernst, wenn er auf dem Dorfplatz sprach, umringt von Frauen, die auf ihre Beile gestützt dastanden und ihn sich sehr, sehr gerne ansahen. Was er dann sagte, war manchmal gar nicht so wichtig. »Sie ist ein Monstrum, das Kinder entführt und Eiskristalle in ihre Herzen treibt! Der Gute Gott beschützt uns vor ihr!«

Aber wir verstanden es im Norden, höflich zu lächeln und ihn von dannen ziehen zu lassen, überzeugt davon, seine Arbeit bei uns erfolgreich verrichtet zu haben. Und sagen weiter zur Schneekönigin, wie Agnes an diesem Tag.

Während Agnes und ich im Willkommensraum saßen, ging der Nachmittag vorüber, und der Abend brach herein. Kay und Unik standen auf, als die Sonne unterging. Beide hatten rosige Wangen und Sand in den Augen. Ich zog sie in meine Arme und küsste sie auf Wange und Stirn, Mund und Kinn, beide Augenlider.

Gemeinsam aßen wir zu Abend, dann spielten wir mit Kreiseln im Willkommenszimmer am warmen Feuer. Als Unik müde wurde, stand er auf und watschelte hinüber zu seinem Schaukelrentier. Während er hin- und herwippte und vergnügt gluckste, seine Puppe im Arm, ließ ich mich erschöpft, aber erleichtert in einen Sessel sinken.

Kay zog einen Schemel heran und lehnte den Kopf an meinen. Wir blickten beide ins Feuer, und für einen Moment lang war alles gut.

Erst als wir ein leises Schnarchen hörten, lösten wir uns vom Anblick der Flammen und drehten uns um.

Unik war auf seinem Schaukelrentier eingeschlafen. Märtha war ihm aus der Hand gefallen.

Mein Mann und ich lächelten einander zu, wie so gern in diesen seltenen Momenten, die kleine Kinder einem gönnten. Sich einfach an ihnen zu erfreuen, gemeinsam, stolz auf und verwundert über das, was man da geschaffen hatte …

Dann standen wir auf. Während ich mich streckte und gähnte, ging Kay zu unserem Sohn hinüber.

»Na komm, kleiner Mann«, sagte er sanft und nahm unser Kind mit einem leichten Ächzen auf den Arm.

»Schwerer, als er aussieht«, murmelte er, legte Uniks Köpfchen auf seiner Schulter ab und wies mit einem Nicken nach oben. »Wollen wir?«

Ich nickte und ging voraus, um ihnen die Türen

zu öffnen. Wieder legten wir uns alle drei zum Schlafen ins selbe Bett. Es dauerte nicht lange, da waren auch Kay und ich eingeschlafen, erschöpft von der Angst, der Panik, der Erleichterung.

Als ich am Morgen des Mittwintertages erwachte, war mir heiß. Einen Moment lang fragte ich mich, ob Agnes wohl hinaufgekommen und das Feuer im Schlafzimmer in der Nacht noch einmal geschürt hatte.

Dann hörte ich ein Wimmern.

Ich schlug die Augen auf.

Und bemerkte, dass nicht mir heiß war.

Es war Unik.

Ihm stand der Schweiß auf der Stirn.

Fieber.

Er bekam Fieber.

Sofort weckte ich Kay. Er sprang aus dem Bett und holte seine Arzttasche. »Haben wir noch Chinin?«

Ich schüttelte den Kopf.

Er fluchte.

»Vielleicht geht es vorbei«, sagte ich. Mir fiel es schwer zu atmen.

»Vielleicht«, antwortete er. »Bist du dir sicher, dass wir kein Chinin mehr haben?«

»Ich werde sofort nachsehen!«

Ich kleidete mich rasch an, rannte hinab und suchte in den Vorratskammern, obwohl ich es besser wusste: Nirgends war Chinin zu finden.

Ich atmete tief durch, eine Hand gegen eins der Regalbretter mit den Vorräten gestemmt. Dann schickte ich Agnes hinauf, um Kay Bescheid zu geben, und ging selbst hinaus in den dunklen Burghof, um nach dem Fjord zu sehen. Das war nun unsere letzte Hoffnung.

Es schneite wieder. In dicken Flocken fiel der Schnee, so dicht, dass ich kaum die Hand vor Augen erkennen konnte, selbst mit der blau verglasten Laterne, die ich trug. Heute würde die Sonne nicht lange scheinen.

Um mich abzulenken, um meinen Füßen und meinem rasenden Herzen etwas zu tun zu geben, lief ich hinunter zum Meer. Mit klopfendem Herzen bemerkte ich, dass sich eine dünne Eisschicht darauf gebildet hatte.

Vorsichtig hob ich den rechten Fuß. Es war Wahnsinn, das wusste ich, aber ich musste es versuchen.

Ich stellte nur die Zehenspitzen auf dem Eis ab und drückte ganz leicht.

Es hielt.

Es hielt!

Ermutigt schob ich den ganzen Stiefel auf das Eis. Noch immer hörte ich nicht einmal ein Knirschen. Konnte das denn sein? Heute, ausgerechnet heute?

Ich verlagerte noch mehr Gewicht auf meinen Fuß.

Das Eis hielt.

Ich hätte jubeln können vor Freude. Beinahe hätte ich die Arme in die Höhe gerissen, als ich mein ganzes Körpergewicht auf das rechte Bein verlagerte.

Mit einem lauten Knacken brach das Eis unter meinem Fuß weg. Gerade noch rechtzeitig zog ich ihn zurück, geriet aber ins Schwanken und fiel rückwärts in den Schnee.

Die Laterne glitt mir aus der Hand und erlosch. Stille und fahles Licht legten sich um mich, die eisige, dunkle, einsame Decke des Winters. Ich hustete und fluchte. Warum hatte ich geglaubt, das Eis könne stark genug sein? Ich wusste es doch besser, ich wusste …

Vielleicht hatte ich auf ein Wunder gehofft.

Auf die Schneekönigin.

Langsam drehte ich mich um und blickte nach hinten, zum Berg, der noch dunkler schien im schwachen Tageslicht als die Burg, der aufragte wie ein schroffer, mahnender Finger.

Da.

Ich kniff die Augen zusammen.

Auf der Spitze des Berges.

An den Hängen, oberhalb des Waldes, wo niemand lebte, zu unwirtlich war es dort und finster, zu selten fiel die Sonne durch die dichten Nadeln der Tannen.

Da leuchteten Lichter.

Blasse blaue Lichter.

Drei am Hang und eines auf der Spitze.

Ich blinzelte. Der Schnee fiel mir ins Gesicht, dick und feucht. Ich wischte ihn mir aus den Augen.

Die Lichter verschwanden nicht.

Und dann hörte ich es.

Es hallte von den Hängen des Berges, durch die Bäume und den Schnee, leise, als käme es aus der Erde, als sänge es jemand, der unter dem Schnee lebte.

Das Lied der Schneekönigin.

Und da wusste ich, was zu tun war.

Nicht auf ein Wunder hoffen.

Eines herbeiführen.

Nur eine hatte jetzt noch die Macht, das Meer zum Gefrieren zu bringen.

Ich entschied es in diesem Moment. Wenn sich das Fieber verschlimmert hatte, würde ich den Berg hinaufsteigen und die Schneekönigin finden. Ich würde sie finden und meinen Sohn retten, bevor es zu spät war.

Es war eine Entscheidung, deren Folgen ich nicht absehen konnte, nicht damals. Nicht einmal heute kann ich es. Ich vertraute dem, was ich wusste. Ich folgte einem Ruf, den ich gehört hatte. Ich folgte dem Ruf der Schneekönigin.

Als ich zur Burg zurückkehrte, erwartete Agnes mich in der Eingangshalle. Sie führte mich mit bestimmtem Griff ins Willkommenszimmer, wo das

Feuer brannte. »Der Burgherr war unten, vor einer halben Stunde.«

Sie sprach so ruhig, als wollte sie mir etwas darlegen, das mit der Holzfällerei zu tun hatte, etwas, das sie schon seit Jahren wusste und nur erklärte, weil nicht jeder Holzfällerin sein konnte. »Er sagte, Unik braucht unbedingt Chinin. Das Fieber steigt, er kann es nicht senken. Er bat mich, dir nichts zu sagen. Es gebe nichts, was du tun könntest. Selbst er könne kaum noch mehr tun, als zum lieben Gott und zum Herrn Jesus Christus zu beten.«

Wir Frauen sahen einander in die Augen. Lange, schweigend.

Dann sprach ich: »Ich muss zu ihr gehen.«

»Ja«, antwortete Agnes, ohne zu zögern. »Soll ich mit dir kommen?«

»Nein. Es ist zu gefährlich. Das ist ein Marsch für eine junge Frau, Agnes. Es soll eine ganze Nacht dauern bis zur Bergspitze.«

Einen Moment hielt ich inne. Ich sollte meinen Mann fragen. Das war eine Aufgabe, die wir zusammen übernehmen sollten, wie wir auch zusammen unseren Sohn zur Welt gebracht hatten.

Aber dann wäre überhaupt kein Arzt mehr hier, um auf Unik achtzugeben.

Es lag an mir. Kay war dort, wo er hingehörte.

Ich musste gehen. Ich kannte das Eis und den Schnee, die alten Lieder und Geschichten. Ich war die Herrin hier im Norden.

Ich straffte die Schultern. »Aber was ich brauche, ist Proviant, einen Mantel, Zündhölzer.«

Agnes wandte sich dem Schaukelrentier zu. Darauf stand eine gepackte Tasche, daneben lehnten Schneeschuhe und eine Laterne.

»Woher wusstest du es?«, fragte ich sie.

Sie wandte sich mir zu. Dann deutete sie mit dem Daumen Richtung Berg. »Ich habe sie gesehen. Die Lichter.«

»Ich auch.«

Sie nickte. Dann hielt sie inne. Leise fügte sie hinzu: »Und ich hatte Träume. Von schwarzem Rauch … von giftigem Öl …«

»Du hast den Giftgeist also auch gesehen.« Es war keine Frage. »Dann muss ich noch dringender gehen.«

»Was kann ich tun, während du fort bist?«, fragte Agnes, als ich mir die Tasche auf den Rücken lud.

»Du musst hierbleiben und Kay davon abhalten, etwas Dummes zu tun, ja, Agnes?«, sagte ich. »Er darf nicht versuchen, das Meer zu überqueren. Das Eis ist dünn wie Laub, es würde unter ihnen einbrechen, und beide würden ertrinken.«

Agnes nickte. Sie trat zu mir und richtete die Schnüre meines Bündels. »Hinter der Hütte des jungen Fischers liegt ein Pfad, der in den Wald hineinführt, so hoch hinauf, wie wir Holzfällerinnen gehen, bis zur Hohen Hütte, wo wir Unterschlupf finden und das Holz lagern, das weißt du ja. Dort endet er, und was dahinterliegt, das weiß wiederum keine von uns. Wir haben der Schneekönigin immer ihr Reich gelassen.«

Ich stülpte die Fellhandschuhe über. »Bindest du mir die Schneeschuhe am Bündel fest?«

Agnes tat, worum ich sie gebeten hatte. Wir sprachen nicht darüber, wie gefährlich es war, dass niemand die Pfade durch den Wald und den Berg hinauf kannte. Die Frauen des Nordens verstanden es schon lange, dass viele Worte wenig halfen, wenn es etwas zu erledigen gab.

»Du musst an meiner Stelle einen Brief in die Stadt schicken«, sagte ich, als das Bündel saß und die Schuhe befestigt waren. »Zu Ida. Sag ihr, was passiert ist. Wohin ich gegangen bin. Schick Märtha.«

»Natürlich schicke ich Märtha«, antwortete Agnes. »Sie ist die Verlässlichste von allen.«

Dann nahm sie die Laterne und entzündete die Kerze darin am Feuer im Kamin, bevor sie das blaue Glas gründlich schloss. »Geh mit dem Wind im Rücken und der Laterne voran«, sagte sie mit ihrer dunklen Stimme, als sie mir das Licht übergab.

Ich erschauderte.

Das hatte meine Mutter mir gesagt, als ich bei ihr gesessen hatte in der Nacht ihres Todes. So verabschiedeten sich die Holzfällerinnen und Holzfäller voneinander oder ihren Familien, wenn sie aufbrachen des Morgens oder in der Nacht, um den Berg hinaufzugehen und Bäume zu fällen in einem Wald, der nicht der ihre war.

Die Laterne in der Hand, zog ich Agnes mit dem freien Arm zu mir heran. »Auf, auf, immer den Berg hinauf«, flüsterte ich meiner alten Freundin ins Ohr.

»Hinab, hinab, hab Acht«, antwortete Agnes ebenso leise. »Wenn du in Not bist, sing ihr Lied. Und entzünde kein anderes Licht als das blaue, das der Schneekönigin gefällt. Und nimm das hier mit dir.«

Als ich aufsah, hielt sie mir ihr Beil entgegen. Das kleine, das sie nutzte, um Zunder zu schlagen.

»Dein Beil?«, fragte ich ungläubig. Niemals gab eine Holzfällerin ihr Beil aus der Hand.

Sie drückte es mir in die Hand, dann legte sie ihre zweite Hand auf meine. Einen Moment lang hielten wir beide das Beil. »Nun ist es deines, mein Mädchen.«

»Danke, Agnes«, sagte ich leise. »Danke für alles.«

Wir umarmten uns noch einmal. Dann drehte ich mich um, trat aus dem Willkommenszimmer in die Eingangshalle. Ich wandte mich den Flügeltüren zu, aber mit einem Mal zögerte ich.

Einen Moment lang dachte ich daran, noch einmal hinaufzugehen, um Kay und Unik auf Wiedersehen zu sagen.

Aber Kay würde mich abhalten wollen. Er hatte nie begriffen, was wir Frauen im Norden wussten, sosehr er mich auch liebte, sosehr er es auch zu verstehen versuchte.

Dann durfte ich es ihm eben nicht sagen.

Ich legte das Bündel wieder ab. »Nur einen Moment noch«, flüsterte ich und eilte die Treppe hinauf in unser Schlafzimmer.

Als ich hineintrat, kniete Kay an unserem Bett. Unik lag darin, mit Wickeln um die Waden und einem kühlen Tuch auf der Stirn. Er fieberte, hielt die Laken fest in den kleinen Händen, zog und zerrte.

Ich kniete mich neben Kay, nahm seine Hand und küsste ihren Rücken. Seine Augen waren gerötet. Er weinte noch immer. »Das Fieber steigt«, sagte er.

»Ich liebe dich«, antwortete ich. Das war das Beste, was ich zu sagen wusste.

Dann beugte ich mich über das Bett und gab Unik einen Kuss. »Mein Schatz«, flüsterte ich, »Mama liebt dich.«

Und ich zog ihn an mich, fest, so fest ich nur konnte.

»Mama zu viel Liebe!«, murmelte Unik. Er öffnete einen Moment lang die glasigen Augen.

Ich schüttelte den Kopf. »Nie zu viel Liebe, Unik.«

»Nie zu viel Liebe«, flüsterte er. »Viel Liebe, Mama!«

Dann richtete ich mich auf. »Ich bin bald zurück«, sagte ich.

Kay schien mich kaum zu hören. Noch einmal küsste ich ihn, dann nahm ich auch ihn in den Arm. »Hab keine Angst«, sagte ich leise.

Er schluchzte, dann nickte er. »Ich werde ihn retten«, sagte er. »Ich versprech's dir, Greta. Ich tu alles.«

Ich auch, dachte ich. »Ich weiß« war, was ich sagte.

Dann ging ich zur Tür. Als ich die Hand an den Knauf legte, sprach Unik noch einmal: »Mama Geschenk.«

Ich drehte mich um. »Mama braucht jetzt kein Geschenk, mein Schatz.«

Er schüttelte den Kopf. »Agnes Geschenk für Mama.«

»Du kannst uns Geschenke geben, wenn es dir besser geht«, sagte ich liebevoll, dann ging ich hinaus. Die Tränen brannten mir in den Augen. Es war unerträglich, ihn so zu sehen, meinen lieben kleinen Jungen, der niemals jemandem etwas Böses getan hatte, der unser Ein und Alles war, unser Einziger.

Ich stürmte hinunter, zu Agnes, die noch immer in der Eingangshalle stand. Wieder zog ich das Bündel auf, dann trat ich hinaus durch die Flügeltüren, durch das Burgtor und hinein in den Schnee, hinein in das blasse graue Licht des Mittwintertags, das stets nach einer Lampe verlangte.

»Greta!«

Agnes war auf die Türschwelle getreten. Sie schien zu zögern, so als wollte sie mich nicht abhalten. »Da ist ein Geschenk in deinem Bündel. Von Unik. Er wollte unbedingt, dass ich es dir gebe. Als ich Kay Bescheid gegeben hab wegen des Chinins.«

Ich stellte das Bündel ab und wühlte darin herum, bis meine Hand auf etwas Weiches stieß.

Langsam zog ich den Gegenstand heraus.

Es war seine Puppe. Es war Märtha.

»Er sagte, solange sie bei dir ist, seist du sicher«, sagte Agnes. Mein Herz zog sich zusammen vor lauter Liebe. Eine Träne rann meine Wange hinunter.

»Auf, auf, Greta!«, rief Agnes. »Immer den Berg hinauf!«

»Auf, auf!«, murmelte ich, wandte mich ab von dem Tor, hinter dem mein Sohn lag, und folgte dem Pfad, der mich fort von der Burg führte. An Annas Grab kam ich vorbei, dem Hünengrab. Mit der Hand fuhr ich an den Inschriften entlang, die ich so gut kannte, dass ich sie im Schlaf hätte nachzeichnen können. Die Keilschrift, daneben die Symbole. Die Krone. Das Fell eines Luchses. Die Axt. Ein Keil, der einmal blau angemalt gewesen war, blau und silbern. Ein Schlüsselloch.

Mir war, als brauchte ich ihren Segen auf diesem Weg. Mir war, als trüge ich ihn mit mir, als ich dem Pfad weiter folgte, dem Pfad zu den Hütten der

Holzfällerinnen, der Fischer. An den letzten Lichtern vorbei, die diesen dunklen Mittwintertag erhellten. An der Laterne mit blauem Glas, die über der Tür des Hauses des jungen Fischers hing.

Den Pfad ging ich entlang, fest entschlossen, dem Ruf zu folgen.

Zu retten, was mir lieb und teuer war.

Zu gehen.

Hinein in den Wald.

Hinauf auf den Berg.

Hinauf zur Schneekönigin.

ZWEITER TEIL

»Mein Schlitten! Vergiss meinen Schlitten nicht!«
Das war das Einzige, woran Kay dachte. Sie banden den Schlitten einer der weißen Hennen an den Rücken, die neben dem Schlitten der Schneekönigin herflog.
Die Schneekönigin küsste ihn noch einmal, und Kay vergaß die kleine Gerda, er vergaß seine Großmutter und alle anderen, die er zu Hause kannte und liebte. Sie flogen über Wälder und Seen, über viele Länder und Meere. Unter ihnen blies ein kalter Wind, und die Wölfe heulten laut. Schwarze Krähen schrien auf, während sie über den glitzernden Schnee glitten. Aber über ihnen schien der Mond, so hell und groß.

Hans Christian Andersen
Die Schneekönigin

KAPITEL SECHS

DIE BLUMENFRAU

Es ist ein dunkler Wald, der bei uns im Norden wächst. Schön ist er, so schön wie schrecklich, schrecklich zumindest für jene Menschen, die ihn fürchten, bevor sie nur einen Schritt hineingesetzt haben.

Ich kannte die Märchen und Erzählungen aus dem Wald, die alten, die ums Feuer erzählt wurden. Ich wusste, dass die Jägerinnen dem Waldgeist eine Münze auf den Baumstamm legten oder einen Happen zu essen, bevor sie in den Wald zogen, in der Hoffnung, dass die Waldfrau ihnen Jagdglück bescheren würde. Ich wusste, man durfte nicht essen vom Teller der Geister, denn sonst würde man ihrer Welt nicht mehr entkommen, ihrer Welt, die so anders war als die unsere, nicht schrecklicher, vielleicht sogar schöner.

Und verlieben, das durfte man sich auf gar keinen Fall. Meine Großmutter hatte mir noch die Geschichten erzählt von Jägern und Holzfällern, meistens Männer, die der Waldgeist verführte – die Huldra, die schöne Frau, die auf einem Hirsch ritt. Sie waren nie wieder dieselben, hatte meine Großmutter gesagt und überall hingeschaut, nur nicht aus dem Fenster, nur nicht zum Wald. Hatte einfach auf ihre Hände gestarrt, ihre schwieligen Hände, und sie geknetet. Manche kehren nie mehr zurück, denn sie mögen's da oben, haben's auch besser mit ihr, immer viel Jagdglück und genug zu essen.

Meinen Großvater hatte ich nie recht kennengelernt, denn er war verschwunden, als ich noch klein gewesen war. Er war im Krieg gewesen mit Kronprinz Bernadotte von Schweden, in Oldesloe und Bornhöved und Sehestedt, weit im Süden. Von Oldesloe und Sehestedt hatte er meinen Eltern wohl ein wenig erzählt nach seiner Rückkehr, von einem großen Feuer, davon, wie schön Hamburg war, die Hansestadt an der Elbe, aber nie hatte er auch nur ein Wort über Bornhöved gesagt.

So hatte es mir mein Vater berichtet. Er war einmal in die Stadt gefahren, nachdem mein Großvater verschwunden war. Nicht nach Tromsø, sondern bis nach Kopenhagen.

Als er zurückkam, hatte er hager und blass und traurig ausgesehen. »Die sind gestorben wie die Fliegen in Bornhöved«, hatte er zu meiner Mutter gesagt, während Ida und ich an der Tür gelauscht hatten. »Kein Kamerad vom Vati ist da rausgekommen, Gunda. Kein einziger. Kein Wunder, dass er auch gehen musste, auf seine Weise.«

Da war mein Großvater schon in den Wald gegangen und nie mehr wiedergekommen.

»Es geht nicht gut ums Land«, hatte mein Vater auch noch gesagt. »Der König will wieder alleine herrschen. Der Staat ist bankrott. Ich hab die Leute auf den Straßen verhungern sehen. Kinder gehen barfuß. Ich weiß nicht. Ich weiß auch nicht, was wir tun sollen.«

Daran erinnerte ich mich mit einem Mal glasklar, als ich den Pfad entlang hinauf zum Wald ging. War hier auch mein Großvater entlanggegangen, auf eine Wanderung, von der er nie wieder zurückgekehrt war?

Ich erinnerte mich auch, dass mein Vater uns danach viele Märchen und Sagen aus dem Wald vorgelesen hatte, während meine Großmutter verstummt war, kein Wort mehr gesagt hatte über die Waldgeister, die sie so gut kannte. Nur ihm hatte sie die Geschichten seiner Kindheit noch einmal erzählt, sodass er sie niederschreiben und dann seinen Kindern vorlesen konnte.

Viel zu lange war ich nicht mehr am Grab meines Vaters gewesen. Ich würde hingehen, entschloss ich, sobald ich zurückgekehrt war. Ich würde ihm eine Geschichte vorlesen. Außerdem kramte ich in meiner Tasche nach einer Münze, was mühsam war mit dem dicken Handschuh. Auf einen Baumstumpf würde ich sie nicht legen können, dafür lag der Schnee zu hoch, aber Agnes und die anderen spendeten ihre Münzen in der Hohen Hütte. Ich würde es ihnen gleichtun.

»Für eine sichere Reise«, murmelte ich, während ich weiterlief. »Ich zahle euch Zoll, liebe Waldgeister.«

Ich war noch nicht lange den Pfad entlanggegangen, als ich im Unterholz ein Geräusch hörte.

Vorsichtig verlangsamte ich meine Schritte. Es kam von rechts, von vorne. Im Unterholz ist es niemals still, auch heute nicht. Immer hört man hier die Geräusche von Insekten, von kleinem Getier, von Schnee, der durch Äste und Baumkronen bricht.

Aber dieses Geräusch, das merkte ich damals, das klang anders.

Größer. Größer als eine Maus, ein Insekt, ein Ast.

Ich kam zum Stehen.

Ich wartete.

Atmete.

Ein und aus.

Ein und aus.

Die Luft war schon jetzt entsetzlich kalt. Geräusche klangen dumpfer im Wald, dumpfer als auf den Zinnen der Burg, in ihren steinernen Hallen oder auf dem glatten Eis des breiten Meeresarmes.

Mit einem Schlitten auf dem Winterpfad konnte man meilenweit hören, und in der Stadt wussten sie, schon lange bevor wir kamen, dass die Schlitten auf dem Weg waren.

Hier, zwischen den Bäumen, den dichten Tannen mit ihren dunklen Nadeln, schien die Welt entrückt. Ganz so, als wäre ich durch ein Tor getreten, als entfernte ich mich mit jedem Schritt, den ich auf dem Pfad tat, weiter von allem, was ich kannte.

Dabei hatte ich das alles einmal gewusst, fiel mir da wieder ein. Als Kind hatte ich oft im Wald gespielt. Ich hatte gewusst, wie dumpf die Geräusche hier klangen, wie wundersam alles war, wie sehr es nicht den Regeln der Eltern gehorchte oder denen der Stadt oder sogar den meinen, den wenigen, die ich als Kind schon aufgestellt hatte.

Ich hatte gewusst, wie frei ich hier war und wie gefährlich es war und wie wunderschön, diese Freiheit zu spüren als Kind.

Nun war ich eine erwachsene Frau, und ich spürte wieder beides, die Freiheit und die Gefahr, die Fremde, diese schöne, starke Fremde. Der Grund unter meinen Füßen war mit einer dichten Schicht aus Nadeln bedeckt, im Unterholz lag Schnee. Unter seinem Gewicht knackten Äste, ächzten Stämme.

Nur das Geräusch, das ich geglaubt hatte zu hören, das war verstummt.

Ich hob die Laterne, um einen Blick ins Unterholz zu werfen, aber das Licht der Kerze war nicht stark genug.

Ich wartete noch einen Moment, dann setzte ich meinen Weg fort. Die Laterne warf ein wenig Licht auf den Pfad zu meinen Füßen. Ich muss aufpassen, nicht zu stürzen, dachte ich. Der Gedanke, dass niemand bei mir war, um Hilfe zu holen, sollte mir etwas geschehen, ließ mich erschaudern.

Ich hätte nicht alleine gehen sollen, dachte ich einen Moment lang.

Und doch war ich gerufen worden. Nun war ich hier, und ich ging.

Der Pfad führte schnurgerade in den Wald hinein, immer weiter den Berg hinauf. Die Holzfällerinnen und Holzfäller hatten ihn angelegt, das wusste ich, lange vor meiner Geburt, als Esnedo und der Süden zum ersten Mal hungrig geworden waren und nach mehr Holz verlangt hatten, Holz aus dem Norden. Das war es, was sie wollten, die Herren der Städte, Holz, Holzkohle, immer mehr davon, nur damit wollten sie handeln, nur das begehrten sie für ihre Fabriken, nur dafür waren sie bereit, Ingwer und Chinin zu schicken, Wolle und Schrot, Samtstoffe und Rotwein.

Und wir Menschen im Norden, wir hatten mit den Schultern gezuckt und es hingenommen, denn wir wollten Samt und Rotwein und Chinin und Ingwer und schöne schnelle Schlitten.

Ich wusste aber auch, da Agnes es mir erzählt hatte, dass die Holzfäller den Weg angelegt hatten auf einem viel älteren Pfad, der in Windungen in den Wald hineinführte.

Schon so lange irgendjemand im Norden denken konnte, hatte es diesen alten Pfad gegeben, der sich den Berg hinaufwand.

Diesen uralten Weg, von dem niemand wusste, wer ihn angelegt hatte.

Niemand wusste, wo er endete.

Niemand, so lange man sich erinnern konnte, war ihn bis zu seinem Ende gegangen.

Aber alle waren sich einig, dass er auf die Spitze des Berges führte. Hinauf zum Palast der Schneekönigin.

Dorthin, wo ich das Licht auf dem Gipfel gesehen hatte.

Ich beschleunigte meine Schritte, und so dauerte es nicht mehr lange, bis vor mir die Hohe Hütte auftauchte. Es war der Unterstand, das Lager und der Notunterschlupf, den die Holzfällerinnen und Holzfäller nutzten, wenn ein Gewitter oder Schneesturm aufzog und die Zeit nicht reichte, um ins Dorf zurückzukehren.

Sie war breit und hoch, lang gestreckt, mit dicken Balken gebaut, beinahe wie eine Halle aus alten Zeiten, in denen Kriegerinnen und Krieger mit Spangenhelmen ihre Festmahle eingenommen und auf Tierfellen um das Feuer herum auf ihren

Schätzen aus Gold und Edelsteinen geschlafen hatten. Sie hatten reichlich Wegzoll besessen, um die Naturgeister zu besänftigen.

Und doch war niemand mehr von ihnen da. Vielleicht hat das Gold nicht gereicht, dachte ich damals. Vielleicht ist Geld nicht das, was die Waldgeister brauchen.

Die Farbe war von der Hohen Hütte abgeblättert, doch an manchen Stellen blitzten sie noch auf, die Malereien in Rot und Grün und Blau, von Schiffen und Wellen, von Hirschen und Rentieren und einer großen Frau mit weitem Mantel, ganz in Blau. Sie thronte über dem Eingang zur Hütte. Auf dem Pfosten zu ihrer Rechten, der das Vordach stützte, war deutlich eine Frau mit einem Schaf zu sehen. Zu ihrer Linken eine grausam dreinblickende Mutter und ihre Tochter, darunter eine Prinzessin, ihr gegenüber eine Krähe.

Als ich die Hütte erreichte, hielt ich inne, um einen Moment auszuruhen. Ich überlegte, ob ich hineingehen sollte, um mich umzusehen, vielleicht sogar etwas aufzuwärmen.

Aber der Tag war noch jung, und es war Eile geboten. Ein Fieber war tückisch. So schnell konnte es ein Menschenkind packen, ein kleines Menschenkind mit speckigen Armen, die auf einmal schrumpften, dünn wurden, dünn und eingefallen wie sein kleines Gesicht, die Stirn mit Schweiß überzogen, die Augen nicht mehr glänzend, sondern glasig, der Mund geöffnet zu einem Schrei, zu dem ihm die Kraft fehlte.

Nun war es an mir zu eilen.

Also tat ich nur einen Schritt in die Hütte hinein, legte meine Münze nieder auf einen langen Tisch, umgeben von Bündeln von Holz, auf dem schon viele weitere Münzen lagen. Dann ging ich wieder hinaus, an der Hütte vorbei den Pfad entlang.

Hinter der Hohen Hütte veränderte er sich. Er begann sich zu winden, wurde schmaler, blasser.

Das war er. Der alte Weg, über den die Holzfäller den ihren geebnet hatten. Der Weg, von dem niemand wusste, wer ihn angelegt hatte, wohin er führen mochte. Auch hier galt es, den Wegzoll zu entrichten. Das hatte meine Großmutter mir eingebläut: den Geistern des Waldes immer eine Münze dazulassen, sodass sie freundlich gestimmt sein mochten, wenn sie einen erspähten in ihrem Reich.

Sie war selbst lange Köhlerin gewesen als junge Frau und hatte viel Zeit mit den Bäumen verbracht und der Holzkohle, die die Burg wärmte, bevor sie dafür zu alt geworden und zu ihrem Sohn und seiner Frau auf die Burg gezogen war.

Ich griff in meine Tasche und zog mit Mühe noch eine silberne Münze hervor, um sie auf den nächsten Baumstamm zu legen, von dem der Schnee hinabgerutscht war. Es konnte nicht schaden, sagte ich mir, doppelt hielt besser, und meine Großmutter hatte viel verstanden vom Leben.

Dann zog ich das Tuch vor den Mund, das meinen Hals unter dem Mantel wärmte, um nicht weiter ungeschützt die eiskalte Luft einzuatmen. Immer wieder drehte ich mich nach der Hohen Hütte um, bis sie schließlich in der Dunkelheit hinter mir verschwand. Nur mit Mühe kämpfte ich gegen den Impuls an, ihr zuzuwinken, ein letztes Mal. Hier hatte ich meinen Wegzoll entrichtet. Mochte er mich beschützen.

Dann blieb nichts mehr außer den dichten, dunklen Tannen zu beiden Seiten, der blasse Pfad unter meinen Füßen und das schwache Licht meiner Laterne.

Und da, da war es wieder.

Während ich weiterlief, hörte ich es.

Die Sohlen meiner Stiefel auf den Nadeln, so dumpf.

Das Knacken von Ästen unter schwerem Schnee.

Und das Geräusch im Unterholz.

Wieder hielt ich inne.

Das Geräusch verstummte.

Ich hob noch einmal die Laterne, aber auch jetzt konnte ich kaum weiter als ein paar Handbreit sehen. Kalter Schweiß breitete sich auf meiner Haut aus. Mein Atem beschleunigte sich. In der Stille hörte ich klar und deutlich den Schlag meines Herzens.

Als es still blieb, setzte ich langsam den Weg fort.

Da kehrte das Geräusch zurück.

Jemand war dort im Unterholz.

Und er folgte mir.

Einen Moment lang dachte ich daran, umzudrehen und Schutz in der Hohen Hütte zu suchen.

Dann straffte ich die Schultern, setzte beide Füße fest auf den Boden, hob die Laterne und rief: »Wer ist da? Zeig dich!«

Es gab keine Antwort.

Aber da!

Etwas leuchtete im Unterholz.

Einen Moment lang hielt ich es für blaue Lichter, kleine Punkte, wie ich sie von der Meerenge aus an den Hängen und auf dem Gipfel des Berges gesehen hatte.

Dann blinzelten sie, die Punkte.

Es waren Augen.

Zwei blasse runde Augen, die mich anstarrten.

Mein Herz überschlug sich. Ich rannte los, weiter den Pfad hinauf. Meine Schritte klangen gedämpft, mein Atem zu laut, mein Puls raste. Ich tat mein Bestes, nicht zu stolpern, während ich mit der einen Hand die Laterne hielt und mit der anderen nach Agnes' Beil in meinem Gürtel tastete.

Die dicke Klinge spiegelte das blasse Licht der Laterne. Fahl sah sie aus, fahl wie der weiße Mond, der auf viel zu dünnes Eis schien.

Ich ließ ab vom Beil und rannte weiter. Im Schein der Laterne erkannte ich, dass sich eine Weggabelung vor mir auftat.

Schlitternd, fluchend, zitternd kam ich zum Stehen, hob die Laterne, schaute nach einem Schild, einem Stein, einem Hinweis, welcher Pfad der richtige war. Wohin musste ich gehen, welcher Weg führte den Berg hinauf?!

Ich wusste es nicht. Ich brauchte Zeit. Zeit, die ich nicht hatte.

Eilig drehte ich mich um, hob die Laterne hoch.

Da war nichts.

Hinter mir war nichts.

Nur gähnende Leere auf dem dunklen Pfad. Kein blasses Augenpaar, das mich ansah. Kein Geist, der mich verfolgte.

Ich hörte auch nichts mehr, nichts mehr außer meinem schweren Atem, meinem rasenden Herzen.

Langsam ließ ich die Laterne kreisen, blickte in alle Richtungen und lauschte angestrengt. Auf ein Zeichen wartend, auf die blassen, runden Augen, auf ein Geräusch aus dem Unterholz.

Aber da war nichts.

Hörbar atmete ich auf und spürte, wie die Anspannung aus meinen Schultern wich, wie mein Herz sich langsam beruhigte. Das war nichts weiter gewesen. Nur ein Tier, das ich aufgeschreckt hatte.

Wenn auch mit merkwürdig blassen Augen.

Die mich lange, lange angesehen hatten.

Aber noch immer wusste ich es nicht, damals. Wie man richtig hinsah. Wie man sich selbst glaubte. Auf sich vertraute.

Also wandte ich mich wieder der Kreuzung zu. Mit mehr Ruhe betrachtete ich beide Pfade, den, der links den Berg hinaufzuführen schien, und den, der dasselbe auf der rechten Seite tat.

Spielte es vielleicht keine Rolle? Führten sie beide zur Spitze?

Mein Arm schmerzte. Ich stellte die Laterne auf den Boden, um meiner Hand eine Pause zu gönnen.

Erst als das Licht nur noch den Boden erhellte, bemerkte ich, dass in der Ferne zu meiner Rechten ein Licht brannte.

Es war nicht blass wie die Lichter, die ich am Berghang gesehen hatte, nicht blass wie das Licht meiner Laterne.

Nein, es strahlte voll und warm, ein goldener Fleck, als schiene mitten im Wald eine kleine Sonne.

Neugierig hob ich die Laterne wieder hoch und machte mich auf den Weg den rechten Pfad hinauf. Einen musste ich schließlich wählen, und dieser erschien mir so gut wie der andere. Vor allen Dingen durfte ich nicht zögern. Ich musste meinen Sohn retten.

Ich lief noch eine Weile, immer dem Licht entgegen, das stetig wuchs, stetig wärmer, heller und größer wurde. Schließlich blendete es so stark, dass ich die freie Hand vor Augen halten musste, um weiter den Pfad entlangzukommen.

So erreichte ich schließlich ein Haus.

Es war ein kleines, gemütliches Haus, vier Zimmer und zwei Stockwerke, dunkles Fachwerk, weißer Putz, rote und blaue Fensterläden, ein mit Stroh gedecktes Dach. Aus dem Kamin stieg kein Rauch auf.

Im Vorgarten hing Wäsche, blendend weiß und rein, warme, weiche Laken und Bettbezüge. Zu beiden Seiten der Haustür standen hölzerne Skulpturen, eine Kriegerin und ein Luchs, sie mit einer Axt in der Hand, er mit einem schönen Muster im Fell. Für einen Moment wollte ich die Hand heben und grüßen, so lebendig sahen sie aus. Sogar ein Bach plätscherte am Haus entlang, und ein kleines Mühlrad drehte sich darin.

Das alles konnte ich in aller Deutlichkeit erkennen, denn auf dem ganzen Grundstück des Hauses, von Zaun zu Zaun, schien die Sonne. Bunte Blumen wuchsen im Garten, Rosen und Schneeglöckchen, Lilien und Trompetenblumen. Wein rankte sich den Zaun entlang, der schon dunkle Trauben trug, klein und saftig sahen sie aus. In den Beeten wuchsen dicke Tomaten, große grüne Salatköpfe und schlanke Karotten. Die Sträucher waren voll behangen mit Heidelbeeren, Brombeeren, Johannisbeeren und Himbeeren. Kleine wilde Erdbeeren wuchsen im ganzen Garten, und ein Dutzend prächtiger Bäume hingen voller reifer roter Kirschen. Rund um den Garten herum standen diese

Bäume, immer am Zaun entlang, umrahmten die Blumen und die Beete.

Stumm stand ich vor dem Zaun, dem kleinen Gartentor mit dem hölzernen Riegel, und starrte das Haus an, den Kirschhain und die Sonne, die darauf hinabschien. Es rief Erinnerungen in mir wach an den letzten Sommer, den ich mit Kay und Unik verbracht hatte, so malerisch, an die Blumenkronen, die ich geflochten hatte, ganz so, als wäre ich ein kleines Mädchen oder eine alte Frau, ohne Sorgen, ohne Aufgaben, ohne Verantwortung.

Als wäre ich einfach eine Frau, deren Sohn nicht im Sterben lag.

Dann sah ich auf meine Stiefel hinunter. Tote Nadeln, braun vom Herbst, vom Winter. Rechts und links vom Pfad lag Schnee, der die Äste der Tannen zum Ächzen brachte. In meinen Stiefeln zitterten meine Zehen, und mir klapperten die Zähne.

Heute schaue ich zurück auf diesen Moment und weiß, dass er es war, an dem ich noch hätte umkehren können. Noch zurückkehren zur Burg, zu meinem Sohn, meinem Mann, der Welt der Münzen, der Holzkohle, der Fabriken und der Burg.

Ich dachte auch damals daran. Das kann nicht sein, dachte ich, und: Lauf. Kehr um und lauf, so schnell du kannst!

Aber ich wusste auch, dass ich vielleicht zurückkehren würde zu einem toten Kind, einem sterbenden Kind.

Wie gut es wäre, dachte ich auch, zu fragen, ob ich auf dem richtigen Weg war.

Die Entscheidung war nicht getroffen, das weiß ich noch. Ich stand nur da, am Gartentor, und traute meinen Augen nicht.

Da öffnete sich die kleine grüne Tür des Häuschens, und heraus lugte ein rundes, faltiges, fröhliches Gesicht.

Es gehörte zu einer alten Frau, die sich auf einen knorrigen, grob geschnitzten Stock stützte und einen alten, hohen Sonnenhut aus Stroh trug, auf den jemand viele bunte Blumen gemalt hatte.

»Du armes Kind!«, rief die alte Frau, als sie aus der Tür hinaustrat. »Was hat dich in den Wald hinein verschlagen?«

Ich antwortete nicht, so überrumpelt war ich, so mit Staunen geschlagen.

Die alte Frau kam den Pfad entlanggehumpelt zum Tor. »Ach, eine Frau bist du ja«, sagte sie, »kein Kind.«

Ihr Lächeln wurde zu einem Grinsen. »Trifft sich gut, denn ich habe gerade ein Fläschchen aufgemacht, so zur Mittagszeit.«

Mit diesen Worten wandte sie sich um und tat ein paar Schritte aufs Haus zu.

Als sie merkte, dass ich ihr nicht folgte, wandte sie sich wieder mir zu: »Na, komm rein, Liebes. Trink einen Brændevin mit mir, das ist ein guter

Branntwein, mit Dill und Kümmel und ein bisschen Anis, der wird dir die Knochen wärmen.«

Immer noch wusste ich kaum, was ich hätte sagen können. War sie ein Waldgeist? Sie glich keinem der Wesen, von denen mir meine Großmutter, mein Vater, meine Mutter erzählt hatten. Auch Agnes oder die anderen Holzfällerinnen, nicht einmal Hager mit nüchternem oder betrunkenem Kopf, hatten jemals von einer alten Frau in einem sonnigen Haus gesprochen.

Schließlich sagte ich das Einzige, was ich konnte: die Wahrheit. »Ich habe wenig Zeit«, erklärte ich. »Ich muss auf den Gipfel. Zum Palast der Schneekönigin. Ist das der richtige Weg? Oder hätte ich links abbiegen müssen?«

»Für einen Schnaps ist immer Zeit«, antwortete die alte Frau, während sie zurück zum Tor kam.

Sie öffnete den Riegel, streckte ihren Stock aus und schob mich hinein in den Vorgarten. »Ganz besonders, wenn du noch so weit wandern willst. Komm, trink ein Gläschen mit mir, dann weis ich dir den richtigen Weg. Ich kenn ihn gut.«

»Du weißt, wie es hinaufgeht?«

»Aber ja. Komm, komm rein, nur auf ein Glas!«

Ich erlaubte ihr, mich in den Garten zu schieben. Die Sonnenstrahlen fuhren mir unter die Haut wie das heiße Wasser eines dampfenden Bades nach einem langen Tag im Schnee, nur noch sanfter, noch schöner.

Mein Gesicht begann zu kribbeln. Wie von selbst wandte es sich der Sonne zu, und ich schloss die Augen, um die Strahlen aufzusaugen.

»Schön, oder?«, fragte die alte Frau mit dem bunten Strohhut und dem breiten Lächeln. »Aber für mich ein bisschen zu heiß in meinem Alter. Komm in den Garten. Da steht eine Holzbank, zur Hälfte im Schatten, zur Hälfte in der Sonne, da wirst du gemütlich sitzen.«

Sie führte mich um das Haus herum und setzte mich auf einer hölzernen Bank ab, die an der Rückwand des Hauses vor einem Tisch stand, unter einem Fenster aus gelbem und rotem Glas mit blauen Läden, zur Hälfte im Schatten eines Kirschbaumes, zur Hälfte in der Sonne.

Über eine steinerne Veranda ging das Mütterchen ins Haus hinein. Eine Weile hantierte sie laut hörbar mit Krügen und Glas, während ich mich im Garten umsah, die Blumen betrachtete, die Bäume, diesen Garten voller Früchte und Blüten. Den Vögeln zuhörte, die in den Ästen saßen und sangen. Hatte ich solche Vögel überhaupt schon einmal gehört?

Oder hatte ich nur aufgehört, richtig hinzuhören?

Als die alte Frau wieder herauskam, hielt sie eine Flasche klaren gelben Branntweins beim Hals in der einen Hand. In der anderen, mit der sie sich auf ihren Stock stützte, trug sie an zwei Fingern zwei Pinnchen aus Glas wie durchsichtige Fingerhüte.

»Willst du wirklich nicht in der Sonne sitzen?«, fragte ich und machte Anstalten, zur Seite zu rutschen, um ihr Platz zu machen.

Aber die alte Frau schüttelte den Kopf.

»Ich hab das doch immer«, sagte sie. »Du Arme, wärm dich auf, trink ein Glas mit mir, und dann erzähl mir, warum du die Schneekönigin suchst. Und bedien dich an den Kirschen.«

Und tatsächlich, als ich den Tisch betrachtete, bemerkte ich eine Schale aus Steingut, die bis zum Rand gefüllt war mit reifen roten Kirschen.

Ich nahm mir eine, während die alte Frau uns Branntwein eingoss, und biss hinein. Sie schmeckte saftig und süß.

Genau wie der Branntwein. Nachdem wir angestoßen und das kleine Glas in einem Zug geleert hatten, füllte die alte Frau uns nach.

Dann saßen wir gemeinsam auf der Bank, ich in der Sonne, die alte Frau im Schatten, und blickten in den Garten. Noch immer zwitscherten die Vögel in den Ästen der Kirschbäume, als wäre es Frühling oder der schönste Sommer, und die Blumen schienen ihnen die Köpfe zuzuwenden.

»Ich muss träumen«, sagte ich schließlich. »Ich muss im Schnee gestürzt sein. Vielleicht hat mich auch das Tier angefallen, das im Unterholz lauerte. Nun habe ich den Verstand verloren.«

Die alte Frau kicherte, während sie mit ihrem Stock unsichtbare Muster auf den Stein malte. In ihrem Garten schienen mir alle Sorgen so fern.

»Manchmal ist es nicht gut, zu viel nachzudenken, Liebes. Komm, trink noch einen mit.«

Der Branntwein war wirklich außergewöhnlich gut. Mir war wärmer, nun sogar sehr warm in meinem Mantel, und mein Geist schien weicher und wesentlich mehr einverstanden damit, sich auf diesen Garten und das Häuschen, die Frau mit dem Sonnenhut und den süßen Kirschen einzulassen.

Doch die Zeit drängte. »Ich muss weiter.«

»Aber ja doch«, sagte das Mütterchen. »Das musst du. Nur noch einen.«

Und während sie eingoss, fragte ich: »Wieso ist es hier Sommer?«

»Wieso ist es da draußen Winter?«, entgegnete sie.

Darauf wusste ich keine Antwort.

»Wenn es nur ein echter Winter wäre«, erwiderte ich. »Der Fjord ist dieses Jahr nicht zugefroren. Mein Sohn ist krank, und wir kommen nicht in die Stadt, um ihm Medikamente zu besorgen. Deshalb muss ich die Schneekönigin finden.«

Die alte Frau schwieg einen Moment. »Das ist schlecht«, sagte sie dann. »Und das tut mir leid für dich.«

Ich schüttelte den Kopf und nahm mir noch eine Kirsche. »Die Schneekönigin wird mir helfen. Sie kann das Wasser gefrieren lassen. Du sagtest, du weißt, welches der richtige Weg auf die Bergspitze ist, Mütterchen. Welcher ist es? Der rechte oder der linke?«

Wieder schwieg die alte Frau. Sie schwieg so lange, dass ich hinzufügte: »Unten an der Weggabelung. Sie ist nicht weit von deinem Haus.«

»Ich weiß«, antwortete die alte Frau. Der Schatten ihres Sonnenhutes fiel ihr ins Gesicht, während sie noch immer Muster auf den Stein malte, sodass ich ihre Augen nicht sehen konnte. »Was aber der richtige Weg ist, das kann ich dir vielleicht doch nicht sagen.«

»Weißt du denn nicht, wohin der Weg führt, der an deinem Haus entlanggeht?«, fragte ich so ungläubig wie verzweifelt.

»Wenn du wissen willst, welcher Weg den Berg hinaufführt, zum Palast der Schneekönigin«, erwiderte die alte Frau, lehnte den Stock an die Bank und streckte sich, beide Arme nach oben gereckt, »dann ist es der linke, unten an der Weggabelung. Ob das aber der richtige ist …«

Die alte Frau lächelte und sah in den Himmel, so strahlend blau wie ihre Augen. »Schön ist es hier schon, das muss ich sagen. Aber manchmal wünschte ich mir, in diesem Garten könnte auch Wintergemüse wachsen. Ach, wenn ich daran denke … den Grünkohl, die rote Beete, die Pastinaken und die Kastanien im Herbst, wie gut die schmeckten, überm Feuer geröstet, bis die Schalen knackten, ach, ach, ach.« Sie sah sich in ihrem Garten um, blickte auf die prächtigen bunten Blumenbeete, die voll behangenen Kirschbäume.

»Weißt du, manchmal macht es mich traurig«, fuhr sie fort, »dass ich kein Wintergemüse anpflanzen kann. Dann fehlt mir der Geschmack von warmem weichem Grünkohl, mit knusprigem Speck und gebratenen Kartoffeln.«

Die alte Frau schloss die Augen und faltete die Hände über dem runden Bauch, dem schwarzen Stricktuch. Ihre Beine waren so kurz, dass ihre nackten Füße über dem Boden baumelten.

Im Garten bewegten sich die Blumen. Sie wandten uns die Köpfe zu. Streckten die Blätter aus, reckten die Stängel, als wollten sie nach mir, der Burgherrin, greifen und nach der alten Frau auf der Bank.

»Ich muss gehen«, sagte ich. Die Worte fühlten sich seltsam an. Als wüsste ich nicht mehr genau, warum oder wohin ich gehen wollte. Würde nicht jeder in diesem Garten sitzen wollen, den ganzen lieben langen Tag?

Die alte Frau seufzte. »Ja, das stimmt wohl, das verstehe ich.« Sie stand auf und griff nach der Flasche. »Ich gehe und fülle dir etwas Branntwein ab für deine lange Wanderung«, sagte sie. »Guck dir solange die Blumen an, das wird dir guttun. Glaub mir, ich bin schon sehr alt, ich weiß, was gut ist.«

Wieder wandte ich mich den Blumen zu. Ja, dafür wäre doch sicher Zeit. Einfach die Blumen bestaunen. Wieso nicht? Was hatte ich denn sonst zu erledigen? Es war, als läge ein Zauber auf mir.

Ich zog die Stiefel aus, die viel zu warmen Stiefel, und nahm sie in die Hand. Auch der Handschuhe entledigte ich mich, band sie aneinander und hängte sie mir um den Hals.

Dann öffnete ich noch den Mantel, bevor ich über die steinerne Terrasse in den Garten trat.

Das Gras war warm und weich unter meinen Füßen. Wieder seufzte ich, dieses Mal aber voller Genuss. Um mich herum wuchsen die bunten Blumen, die roten und weißen Blüten an hohen Stängeln, die mir bis zur Hüfte reichten. Ich spreizte die Zehen, fing etwas Gras dazwischen, zog daran mit meinen Füßen.

Ein Beben durchlief den Boden.

Ein Beben, gleich dem von brechendem Eis.

Da erinnerte ich mich. Unik, auf dem brechenden Eis. Unik, ins Wasser gestürzt. Unik, fiebernd.

Deshalb war ich hier.

Die Köpfe der Blumen schwangen herum. Ihre Blätter, ihre Stängel erzitterten.

Ich sah auf.

Die Blumen.

Sie hatten Gesichter.

Runde schwarze Augen. Weit geöffnete dunkle Mäuler. Die blutroten Rosen. Die spitzen Leopardenlilien. Die giftige Trompetenblume. Das weiße Schneeglöckchen.

Sie schauten mich an. Alle schauten sie mich an, die Münder weit geöffnet, so weit geöffnet wie Uniks auf dem Eis, als er beinahe in einen Spalt gestürzt wäre.

Als wollten sie schreien, konnten es aber nicht. Stumme Schreie stießen sie aus, nichts als stumme Schreie.

Komm, flüsterten sie. *Rette, was dir lieb und teuer ist!*

Zu Hunderten flüsterten sie es, die Rosen und Lilien, die Trompetenblumen und Schneeglöckchen, die die Köpfe nach mir reckten, die Stängel und Blätter nach mir ausstreckten.

Komm zu uns.

Hör uns zu!

Ich wich zurück, wirbelte herum. »Die Blumen!«, rief ich mit sich überschlagender Stimme. »Mütterchen, die Blumen!«

Die alte Frau stand in der Tür und öffnete die eisblauen Augen. Sie hielt die Hände wieder über dem Bauch verschränkt, den Kopf gegen den Türrahmen gelehnt

»Beug dich zu ihnen«, sagte sie. »Sie haben dir etwas zu sagen.«

Ich schüttelte stumm den Kopf. Alle Muskeln in mir zogen sich zusammen, spannten sich an, meine Arme, mein Hintern, meine Oberschenkel, bereit loszuhasten.

Komm, flüsterten die Blumen mit ihren offenen runden Mündern, ihren schwarzen, weit aufgerissenen Augen, ihren grünen Blättern, die nach meinen nackten Füßen griffen.

Wir sagen dir, wie du zum Palast der Schneekönigin gelangst.

»Hörst du sie auch?«, rief ich der alten Frau zu, während ich den Blättern der Blumen auswich. »Bin ich wahnsinnig?«

Die Frau lächelte nur und schloss die eisblauen Augen wieder.

Da bemerkte ich die Blumen, die auf ihren Hut gemalt worden waren.

Bedornte Rosen.

Spitze Leopardenlilien.

Giftige Trompetenblumen.

Weiße Schneeglöckchen.

Komm, flüsterten die Blumen.

Komm.

Komm. Komm zu uns!

Und dann schossen sie in die Höhe, die Blumen in ihren Beeten um mich herum. Sie kesselten mich ein, auf allen Seiten, bildeten einen Wald aus dicken, dornigen Stämmen. Rosen schossen in die Höhe, bis ihre roten Köpfe mich weit überragten. Ihre Dornen kratzten über meinen Mantel. Sie neigten die Köpfe zu mir herab.

Hör zu, Tochter des Nordens hauchten sie und gefroren zu Eis, noch während sie sprachen. *Wir haben Wurzeln in der Erde, wo die Toten liegen. Wir wissen, wer hier ist und wer nicht.*

Eiskalt wurde mir da, mitten im strahlenden Sonnenschein. »Unik ist nicht dort, oder? Mein Sohn, er ist nicht unter der Erde!«

Nein, flüsterten sie, *dein Sohn ist nicht unter der Erde. Wir haben dort Wurzeln, wir wissen, wer bei den Toten ist. Dein Großvater liegt hier, schon lange, aber nicht dein Sohn. Hör zu, Tochter des Nordens. Drei Eissplitter wirst du finden. Den ersten an der großen Esche. Dort wirst du die Kraft erlangen, die deine Beine brauchen, um den Berg zu erklimmen.*

»Welche Esche?«, fragte ich. »Was bedeutet das? Wozu brauche ich Eissplitter?«

Aber die Rosen zogen sich zurück. Ihre eiskalten Dornen rissen an meinem Mantel.

Bevor ich eine Antwort von ihnen verlangen konnte, schossen auch schon die Leopardenlilien in die Höhe. Ihre spitzen Blüten schnitten mir in die Hände, dann in die Wangen. Ich unterdrückte einen Schmerzensschrei.

Sie beachteten ihn nicht. Ob sie wussten, was Blut war? Was es bedeutete, dass es meine Haut hinablief?

Hör zu, Burgherrin, flüsterten die Lilien. *Hörst du die Trommel? Hörst du, wie sie schlägt, immer wieder und wieder? Hörst du das Lied und das Weinen? Wenn ein Körper vergeht, vergeht dann auch die Liebe in seinem Herzen?*

»Was wollt ihr von mir?«, rief ich. »Welcher Körper? Sprecht ihr von Unik?«

Auch sie wurden zu Eis, während sie weitersprachen. Kaltem, hartem Eis. *Einen zweiten Eissplitter wirst du finden bei der werdenden Mutter. Dort wirst du die Kraft erlangen, die dein Arm braucht, um dich zu verteidigen.*

»Hier oben?«, rief ich. »Eine werdende Mutter? Unmöglich!«

Aber da zogen auch sie sich schon zurück, und die Trompetenblumen schossen in die Höhe.

Ich trat einen Schritt zurück und wirbelte herum. Trompetenblumen waren giftig, das hatte meine Großmutter mich gelehrt. Schnell hockte ich mich hin, um keinen Teil der giftigen Pflanzen zu berühren, die mich auf allen Seiten umgaben.

Hör zu, Herrin, flüsterten die Trompeten, die giftigen Blütenkelche geöffnet zum stummen Schrei. *Eine Burg erhebt sich auf einem Hügel, ein Grab auf einer Klippe. Ein Mann steht auf den Zinnen der Burg, er hält ein Kind auf dem Arm. Er wartet. Wird sie jemals kommen, fragt das Kind.*

»Sprichst du von Kay und Unik?« Ich sah auf, sah sie gefrieren, die giftigen großen Blumen. »Wie geht es ihnen? Was weißt du von ihnen?«

Das ist unser eigenes Märchen, erwiderten klirrend die eisigen Trompeten. *Einen dritten Splitter wirst du finden in der alten Hütte der Schäferin. Er wird dir die*

Kraft geben, die dein Herz braucht, um deinen Weg zu beschreiten.

Dieses Mal fragte ich nicht mehr nach. Ich hatte begriffen, dass es zwecklos war. Wie damals als Kind, wenn die Erwachsenen einem keine Antwort auf die einfachsten Fragen geben konnten.

Also hockte ich auf dem Boden, den Mantel schützend um mich gewunden, und wartete darauf, dass auch die Schneeglöckchen auf mich zuschießen würden.

Aber die kleinen Blumen blieben, wo sie waren. Sie flüsterten ebenfalls, jedoch so leise, dass ich sie nicht verstehen konnte.

Also beugte ich mich zu ihnen herab.

Drei Frauen, flüsterten sie mit ihren schönen, hängenden weißen Köpfchen. *Eine im roten Kleid, eine im weißen, eine im blauen. Sie gingen in den Wald hinein. Es roch süß. Und dann süßer.*

»Was passierte dann?«, fragte ich, als sie nicht fortfuhren.

Die Schneeglöckchen erzitterten. Auch sie gefroren zu Eis.

Als Geister kamen sie wieder hinaus, und ihre Seelen spuken im Wald.. Die Glocken läuten zu ihrer Ehre.

»Warum erzählt ihr mir das?«, fragte ich. Mir war inzwischen so kalt, dass ich die Sonne nicht mehr spüren konnte. »Wer sind diese Frauen? Wie kann ich ihnen helfen?«

Drei Splitter, flüsterten die Schneeglöckchen, die

Köpfe dem Boden zugewandt. *Dann ein Schlüssel, eine Krone und ein Palast aus Eis.*

Dann ließen die Blumen mit einem Mal die Stängel und Blätter herabsinken und auch die Köpfe.

Die schwarzen Mäuler schlossen sich, auch die leeren Augen. Sie wandten sich ab, wieder der Sonne zu, die das Eis von ihren Körpern schmolz. Der warmen, schönen Sonne, die am blauen Himmel schien, als wäre es Sommer, Mittsommer, als hätte es nie Eis und Schnee gegeben, nie die Winterstraße, nie die Burg der Weißen Raben und ihre Herrin, nie die Schneekönigin und den Norden und die langen dunklen Nächte.

Ich richtete mich auf. Zitternd drehte ich mich um und sah zur Terrasse.

Dort stand die alte Frau mit dem knittrigen Gesicht, den eisblauen Augen, dem hohen Hut, bemalt mit giftigen, dornigen roten Blumen.

Sie hielt einen Flachmann in der Hand und grinste. »Dein Branntwein«, rief sie. »Komm, Liebes!«

Die Blumen auf ihrem Hut.

Mein Herzschlag setzte einen Moment lang aus.

Sie waren nicht länger aufgemalt.

Sie waren zum Leben erwacht.

Meine Augen weiteten sich, als ich sah, wie die Rosen aus dem Hut hinauswuchsen, die spitzen Leopardenlilien, die giftigen Trompetenblumen, leuchtend rot. Sie wurden immer länger, immer größer.

Sie rankten sich fort vom Hut, fort von der Frau. Hinein in den Garten.

Auf mich zu.

Ich machte auf dem Absatz kehrt und rannte fort. Ranken griffen nach meinen Beinen. Ich spürte, wie sich eine um meinen Knöchel legte. Schnell machte ich einen Satz, um sie abzuschütteln. So rasch ich konnte, hechtete ich auf das hintere Gartentor zu.

Die Ranken griffen erneut zu. Sie wickelten sich um meinen Fuß. Ein gackerndes Lachen ertönte.

Ich streckte die freie Hand nach dem Gartentor aus, aber es war noch zu weit entfernt.

Ruckartig zerrte die Ranke an meinem Bein. Fluchend stürzte ich zu Boden. Wieder ein Gackern, als lachten die Blumen selbst über mich, während ich auf den Rücken fiel. Schmerz schoss durch meine Wirbelsäule, drückte die Luft aus meinem Körper.

Ich würgte und rang nach Luft, sah hinab zu den Ranken.

Etwas blitzte im Sonnenlicht.

Agnes' Beil.

Mit einem Ruck zog ich das Beil aus meinem Gürtel, setzte mich auf und hieb auf die Ranke ein, direkt unter meinem Fuß.

Ein kreischendes, lang gezogenes Geräusch ertönte. Ich spürte, wie der Druck nachließ, als ich die Ranke entzweihieb.

Sofort sprang ich auf, stürzte zum Gartentor, riss den Riegel zur Seite und hastete hinaus in den

Schnee, noch immer mit nackten Füßen, die Stiefel in der einen, das Beil in der anderen Hand, die Handschuhe um den Hals.

Barfuß rannte ich fort von dem Häuschen und kehrte auf den Pfad zurück. Die Nadeln stachen mir in die Fußsohlen, so scharf, dass ich eine Spur aus Blutstropfen hinterließ.

Heiß fühlte sich mein Blut an auf meinen kalten, blau gewordenen Füßen, der nackten Haut, während ich nun durch den Schnee hastete. Ich rannte den Pfad wieder hinab, bis ich das Häuschen, den Garten, das Bächlein nicht mehr sehen konnte. Die Sonne schien untergegangen zu sein, während ich bei dem Mütterchen gewesen war. Nun herrschte finstere Nacht.

Erst als ich die Weggabelung erreicht hatte, hielt ich endlich inne. Ich ließ mich auf den Boden sinken und atmete heftig ein und aus. Meine Lunge brannte, so eisig war die Luft, die sich in meiner Brust verfangen hatte, als wäre sie mit Dornen besetzt.

»Was war das?«, flüsterte ich mir selbst zu. »Was, um Himmels willen, war das nur?«

Dass ich ausgerechnet da den Himmel bemühte, das überrascht mich nun nicht mehr. Es war der Versuch, dem Chaos etwas entgegenzusetzen, das sich in meinem Kopf entsponnen, das mein Körper soeben durchlebt hatte.

Ich brauchte noch einige Momente, bevor ich

wieder in meinem eigenen Körper angekommen war. Dann beugte ich mich zu meinen Füßen, nahm erst den einen und dann den anderen in meine Hände und rieb sie so lange, bis meine Arme schmerzten und die Haut prickelte und rot geworden war.

Eilig wischte ich mit dem Ärmel meines Mantels Blut und Reste vom geschmolzenen Schnee ab und zog die Socken und Stiefel wieder an. Erst danach streifte ich auch die warmen, aber klobigen Handschuhe wieder über und schloss den Mantel.

Schließlich erhob ich mich und schaute im blauen Licht der Laterne den linken Pfad hinauf.

Dort ging es also zur Schneekönigin. Das hatte die alte Frau gesagt, das Mütterchen mit ihrem verzauberten Hut, in ihrer Hütte, in der ewig Sommer herrschte und Blumen mit ihr sprachen.

Ich fragte mich, ob ich verrückt geworden war. Verrückt nicht nur, weil ich Blumen gesehen hatte, die mit mir sprachen im Garten eines alten Mütterchens. Verrückt vor allen Dingen, weil ich in Betracht zog, ihr zu glauben! Hatte sie mich am Ende gar auf eine falsche Fährte locken wollen? Führte der linke Pfad wirklich zur Schneekönigin?

Schließlich entschied ich, dass mir jeder Pfad lieber war als der, der wieder an ihrem Haus und ihren Blumen vorbeiführte. Also schulterte ich erneut mein Bündel und folgte dieses Mal dem Pfad nach links.

Was hatten die Blumen mir gesagt?

Drei Eissplitter würde ich finden. Drei würde ich brauchen, um zur Schneekönigin zu gelangen.

Den ersten bei der Esche.

Welche Esche? Ich versuchte mich daran zu erinnern, ob ein solcher Baum in den Geschichten der Schneekönigin vorkam, die ich als Kind gehört hatte, oder in dem Lied, das ich jedes Jahr sang. Nicht, soweit ich wusste.

Und doch …

Hatte mein Vater mir nicht einst ein Märchen über eine Esche erzählt, bevor er viel zu früh verstorben war? Ein Märchen, das er von seiner Mutter gehört hatte?

Ida und mir hatte er ihre Geschichten vorgelesen vor dem Einschlafen, aus einem dicken, schönen Buch mit vielen Bildern, angefertigt von Hager, wenn er nüchtern war.

Bilder, vor denen wir uns gruselten, aber die wir auch liebten und an denen wir uns nicht sattsehen konnten, solange unser Vater bei uns war. Bilder, die uns in unseren Albträumen heimsuchten, sobald er die Tür zu unserem Zimmer hinter sich geschlossen hatte.

War da nicht etwas, an das ich jahrelang nicht mehr gedacht hatte?

Ich versuchte, der Erinnerung nachzuspüren. Aber alles, was mir einfiel, waren das Gefühl des weichen Pullunders meines Vaters an meiner

Wange und der süßliche Geruch seiner Pfeife, der sich darin verfangen hatte.

Noch immer fühlte ich mich geborgen, wenn ich Pfeifenrauch roch, und zündete mir manchmal eine Pfeife an, in ganz besonders dunklen Nächten in der Bibliothek, wenn ich mich traurig und einsam und allein fühlte und nicht einmal die Märchen mich trösten konnten oder der Anblick meines Mannes oder die Wärme meines Sohnes.

Mein Vater war gestorben, als ich kaum dreizehn Jahre alt gewesen war. Ich vermisste ihn noch immer mit so einem heftig stechenden Schmerz, als wäre er erst gestern von uns gegangen.

Ob ich den Blumen trauen kann?, fragte ich mich, während ich dem linken Pfad immer tiefer in den Wald hinein folgte. *Liegt Großvater wirklich hier, wie sie behauptet haben?*

Es war kein Licht zu sehen, kein Licht außer dem bläulich-blassen Flackern meiner Laterne.

Ob ich das alles nur geträumt habe? Ein Kältetraum in der Dunkelheit?

Ich hob die freie Hand und betrachtete sie im Licht der Laterne. Da waren Schnitte auf meinem Handrücken.

Dann hob ich die Finger an mein Gesicht. Auch auf meinen Wangen konnte ich sie spüren, die Wunden, die die Blumen hinterlassen hatten. Und auch auf meinen Füßen, als hätte es ihnen nach meinem Blut verlangt, als hätten sie es als Wegzoll gefordert.

Ich hatte es nicht geträumt.

Wieder versuchte ich mich zu erinnern. Was hatte mein Vater uns erzählt über die Esche?

Lebte nicht eine Frau in dem Baum?

Sagte die Dorfälteste nicht jedes Jahr zum Aschermittwoch einen Spruch auf und goss Wasser über die Wurzeln der höchsten Esche, um die Eschenfrau fernzuhalten?

Ja! Ida hatte sich immer gefürchtet vor den Eschenfrauen und sich als Kind nach Einbruch der Nacht nicht mehr an die Bäume herangetraut, genau wie manche erwachsene Holzfällerin. Viele von ihnen hielten sich von Eschen fern, und keine hätte ein Beil an die Rinde dieser Bäume gesetzt, keine einzige.

Mir wurde unbehaglich zumute, als ich die umliegenden Bäume betrachtete. In der Dunkelheit versuchte ich zu erkennen, um welche Art von Bäumen es sich handelte, aber das war einfacher gesagt als getan.

Es war lange her, seit ich zuletzt an Eschenfrauen gedacht hatte.

Zuletzt an sie geglaubt hatte.

Blumen und Eschen und ewiger Sommer, dachte ich damals, noch immer blind, noch immer die Augen verschließend, wie es Menschen so gerne taten vor der Welt, in der sie lebten, der Welt, die so voller Freiheit und Gefahr und eigener Gefühle und Bedürfnisse war.

Und voller Macht. Einer Macht, der die Menschen nicht Herr werden können. Man kann nur mit ihr leben, nicht gegen sie.

Aber damals dachte ich nur: Lass dich nicht ablenken. Geh einfach weiter. Unik braucht dich!

Und dann sagte ich es laut, während ich weiter dem Pfad folgte, einen Schritt vor den anderen setzend: »Auf, auf, immer den Berg hinauf!«

Ich sah mich nicht noch einmal um.

Sonst hätte ich vielleicht das Paar Augen bemerkt, das mich noch immer aus dem Unterholz beobachtete.

Den Blick, der mir den Pfad hinauf folgte.

KAPITEL SIEBEN

DIE ESCHENFRAU

Noch kälter wirkte der Wald nun, noch dumpfer und einsamer, da ich das sommerliche Haus der Blumenfrau und ihren bunten Garten verlassen hatte.

Ich verstand immer noch nicht, was mir widerfahren war. Wieder und wieder sagte ich mir die Worte auf, die die Blumen zu mir gesprochen hatten, um sie nicht zu vergessen. Was bedeuteten sie? Welche Splitter würden mir begegnen? Was lauerte bei alten Eschen, wer in verlassenen Schäferhütten? Und welche Frau lebte hier, während sie ein Kind erwartete?

Nach einer halben Stunde mühsamen Wanderns begann ich, die Worte der Blumen zu singen, zur Melodie des Liedes der Schneekönigin, obwohl ich mir ein wenig albern dabei vorkam.

Aber so würde ich sie mir merken können, und es lenkte mich obendrein von der Kälte ab, die sich in meinen Knochen festgesetzt hatte.

Der Weg unter meinen Füßen schien derweil immer mehr zu verblassen. Bäume hatten ihre Wurzeln hindurchgeschoben, Steine waren den Berg hinuntergerollt und hatten ihn unter sich begraben.

Ich musste mich mit immer größerer Vorsicht fortbewegen, die Laterne dicht über den Boden haltend. Es war dunkel geworden. Meine Beine und Füße schmerzten, und das Atmen fiel mir wieder schwer vor Kälte. Unter dem hohen Schnee war der Weg unkenntlich geworden. Bis hierhin hatte ich ihn wenigstens noch ab und an erahnen können, aber nun war nichts mehr zu sehen außer Baumstämmen.

Ich hielt inne, die Laterne in der Hand.

Wenn ich weiterging, würde ich mich verlaufen.

Durch die dichten Baumwipfel konnte ich nicht einmal einen Blick auf die Sterne erhaschen, um anhand ihres Standes zu schätzen, wie viel Zeit vergangen war, seitdem ich aufgebrochen war.

Wie viel Zeit Unik noch blieb.

Während ich die Laterne auf den Boden stellte und nach meinem Bündel griff, um den Tee herauszuholen, den Agnes eingepackt hatte, wuchs ein seltsames, bedrückendes Gefühl in mir. Es sagte mir, dass es jenseits der Baumwipfel überhaupt keinen Sternenhimmel gab.

Langsam trank ich den Tee, der inzwischen so kalt war wie das Wasser der Meerenge zum Mittwinter. Der Drang, auf eine der Tannen zu klettern, nur um mich zu vergewissern, dass die Sterne noch da waren, der Himmel, der Berg, das Meer und meine Burg, wurde so stark, dass ich mich ihm kaum erwehren konnte.

Entschieden richtete ich den Blick auf den Boden statt zu den Wipfeln und packte den Tee wieder in mein Bündel. Ich musste den Weg finden, irgendwie.

Als ich die Laterne anhob, flackerte ihr Licht. Besorgt betrachtete ich es. Verzweiflung breitete sich in mir aus. Die Kerze, die die ganze Nacht hindurch hätte leuchten sollen und den halben Morgen, war bereits weit heruntergebrannt.

Gehe ich denn schon so lange durch den Wald?

Oder brannten Kerzen hier schneller herab?

Flüsterten die Bäume ihnen zu, dunkle, alte Worte, die das Feuer fürchtete?

Wo war der Weg, der Weg, den ich finden musste, um Unik zu retten? Tränen stiegen mir in die Augen, die ich unwillig wegwischte. Zum Weinen war keine Zeit!

Ein Knacken.

Ich wirbelte herum. Schaute zur Seite, nach rechts, nach links.

Wieder knackte es.

Von hinten, es kam von hinten.

Aus dem Unterholz.

Eilig stellte ich die Laterne ab, kniete mich daneben und öffnete das Glas.

Wieder knackte es.

Näher.

Viel näher.

Ich sah auf.

Da waren sie wieder und starrten mich an.

Zwei Augen.

Blasse, runde Augen.

Nackt und leer wie die Augen eines Untoten.

Ich zerrte die Kerze aus der Laterne und griff nach der Fackel, die von meinem Bündel baumelte. Der Schweiß auf meiner Haut war eisig kalt, aber dieses Mal würde ich nicht davonlaufen. Ich hielt die Fackel an die Kerze.

Lodernd fing sie Feuer. Als ich mich wieder aufrichtete, hielt ich in der einen Hand die Kerze und hob mit der anderen das brennende Stück Holz. Ich baute mich auf, spreizte die Beine, grub die Fersen in den Grund.

»Fort!«, rief ich, und meine Stimme war laut und voll, so wie ich sang zum Mittwinter, so wie ich rief als Herrin der Burg der Weißen Raben, auf einem Schlitten auf der Winterstraße oder im hohen Turm. »Fort mit dir!«

Dann knurrte ich, so wie Nordwind knurren würde, und fletschte die Zähne.

Die geisterhaften Augen hielten inne. Das Knacken verstummte.

Wir starrten einander an, die Frau und das Wesen im Unterholz.

Dann bleckte es die Zähne. Muskeln spannten sich, unter starken Beinen brachen Äste. Es machte einen Satz hinaus aus dem Unterholz, auf den Pfad.

In dem Moment, als das Licht auf die Kreatur fiel, erkannte ich sie.

Es war der Luchs.

Der Luchs, den ich auf dem Eis gesehen hatte.

Der Luchs, der Unik fortgelockt hatte.

Der Luchs, der in meinem Schlafzimmer gewesen war.

Mit einem Grollen richtete der Luchs sich auf und schnappte nach der brennenden Fackel. Er bekam sie zu packen, verbiss sich im Holz und riss es mir aus der Hand. Als Nächstes ließ er das Holz fallen und stampfte mit den Pfoten auf die Flamme, bis sie nur noch schwach glühte. Dann wandte er sich wieder mir zu. Im schwachen Licht der Glut beobachtete ich ihn. Ich hob eine Hand, zur Faust geballt. Mit der anderen griff ich blitzschnell nach dem Beil.

Er setzte sich hin.

Betrachtete mich einen Moment.

Und begann dann, seine Vorderpfoten zu lecken.

Als er keine Anstalten machte, mich noch einmal anzugreifen, ließ ich langsam die Faust sinken und nahm die Hand von meinem Beil.

Die Kerze war ausgegangen, und auch die Glut des Zunders versiegte rasch. Der Luchs schien sehr zufrieden mit sich.

»Du magst das Feuer nicht«, sagte ich langsam.

Der Luchs hielt einen Moment inne und sah mich an. Dann fuhr er damit fort, seine Pfoten von Ruß zu säubern. In der Dunkelheit leuchteten seine Augen wieder blass, blass wie zwei Monde. Sie reflektieren das Licht der Sterne, sagte ich mir. Das muss die Erklärung sein. Deshalb sehen sie so blass aus.

»Ich brauche aber Licht«, sagte ich, während ich in die Hocke ging und nach der Kerze tastete, die bei dem Angriff zu Boden gefallen war. »Ich kann im Dunkeln nicht sehen.«

Aber ich.

Ich schreckte auf. Hatte jemand gesprochen?

Aber da war nur der Luchs. Der noch immer seine Pfoten säuberte.

Vorsichtig hob ich die Kerze auf und rutschte zur Glut hinüber, immer einen Blick auf den Luchs werfend. Er hielt inne und betrachtete mich, schlug aber nicht zu, als ich den Docht an die sterbende Glut hielt.

Mit ihrem letzten Flackern entzündete die Glut die Kerze.

Der Luchs ließ die Pfote sinken. Eilig schob ich die Kerze zurück in die Laterne, sodass ihr warmes Licht sich wieder blau färbte.

»So«, sagte ich, »damit auch ich sehen kann.«

Der Luchs gab einen kehligen Laut von sich, er klang unzufrieden.

Statt sich aber auf die Laterne zu stürzen, schüttelte er sein Fell und richtete sich auf.

»Wer bist du?«, fragte ich, noch immer in der Hocke. »Warum folgst du mir?«

Natürlich dachte ich an den Luchs aus den Legenden, den Luchs, der der Schneekönigin zur Seite stand.

Wieder zeigte das Tier die Zähne. Es schien mehr wie ein Lachen denn wie eine Drohung. Dann drehte er sich um und ging langsam voraus, zwischen den Stämmen bergauf.

Stumm beobachtete ich ihn.

Als er am Rand des Lichtscheins der Laterne angekommen war, hielt er inne.

Ich trat einen Schritt auf ihn zu.

Prompt tat auch er einen weiteren Schritt, den Hang hinauf.

»Er will, dass ich ihm folge«, flüsterte ich mir selbst zu und straffte die Schultern, zog das Bündel höher auf den Rücken, hielt die Laterne fest in der Hand und folgte dem Luchs.

Es lag an den alten Legenden, dass ich so schnell Vertrauen zu dem Tier fasste. Schließlich folgte ich nicht einfach nur einem Luchs auf einem kaum erkennbaren Pfad – er schien wie aus der Legende entsprungen, die sich um die Schneekönigin rankte. Und ich wusste nicht, dass noch weitaus mehr auf mich wartete als Blumen und Tiere und Schnee: Dunkleres, Kälteres, Mächtigeres.

Immer weiter gingen wir bergauf. Ich glaubte, dass wir uns noch auf dem Pfad befanden, aber sicher war ich mir nicht mehr. Der Weg war nun ganz verschwunden, begraben unter Wurzeln und Schnee, Steinen und alten Nüssen und trockenen Tannenzapfen.

Die Kerze in meiner Laterne war bereits weit heruntergebrannt, und ich konnte längst nicht mehr sagen, in welche Richtung sich die Bergspitze befand oder die Burg. Das Einzige, was ich noch wusste, war: Vor mir ging es hinauf und hinter mir hinab.

War hier mein Großvater entlanggegangen?, fragte ich mich plötzlich wieder. Ich war dankbar, dass mir die Blumen erzählt hatten, dass er hier lag. Nun brauchte ich mich nicht mehr über sein Schicksal zu wundern.

Der Luchs schritt unbeirrbar voran, als brauchte er keinen Pfad oder als könnte er den alten Weg unter seinen Pfoten spüren, der einmal angelegt und dann vergessen worden war, und wer wusste schon, wie viele Male.

Ich brauchte ihm nur zu folgen, zumindest, solange ich ein Licht hatte. Mit wachsender Sorge beobachtete ich die Kerze, die beinahe bis zu einem Stumpf heruntergebrannt war. Das war unmöglich. Es sollte eigentlich nur eine Tageswanderung sein hinauf auf den Berggipfel, und die Kerze hätte viel länger halten müssen. Sonst hätte Agnes mir mehr von ihnen eingepackt.

Und doch: Entgegen aller Vernunft füllte das Wachs nun den Boden der Laterne, drückte gegen das Glas, ließ das Licht noch schwächer werden. Nicht mehr lang, dann wäre ich in der Dunkelheit im Wald verloren und würde niemals den Weg zur Spitze finden.

Da gab der Luchs einen Laut von sich, einen leisen Ruf. Ich sah auf und erspähte ein Stück weiter den Berg hinauf eine Lichtung, auf die der Pfad hinzuführen schien.

Ich beschleunigte meine Schritte. So wenig ich das Licht der Sterne oder des Mondes einzufangen und mit auf meinen weiteren Weg zu nehmen vermochte, so sehr würde mich der Anblick ihres Lichts am Himmel von der Lichtung aus doch trösten. Und vielleicht würde ich von dort aus auch den Berggipfel oder den Nordstern erspähen.

Wenige Minuten vergingen, in denen ich schnellen Schrittes eisig kalte Luft einatmete, während ich auf die Lichtung zuhastete. Mit brennender Lunge trat ich aus dem Schatten der Bäume heraus.

Der Mond schien voll und hell am Himmel. Er überflutete die verschneite Lichtung mit silbernem Licht.

War es schon Vollmond gewesen, als ich die Burg verlassen hatte? Ich konnte mich nicht mehr erinnern. Die Zeit schien hier nicht so zu verlaufen, wie ich es gewohnt war.

Nicht, seit ich der Frau mit dem Sonnenhut begegnet war.

Vielleicht schon, seit ich die Hohe Hütte passiert hatte und auf den alten Pfad getreten war, den Weg, von dem niemand wusste, wer ihn angelegt hatte und wofür.

Was mochte das für Unik bedeuten? War es immer noch dieselbe Nacht? War ich schon zu spät?

Entschieden schob ich die Ängste fort und machte einen Schritt hinaus auf die Lichtung, hinein ins gleißende Licht des Mondes. Vor mir erhob sich ein hoher, dunkler Schatten.

Mitten auf der Lichtung stand eine mächtige Esche. Ihr breiter Stamm verzweigte sich auf Mannshöhe in viele dicke Äste, die nicht nur in die Höhe, sondern in alle Richtungen wuchsen. Sie wandten sich hierhin und dorthin, ganz so, als wollte der Baum die ganze Lichtung einnehmen, besitzen, ergreifen.

Graugrünes Moos breitete sich fleckenförmig auf der Rinde aus. Und von einem besonders breiten Ast, der sich zum Gipfel hinaufstreckte, hingen bläulich schimmernde Eiszapfen herab. Stetig tropften sie auf den Boden, sodass von dort aus weitere Eiszapfen hinaufwuchsen wie die spitzen, glitzernden Zähne einer Raubkatze im Winter.

Ich zögerte. Seit ich dem Sommerhaus und den Blumen entkommen war, hatte ich versucht, mich an weitere Einzelheiten aus der Geschichte um die Eschenfrau zu erinnern, die unser Vater uns vorgelesen hatte, als er noch am Leben und wir noch so klein gewesen waren.

Nach dem Tod meines Großvaters war er zum Geschichtenerzähler in der Familie geworden, der uns Kinder ins Bett brachte und uns von den Wesen erzählte, die im Wald oder in Minenschächten lauerten oder auf Höfen und in Häusern wohnten, Geschichten, die er alle von seiner Mutter gelernt hatte: vom Mühlenkobold mit seiner Fiedel, den man nicht verwechseln durfte mit dem Nöck, denn beide spielten wunderschöne, traurige Lieder. Aber es war der Nöck, der einen bezauberte und dann hinab in sein kaltes Wasserreich zog, während der Kobold sich bloß die Zeit vertrieb, bis ein neuer Morgen in der Mühle anbrach.

Ich erinnerte mich daran, wie Vater am Rand meines Bettes gesessen hatte. Meine Schwester lag zusammengekauert an meiner Seite, die Hände vor den Augen, und rief immer wieder: *Nein, nicht die Eschenfrau, nicht die Eschenfrau!*

Unser Vater hatte die Arme ausgestreckt und sie gekitzelt, *hier kommt sie, die Eschenfrau, sie sucht nach kleinen Mädchen in der Nacht, die es gerne warm haben und dazu das Holz von Bäumen verbrennen!*

Nein, nicht die Eschenfrau!

An diesem Abend auf der nächtlichen Lichtung hörte ich die Stimme meiner Schwester, als wäre das erst gestern gewesen. Genau so, wie ich sie heute noch manchmal höre, wenn ich in die Stadt fahre.

Am meisten gefürchtet hatte sich Ida stets vor der Eschenfrau und ich mich vor der Nachtmahr. Dieses brutale, traurige Geschöpf, groß wie zwei Menschen zusammen, das sich auf die Brust von Kindern, Frauen und Männern setzte, bis sie erstickten. Das an den Brüsten von Frauen saugte vor Einsamkeit, während es sie erstickte, vor Sehnsucht nach einer Mutter, die es lang verloren hatte, die es niemals sein würde, mit den spitzen Zähnen, dem öligen Haar, der Haut, die in Fetzen hing.

Noch weit in unsere Jugendjahre hinein hatte Ida sich nicht nach Einbruch der Dunkelheit in die Nähe einer Esche getraut, denn die Frauen, die in ihren Zweigen lebten, liebten diese Bäume und wachten zornig über die Natur, zu der sie gehörten. Und ich hatte nicht ohne ein Licht schlafen können, sodass ich jederzeit die Augen öffnen und sehen konnte, dass keine Mahr im Zimmer war.

»Eschenfrauen können nicht viel Liebe übrig haben für Holzfäller«, hatte Ida immer gesagt, und ich hatte den Kopf geschüttelt und gelacht und sie geknufft und war mit meiner Mutter und dem Schlitten hinaus aufs Eis gefahren, denn bei Tageslicht tat ich mutig, gerade meiner kleinen Schwester gegenüber.

Nun stand ich dort, im gleißenden Licht des Mondes, und betrachtete die hohe Esche, als wäre sie ein gefährliches Tier.

Und die Eiszapfen, die von ihrem Ast hingen wie grausige Zähne.

Während ich noch zögerte, ging der Luchs schon voraus. Leichten Schrittes erreichte er unter meinem wachsamen Blick den Stamm des Baumes.

Er setzte sich und sah mich erwartungsvoll an.

Den ersten an der Esche. Dort wirst du die Kraft erlangen, die deine Beine brauchen, um den Berg zu erklimmen.

Die Blumen hatten nicht gelogen. Hier stand eine Esche. Daran hingen sogar Eiszapfen.

Aber ich hatte nicht das Gefühl, dass ich dem Rat der Blumen trauen konnte.

Langsam näherte ich mich dem Baum. Während ich näher kam, schien die Esche immer größer zu werden, bis sie so weit über mir zu thronen schien wie eine Burg auf einem Felsen. Ich musste mich unter ihren breiten Ästen hindurch ducken, die sich über die Lichtung schlängelten wie Wachleute, die das Burgtor bewachten. Ein Stück musste ich sogar kriechen, so tief waren die Äste über den Boden gewachsen.

Als ich mich endlich wieder aufrichten konnte, stand ich auf einmal direkt vor dem alten, dunklen Stamm. Mir lief ein Schauer über den Rücken.

Mir hatte das Märchen nie etwas ausgemacht.

Bis zu dieser Nacht.

Es sind nur Märchen, sagte ich mir, als hätte ich die Blumen nicht gesehen und das Mütterchen und den Luchs, dem ich folgte. Menschen können lange wegschauen vor Wahrheiten, die ihnen nicht gefallen.

Ich habe nie eine Esche gefällt, ich bin keine Holzfällerin, beruhigte ich mich weiter. Mein Geschäft ist das Eis.

Trotzdem ging mein Atem schwer. Ich hatte zwei Münzen als Wegzoll entrichtet, als ich in den Wald hineingegangen war.

Das zählt doch sicher etwas.

Aber wann hatte ich den Spruch aufgesagt?, fragte ich mich plötzlich. Wann war jemand zuletzt am Aschermittwoch hierhergekommen, hatte vor Sonnenaufgang die Wurzeln des Baumes mit Wasser begossen und gesagt: *Ich bringe dir ein Opfer dar, damit du uns keinen Schaden zufügst*?

Wieder erschauderte ich, als ich den Baum betrachtete. Ob die Priester wohl deshalb so erfolgreich gewesen war in anderen Teilen des Landes, weil die Menschen die Bäume so fürchteten, so wie ich, die ich nun vor dieser Esche stand?

Dabei war es ein schöner Baum. Ich war so mit der Winterstraße beschäftigt gewesen, so mit der Beschaffenheit des Eises, meiner langen Genesung nach der Geburt meines Sohnes, dass ich den Wald beinahe vergessen hatte, der hier wuchs, den dichten, dunklen Wald und die vielen Geschöpfe, die in ihm wohnten. Ich hatte ihn anderen überlassen, als gehörte nicht auch er zum Norden.

Sobald ich den Stamm des Baumes erreichte, streckte ich die Hand nach der Rinde aus.

Ihre Risse waren fein. Ich folgte einem davon mit dem Finger den Stamm hinauf, der sich Stück für Stück verbreiterte, bis er schließlich in ein Loch im Stamm mündete, breit wie eine klaffende Wunde.

Ein dunkles Loch.

Etwas erzitterte in mir.

Mein Herz blieb stehen, als ich in die Dunkelheit starrte.

Ist der Tod so dunkel?, fragte ich mich unwillkürlich. Wenn ich nach Uniks Geburt gestorben wäre, wäre ich nun dort, in diesem finsteren Loch?

Und während ich mich das fragte, während ich hineinsah in die Wunde im Baum, an deren Rand meine Finger ruhten, überkam mich das untrügliche Gefühl, dass etwas zurückschaute.

Jemand sah mich an.

Hockte in diesem dunklen Loch und sah mich an.

Und bleckte die Zähne.

Ich wollte die Hand zurückziehen, aber aus dem Loch schoss eine Klaue hervor. Spitze, schwarze Nägel bohrten sich in meine Haut.

»Wohin so eilig, Menschenfrau?«

Und da war es. Ein Paar gleißend heller Augen.

Ein Keuchen entfuhr mir. Ich versuchte mich loszureißen, aber der Griff war zu stark. Die Nägel bohrten sich tiefer in meinen Handrücken. Ich stieß einen Schrei aus. Lange, starke Finger umklammerten meine Hand, die Haut grün und braun, rissig wie die eines Baumes.

»Nicht so schnell«, sagte eine heisere Stimme, die mir das Blut in den Adern gefrieren ließ. Eine Stimme wie knarzende Stämme, wachsende Stängel und spitze Äste, die achtlosen Menschen die Haut aufschnitten.

Dann reckte sich ein Arm aus dem Loch, ein langer Arm mit spitzen Ellbogen. Ein Bein faltete sich heraus, mit langen Füßen und Nägeln, dünn wie das Bein einer Spinne.

Es folgten ein weiteres Bein und ein zweiter Arm und dann noch eins und noch eins, bis acht Beine und Arme aus dem Loch hervorschauten. Schließlich kamen auch der dicke Spinnenkörper und der lange Kopf mit den hellen, kalten Augen durch das Loch zum Vorschein.

Der Schrecken schnürte mir die Kehle zu. Ich konnte nicht einmal mehr schreien. Schon immer hatte ich mich vor Spinnen gefürchtet, vor ihren langen biegsamen Beinen, ihren plötzlichen Bewegungen. Nie hatte mein Vater uns die Eschenfrau so beschrieben, oder sie hätte auch mich ohne Unterlass in meinen Albträumen heimgesucht.

Die Eschenfrau trug eine Krone aus knorrigen

Ästen auf dem Kopf. Ihre Klauen hatte sie noch immer in meine rechte Hand getrieben. Blut floss aus den Wunden. »Lass mich los!«, forderte ich, als ich endlich die Stimme wiederfand. »Lass mich!«

Die Eschenfrau legte den Kopf schief. Ihr Mund war so dünn, ihre Augen so kalt. »Wieso?«

»Es tut weh!« Ich fühlte mich wie ein Kind. Der Ekel und die Angst drohten, mich zu lähmen.

Die Eschenfrau legte den Kopf noch schiefer. »Tust du denn nicht den Bäumen weh, Menschenfrau?«

»Ich habe nie ein Beil an einen Baum gelegt!«

»Ach nein?«

Die Eschenfrau streckte eines ihrer langen, dünnen Beine aus. Es fuhr meine Wange entlang, meinen Hals herab.

Ich glaubte, gleich den Verstand zu verlieren, als das Bein mit der scharfen Klaue weiter meinen Körper hinabstrich, an der weichen Rundung meiner Brüste entlang, über meinen ebenso weichen Bauch, schließlich zu meiner Hüfte.

Ein metallisches Klingen ertönte, als die Eschenfrau mit ihren Klauen mein Beil berührte. »Du bist eine Lügnerin, Menschenfrau.«

Dann streckte sie sechs weitere ihrer Arme und Beine aus. Sie wickelte sie um mich, um meine Brust, meine Oberschenkel, meinen Hals, und zog mich enger an sich heran.

»Das bin ich nicht!«, beteuerte ich, gegen die Ohnmacht ankämpfend. »Ich suche die Schneekönigin!«, presste ich zwischen zusammengebissenen Zähnen hervor. »Mein Sohn ist krank. Sie muss die Meerenge gefrieren lassen, er braucht Medikamente aus der Stadt, oder er wird sterben!«

Die Eschenfrau betrachtete mich. Ihr Mund und ihre Augen waren nun so nah an meinen, sie hätte mir mit ihren Zähnen in nur einem Augenblick die Haut vom Gesicht ziehen können.

»Was fehlt ihm denn? Wurde ein Beil in deinen Sohn geschlagen?«

Ich schüttelte den Kopf. Stieß mit dem Kinn und den Wangen an die haarigen Beine der Eschenfrau. Mir wurde übel. Blut rann noch immer meine rechte Hand hinab, rot und klebrig. »Er ist ins eisige Wasser gefallen.«

»Ihm wurde kein Bein abgeschlagen?«, fragte die Eschenfrau, hob ihr letztes Bein und stach es in die Rückseite meiner Oberschenkel. Ihre Klaue durchschnitt mühelos den Stoff meiner Hose und grub sich in mein Fleisch.

Ich schrie auf.

»Kein Arm?«, fragte die Eschenfrau. Ihr Bein schnellte hinauf zu meinem linken Arm.

Ich wand mich. Sie lachte grausam. Ihr Bein fuhr herum, ihr Stachel grub sich in meinen rechten Arm. »Du bist zu langsam, Menschenfrau!«

Sie riss ihren Dorn aus meinem Arm. Wieder schrie ich. Mein ganzer Körper brannte.

»Nicht sein Kopf?«, fragte die Eschenfrau listig. Sie hob das Bein, hob es so weit an, bis ihr Stachel genau auf der Höhe meines Gesichts schwebte.

Beinahe hätte ich die Augen geschlossen in der Hoffnung, dass die Eschenfrau dann verschwunden wäre, dass ich aus einem Albtraum erwachen würde.

Was mich abhielt, war nicht Tapferkeit, sondern dass ich die Bilder nicht sehen wollte, die die Eschenfrau in meinem Kopf heraufbeschwor: Unik, schreiend, blutend, dem sein kleiner Arm fehlte, der kleine speckige Arm.

Unik ohne seine Beine, ein Unik, der nicht mehr rennen konnte.

Nicht mehr glucksen vor Glück, wenn ihm erst einmal der Kopf fehlte.

Ich sah es vor meinem inneren Auge, sosehr ich es auch zu verhindern suchte: Schon näherte sich die Axt, schon hob sich das Beil, schon flog es auf seinen kleinen, weichen Hals zu …

Der Gedanke an Unik wirkte wie ein Leuchtfeuer, das meinen Blick auf sich zog, unnachgiebig. *Hier, deshalb bist du hier,* rief es mir zu.

Ich begann wieder, mich zu wehren. Meine Haut riss, als es mir endlich gelang, wenigstens meine rechte Hand aus dem Griff der Eschenfrau zu befreien. Ich presste meinen Handrücken an die Brust, um die Blutung zu stillen. Mein ganzer Körper brannte vor Wut. »Ich habe deinen Söhnen und Töchtern kein Leid getan! Lass mich gehen!«

»Vielleicht. Aber beschützen hättest du sie müssen«, sagte die Eschenfrau, und ihre heisere Stimme schien erst ihre Beine und dann die Äste des Baumes zum Beben zu bringen. Aus jedem Ast schien sie zu sprechen, jedem Ast der Esche, jedem Ast der Bäume, die die Lichtung umgaben. »Warum sollte ich dich gehen lassen, wenn du ein Beil mit dir herumträgst? Warum sollte ich dir helfen, wenn du uns nie geholfen hast?«

Ich hielt inne, als ich das hörte. »Das heißt, du kannst mir helfen?«

Ein Grinsen huschte über das Gesicht der Eschenfrau. »Wenn du das Knie vor mir beugst.«

Mit einem Mal ließ sie mich los. Ihre Beine spreizten sich, zogen sich zurück, legten sich auf den breiten Ästen ab. Ich tat zwei schnelle Schritte zurück, um mich außer Reichweite zu bringen, bis ich mit dem Rücken an einen der niedrigen Äste hinter mir stieß.

Die Eschenfrau gackerte. »Los.«

Mir stieg die Hitze in die Wangen. Ich fühlte mich wie ein Kind, nicht wie die Herrin der Burg der Weißen Raben, nicht wie die Mutter eines Sohnes, aber ich wusste nicht, was mir anderes übrigblieb, als mitzuspielen, und die langen Beine mit den scharfen Klauen waren noch immer in Reichweite. Auf keinen Fall würde ich die Eschenfrau aus den Augen lassen und mich schon gar nicht vor ihr verneigen.

»Ich bitte dich inständig«, versuchte ich es stattdessen. »Hilf mir, den Palast der Schneekönigin zu finden, damit sie meinen Sohn rettet.«

Die Eschenfrau schwang beide Arme und keckerte vor Freude. »Nein, nein, geh auf die Knie, Menschenfrau, und bitte recht artig darum, dass ich dir helfe!«

»Du verlangst zu viel«, zischte ich.

»Nein!«, erwiderte die Eschenfrau. »Denn du willst deinen Sohn retten, und Mütter tun alles für ihre Kinder, ist das nicht so?«

Ich starrte die Kreatur an. Hass durchfuhr mich. Einen Herzschlag lang sah ich mich die Hände um ihren Hals legen und zudrücken, ganz gleich, wie viele Beine sie hatte.

Dann atmete ich tief ein und aus. Tu es einfach, dachte ich. Nur einen Augenblick.

Also kniete ich mich in den Schnee. »Ich flehe dich an, Eschenfrau. Bitte hilf mir, die Schneekönigin zu finden.«

Die Augen der Eschenfrau weiteten sich vor Lust. Ihr Grinsen wurde noch breiter. »Was wirst du für mich tun und für die Bäume, wenn du die Schneekönigin triffst?«, fragte sie listig.

Ich hielt inne. »Die Menschen könnten den Norden verlassen, sobald die Meerenge zufriert«, sagte ich, noch immer auf Knien, obwohl sich alles in mir gegen die Worte sträubte.

Die Eschenfrau gackerte wieder laut auf. »Ein Wald ohne Menschen? Herrlich, herrlich! Was für eine großartige Idee!« Ihre Augen glänzten. »Noch gestern träumte ich von einem Herrenhaus, das hier stand, und einer Menschenprinzessin und einem Menschenprinzen, die darin wohnten, mit vielen sprechenden Krähen und goldenen Kutschen und allerlei von dem Getue, das euch Menschen so gefällt. Ein Albtraum! Und jetzt höre ich, ihr wollt alle gehen, und niemand wird meinen Baum fällen, um hier ein Herrenhaus zu bauen.« Sie reckte vier ihrer Arme und Beine in die Höhe. »Dann lass mich dir sagen, wie du den Palast der Schneekönigin findest, du dumme kleine Menschenfrau, die den Norden verlassen will, die bereit ist, sich in der Stadt jeden Tag von Menschenmännern erniedrigen zu lassen, die nicht glauben, dass sie arbeiten kann.«

»Von wollen kann keine Rede sein«, verteidigte ich mich, während ich hastig wieder aufstand, aber die Eschenfrau beachtete mich nicht.

»Wo dein Mann sich hinsehnt, schon seit Jahren, weil dort so viele andere Frauen in ihren Häusern kauern, blond und blauäugig, mit großen Brüsten und runden Ellbogen!«

Ich hielt inne. »Warum sagst du das?«, fragte ich. Ich versuchte, nicht an Kay zu denken oder an Ida. Wusste die Eschenfrau mehr, als sie mir sagte? Aber wie sollte sie?

Noch immer beachtete die Eschenfrau mich nicht. Sie rieb sich bloß die Klauen voller Vorfreude. Mit einem ihrer langen Beine wies sie auf die Eiszapfen, die von den Ästen des Baumes wuchsen, auf dem sie saß.

»Drei Prüfungen musst du bestehen, dumme Menschenfrau, wenn du den Palast der Schneekönigin erreichen willst. Hier ist die erste: Beweise, dass du ein Hirn hast, selten genug unter deinesgleichen. Du musst einen dieser Eiszapfen bis auf die Spitze des Berges bringen. Aber berühren darfst du ihn nur mit deiner nackten Haut.«

Ich starrte erst die Eschenfrau, dann die Eiszapfen an. Ich legte den Kopf in den Nacken. Der Berggipfel war noch weit entfernt. Wie sollte ich verhindern, dass meine Körperwärme das Eis zum Schmelzen brachte?

Langsam ging ich auf einen der Äste zu, die Eschenfrau immer im Auge behaltend. Immer noch erwartete ich, dass die Kreatur mich anfallen und mir dieses Mal mit den vielen Beinen die Wirbelsäule brechen würde, sobald ich ihr den Rücken zukehrte. Je näher ich kam, desto seltsamer sahen die Eiszapfen aus. Ihnen schien ein grünlicher Schimmer innezuwohnen, grün und golden wie die Nordlichter am dunklen Winterhimmel.

Sobald ich den Ast erreicht hatte, legte ich beide Hände um einen schlanken Eiszapfen, der vom Baum herabhing. Behutsam prüfte ich die Stärke des Eises, von der Spitze bis zur Wurzel.

»Hast du nicht gehört, dummer Mensch?«,

höhnte die Eschenfrau. »Nur mit deinem Körper darfst du das Eis berühren.«

Also zog ich mir die Handschuhe aus, steckte sie in meinen Gürtel und schlang beide Hände um eine empfindliche Stelle nahe der Spitze.

Sobald ich das Eis mit der nackten Haut berührte, schoss brennende Kälte durch mich hindurch. Anders war diese Kälte. So viel Eis ich in meinem Leben schon berührt hatte, nie hatte ich etwas Vergleichbares gespürt. Sie schien nicht nur zu brennen, zu stechen. Sie schien sich in meine Haut hineinzufressen, als hungerte das Eis nach mir.

Ich biss die Zähne zusammen und presste fester zu. Umgehend veränderte sich das Eis durch meine Körperwärme. Noch ein wenig mehr ... Nur ein wenig weicher, ein wenig wärmer ... Mit Eis kannte ich mich aus.

Die Eschenfrau lächelte, als meine Zähne zu klappern begannen. Ich beachtete sie nicht, starrte nur das Eis an. Vorsichtig begann ich es zu biegen, erst in die eine, dann in die andere Richtung. Je länger ich den Eiszapfen festhielt, desto stärker wurde das Gefühl, er wolle mich auffressen, meine Hände in sich aufsaugen.

Komm schon, dachte ich. Schneller! Komm, liebes Eis, du und ich, wir verstehen uns.

Endlich gelang es mir, einen Splitter abzubrechen. Schnell machte ich mich auf den Weg und stapfte entschlossen über die Lichtung davon, den

Berggipfel immer im Blick. Doch kaum hatte ich den Rand der Lichtung erreicht, das Lachen der Eschenfrau im Ohr, da wusste ich, ich, die Herrin über das Eis im Norden: Der Splitter würde geschmolzen sein, bevor ich noch dreißig weitere Schritte gegangen war.

Mit wachsender Wut starrte ich den Eissplitter in meiner Hand an, der sich schon zu verflüssigen begann. Niemals würde ich ihn bis zum Berggipfel tragen können. Das war absurd.

Ich wandte mich wieder um zu dem großen Baum, der in der Mitte der Lichtung wuchs. Die Eschenfrau saß noch immer auf demselben Ast. Sie hatte sich zu mir umgedreht und beobachtete mich, den Mund wie zuvor zu einem Grinsen verzerrt.

Fieberhaft dachte ich nach. Was konnte ich tun, um den Splitter trotz meiner Körperwärme den Berg hinaufzubringen?

Als ich den Baum betrachtete, den Ast, die Eschenfrau, erspähte ich am Fuße des Baumes wieder den Luchs.

Ein Tier, das direkt einem Märchen entsprungen zu sein schien.

Was für Geschichten hatte mein Vater uns über Eschenfrauen erzählt? Was brauchte es, um sie zu überwinden?

Man musste Wasser über die Wurzeln ihres Baumes gießen, am Aschermittwoch, und einen Spruch aufsagen. Aber weder war Aschermittwoch, noch würde mir Wasser dabei helfen, einen Eiszapfen einen ganzen Berg hinaufzutragen.

Es sei denn …

Ich richtete mich auf. Endlich erinnerte ich mich an die Worte meines Vaters, als er uns aus dem alten Buch vorgelesen hatte, in dem meine Mutter Geschichten gesammelt hatte: *Trickreiche Wesen sind sie, die Naturgeister, trickreich wie die Natur. Menschen, die mit ihnen zu tun haben, müssen ebenso trickreich sein.*

Schnurstracks ging ich wieder auf die hohe Esche zu. Ich sah der Eschenfrau lächelnd in die Augen, diesem Geschöpf mit grauer Rindenhaut, mit spitzen schwarzen Beinen, mit einer Krone aus Ästen, das mich für dumm hielt.

Die Eschenfrau zog eine Braue hoch, ihr Lachen verschwand. »Was tust du, Menschenfrau?«

Ich antwortete nicht. Es konnte nur ein gutes Zeichen sein, dass sie nicht mehr grinste.

Stattdessen nahm ich den Eiszapfen in beide Hände und begann ihn zwischen meinen Handflächen zu reiben. Das grünlich schimmernde Eis fraß sich nur umso stärker in meine Haut, aber ich drückte den Schmerz fort, so gut ich konnte.

Die Eschenfrau entfaltete ihre langen, spinnenartigen Beine. »Oh«, sagte sie, »oh, was tut sie?«

An der Stelle, die ich zwischen den Händen gerieben hatte, brach der Eiszapfen entzwei. Nun war er klein genug.

Ich warf dem Luchs einen Blick zu. Dann sah ich wieder die Eschenfrau an. Und steckte mir die zwei Eisstücke in den Mund.

Die Eschenfrau stieß ein schrilles Kreischen aus. Sie schlug die großen Beine über dem Kopf zusammen, während ich spürte, wie mein Mund eiskalt wurde.

Fast hätte ich vor Schmerzen geschrien, als das Eis auf meiner Zunge schmolz. Auch hier schien es sich in mich hineinzufressen, in die Zunge, die Mundhöhle, sogar meine Zähne, wie eiskalte Säure. Ich schluckte es hinunter, Stück für Stück, bis jeder Teil des Zapfens sich in Wasser verwandelt hatte, Wasser, das sich nun ausschließlich in meinem Körper befand und von dem kein Tropfen verloren ging. Während es mich durchlief, spürte ich, wie es sich in meine Adern grub, wie es sich festsetzte, eine hungrige, gierige Kälte.

Als ich alles hinuntergeschluckt hatte, sagte ich mit tauben Lippen, mit schwerer Zunge: »Ich habe alles Eis in mich aufgenommen. Ich behalte es in mir, bis ich den Palast der Schneekönigin erreiche.«

Die Eschenfrau hielt die großen Beine vor ihrem schmalen Mund. Mit wachen Augen schaute sie mich an, ganz so, als sähe sie mich zum ersten Mal.

»Mutige Menschenfrau«, sagte sie anerkennend. »Mutige, listige Menschenfrau. Gar nicht so dumm. Die erste Prüfung hast du bestanden. Nun verlass meine Lichtung«, sagte sie und wies mit einem

Spinnenbein in den Wald. »Folge dem Pfad, den du dort findest. Der Luchs wird dich zur nächsten Prüfung führen!«

Während ich mich umdrehte, um die Lichtung zu verlassen, mit dem Luchs an meiner Seite, war mir wieder, als sprächen die Bäume. Aus jeder Richtung hörte ich ihre Stimmen. Ein heiseres Flüstern, ein Knarzen und Knacken. Als brächte die Eschenfrau sie alle zum Flüstern, all die Bäume, welche die Lichtung umgaben, die auf dem Hang des Berges wuchsen, jeden Ast und jede Wurzel im Hohen Norden.

Als riefen sie mir alle zu:

Auf, auf, immer den Berg hinauf!

Mein Körper fühlte sich kalt an, als ich die Lichtung verließ. Eisig kalt.

KAPITEL ACHT

DAS GOLD

Der Luchs und ich verließen die Lichtung Richtung Norden. Ich erhaschte noch einen Blick auf den Nordstern, bevor ich wieder zwischen die Bäume trat. Längst war kein Pfad mehr zu sehen, der Schnee unter unseren Füßen blass wie ein Grubengeist. Ich musste mich nun ganz auf den Luchs verlassen, meinen Führer. Die Kreatur aus den Legenden, die neben mir durch den Wald wandelte, während mein Körper immer kälter wurde, von Kopf bis Fuß, so eisig kalt.

Jahrelang hatte ich nicht mehr an Grubengeister gedacht, an Eschenfrauen, an Mühlenkobolde und den Nöck. Jahrelang hatte ich nicht mehr an die Bäume gedacht, nur noch an das Eis, an Unik und Kay, an meine Raben, das Leben in der Burg oder der Stadt. Ich hatte nicht nachgedacht über das Holz, das ich tagtäglich verwendete, auch wenn ich nicht selbst Beil an die Baumstämme anlegte. Woraus war mein Bett gezimmert, woraus die Waschzuber, woraus die Weinkisten, die uns aus Frankreich erreichten? Jemand anderes hatte diese Bäume geschlagen, Bäume, die Kinder der Eschenfrau waren, sodass ich ein gutes Leben führen, in einem schönen Bett schlafen, saubere Kleidung tragen, schweren Rotwein trinken konnte aus Bordeaux.

Menschen verschwinden so schnell in ihrem alltäglichen Leben, oder? Man geht darin unter wie in einer Sturmflut. Es lähmt sie wie Eiswasser, obwohl sie doch den ganzen Tag hin und her eilen, von hierhin nach dorthin, getrieben davon, den Stillstand aufrechtzuerhalten.

Nicht sehen zu müssen, was um sie herum geschieht.

Nicht darüber nachdenken zu müssen.

So ging es mir zumindest. Als ich damals die Lichtung verließ, dachte ich an Bäume, aber ich dachte auch an Kay und Ida und all das, was ich im geschäftigen Alltag vielleicht übersehen hatte. Wie begierig er darauf gewesen war, mit ihr in die Stadt zu gehen. Ihr über das Eis zu folgen, trotz der Lebensgefahr, in die er sich und mich damit gebracht hatte. Die Sorge eines Frauenarztes um eine schwangere Frau, hatte ich mir eingeredet. Die Sorge meines Mannes um meine geliebte Schwester.

Geliebt von wem?, schoss es mir durch den Kopf.

Aber das war absurd. Völlig absurd.

Während ich dem Pfad folgte, beobachtete ich den Luchs, der mich begleitete, aus den Augenwinkeln.

Der Luchs aus dem Lied. Naturgeister aus den Märchen.

Sie alle waren zum Leben erwacht vor meinen Augen. So auch Ängste, die ich unterdrückt und vergessen geglaubt hatte. Liebte mein Mann mich noch? Oder waren wir nur noch Eltern, ich die Mutter seines Kindes?

Würde er mich verlassen, sobald nur jemand anderes daherkam, jemand Jüngeres, Vollbusigeres?

Wie wenig Vertrauen ich in meinen Mann damals hatte. Wie wenig Vertrauen in mich.

Ich zog die Handschuhe wieder an und stellte sicher, dass alle Knöpfe an meinem Mantel geschlossen waren. Immer noch war mir eisig kalt.

Einen Augenblick lang hatte ich das Gefühl, die Kälte würde von innen kommen, nicht von außen. Als hätten sich kleine Eissplitter in meinen Adern festgesetzt, sich hineingefressen, als wäre mein Blut blau und kühl geworden, so kühl wie schmelzendes Eis.

Ich blieb stehen und stampfte ein paar Mal mit den Füßen auf. Erst als ein leichter Schmerz durch meine Oberschenkel schoss, fielen mir die Wunden wieder ein, die mir die Eschenfrau zugefügt hatte.

Im schwachen Licht der Laterne versuchte ich sie notdürftig zu inspizieren und zu versorgen. Ich wusste, welche Lebensgefahr von einer ungereinigten Wunde ausging.

Als ich sie aber berührte und abtastete, schien es mir, als wäre das Blut schon versiegt. Als wären sie nur oberflächliche Kratzer gewesen.

Aber hatte die Eschenfrau denn nicht ihre Klauen tief in meine Haut hineingebohrt?

Hatte ich es nicht gespürt?

Wie war das möglich?

Ich reinigte die Wunden, obwohl sie sich nunmehr wie Kratzer anfühlten, und ging weiter. In dem Versuch, sowohl die Kälte als auch die ängstigenden Gedanken abzuschütteln, begann ich zu singen, während ich immer wieder die Hände zusammenklopfte. Es war entscheidend, in Bewegung zu bleiben gegen die Kälte. Tanzen und singen und laufen.

Zuerst sang ich das Lied der Schneekönigin, wie Agnes es mir empfohlen hatte, aber es klang dumpf unter den langen Armen und dichten Nadeln der Bäume.

Der Luchs gab ein leises Geräusch von sich.

»Du müsstest das Lied doch mögen, oder?«, fragte ich ihn. »Das Lied der Schneekönigin, deiner Herrin, wenn die alten Legenden stimmen.«

Der Luchs sah mich an, antwortete aber nicht.

»Wie soll ich dich nennen?«, fragte ich. »Wenn du mein Führer sein sollst, wie die Eschenfrau meinte, brauchst du einen Namen. Was, wenn ich dich im Wald verliere und nach dir rufen muss?«

Der Luchs legte den Kopf schief und sah mich an. Lag etwas Ratloses in seinen Augen? Dann fuhr er mit der Vorderpfote durch den Schnee. Meine Laterne leuchtete nur noch schwach. Trotzdem konnte ich erkennen, dass er Buchstaben in den Schnee schrieb.

GRIM

»Du bist ein Grim?«, fragte ich. »Aber ein Grim beschützt Kirchen und Friedhöfe.«

Wieder sah der Luchs mich an. Mit der Pfote malte er einen Strich unter die Buchstaben.

»Na gut«, sagte ich. »Dann nenne ich dich Grim, mein Junge.«

Der Luchs schien zufrieden zu nicken, dann drehte er sich um und lief weiter.

Ich folgte ihm im schwachen Licht der Laterne, aber mir war nicht ganz wohl dabei. Grims kannte ich als Hunde, die man bei lebendigem Leib auf einem neuen Friedhof begrub, damit ihr Geist die Gräber bewachen würde, eine Tradition, die wir im Norden nicht guthießen. Außerdem waren es Geister, keine Tiere aus Fleisch und Blut.

Der Luchs stieß einen Laut aus. Ich hob die Lampe und hielt überrascht inne. Vor uns ragte ein schlanker Wegweiser auf. Er war nicht aus Holz oder aus Stein gefertigt, sondern schien ganz aus Eis zu bestehen.

Ein Arm deutete nach rechts, der andere nach links. Gekrönt war er von einer eisigen Rose, deren dorniger Stamm sich in den Boden grub.

»Wohin jetzt, mein lieber Grim?«

Der Grim schaute mich einen Moment lang an. Dann wandte er sich nach rechts. Ich schulterte mein Bündel und folgte dem Weg einige Hundert Schritte, bis ich vor mir schon den nächsten eisigen Wegweiser erspähte. Er schien in der Dunkelheit zu leuchten, als wohnte ihm ein eigenes Licht inne.

»Er reflektiert das Licht von Mond und Sternen, Grim«, sagte ich zu dem Luchs. »Deshalb wirkt es so. Und das zum Glück, denn diese Laterne ist wirklich voll und ganz nutzlos.«

Ich tippte mit dem Finger einmal gegen das Glas. »Wieso will die Schneekönigin bloß, dass man im Dunkeln den Berg hinaufsteigt?«

Als ich den nächsten Wegweiser erreichte, führte der Luchs mich aufs Neue. Keiner der Wege führte steil nach rechts oder nach links. Stattdessen spaltete sich der Pfad erst einmal nur auf, und beide schienen zunächst den Berg hinaufzuweisen, der eine eben ein wenig weiter nach Westen, der andere nach Osten.

Dreimal wählten wir den westlichen Pfad, dreimal den östlichen. An jeder Gabelung fand ich einen weiteren Wegweiser aus ewigem Eis, dessen Arme in zwei Richtungen wiesen, gekrönt mit einer glitzernden Rose mit dornigem Stamm, der von innen heraus zu leuchten schien.

Immer höher kletterte ich, und der Wald wurde lichter. Es schien mir auch wärmer zu werden, obwohl die Temperatur eigentlich hätte sinken müssen, gerade nun, da die Bäume uns kaum mehr schützten.

Als ich die siebte Weggabelung erreichte, erlosch meine Laterne.

Im letzten Zucken des Lichts streckte ich den Arm aus und schlang ihn um die Rose, um den Wegweiser nicht aus den Augen zu verlieren, der ein blasses Licht ausstrahlte.

Sie fühlte sich nicht kalt an.

Stumm stand ich in der Dunkelheit, stumm wie der Luchs, der keinen Schritt von meiner Seite gewichen war. Vor mir glitzerte der Wegweiser. Der Schnee zu unseren Füßen reflektierte sein Licht, sodass ich wenigstens die Hand vor Augen erkennen konnte.

Warum fühlte sich die Rose nicht kalt an?

Ich zog die Handschuhe aus und legte einen Finger auf den Stängel.

Keine brennende Kälte. Stattdessen ein beinahe wohliges Gefühl.

Meine Finger zuckten. Mich durchfuhr das Verlangen, die Rose in beiden Händen zu halten.

Ich legte die Stirn in Falten und beugte mich näher zu meinen Händen.

Waren meine Nägel blau? Meine Haut blass?

Ich bewegte all meine Finger, jedes Gelenk. Es tat nicht weh, und ich spürte keinen Widerstand. Allem Anschein nach ging es meinen Händen gut. Ich ließ sie sinken. Trotz der entblößten Haut wurde mir nicht kalt.

Etwas Weiches strich meine Hand entlang. Ich sah hinab zum Luchs, der meinen Blick erwiderte, vielleicht erwartungsvoll, den Kopf an meine Hand gepresst.

»Was passiert hier, Grim?«, flüsterte ich.

Grim betrachtete mich nur in Ruhe. Sein Fell reflektierte das Mondlicht, genau wie der Schnee, der hier auf dem Boden lag. Sobald der Luchs außer Sicht wäre, würde ich kaum noch etwas sehen können.

»Wer bist du, schweigsamer Gefährte?«, fragte ich ihn wieder. »Und wie soll ich dir im Dunkeln folgen?«

Er rieb den Kopf an meinem Bein. Einen Moment lang schloss ich die Augen und genoss das Gefühl, nicht allein zu sein in diesem magischen Wald.

Grims warme Zunge berührte meine nackte Hand. »Wir können nicht weiter«, sagte ich. »Nicht, wenn ich dich nicht sehen kann, ob mit offenen oder geschlossenen Augen!«

Grim gab einen Laut von sich.

Und da zuckte vor meinen geschlossenen Augenlidern etwas auf.

Etwas Goldenes, Flackerndes. Es schien blendend, blendend hell.

Feuer.

Das musste ein Feuer sein.

Ich öffnete die Lider, schirmte die Augen mit der Hand ab, um durch die Bäume zu spähen.

Da zuckte ein goldenes Feuer durch den Wald. Zwischen den Baumstämmen hindurch, die nun nicht mehr so dicht standen, konnte ich es erkennen. Es sah aus wie eine brennende Kerze. Oder das Licht einer kleinen Laterne.

»Ein Licht, Grimm!«, flüsterte ich. »Das ist unsere größte Hoffnung!«

Grim knurrte, aber ich beachtete ihn nicht weiter. Mit flinken Fingern band ich die Schneeschuhe um meine Stiefel, dann streifte ich die Handschuhe wieder über. So hell der Mond gerade auch schien, mir wäre viel wohler gewesen, wenn ich wieder eine Laterne in der Hand gehalten hätte. Wer auch immer sie trug, wäre vielleicht zu einem Tausch bereit.

Je näher ich dem Licht kam, desto deutlicher erkannte ich, dass es sich wahrhaftig um eine kleine Laterne handelte. Nur dass dieses Licht in der Luft zu schweben schien.

Ich erinnerte mich an die Feuermännchen, von denen mein Vater uns vorgelesen hatte, Irrwische, wie meine Großmutter sie genannt hatte. Manche sollten übellaunig sein und Menschen in die Irre führen, wenn diese auf dem Heimweg waren. Andere aber waren hilfsbereit, besonders, wenn man auch etwas für sie tat …

Der Luchs knurrte immer noch. Er schien Irrwische nicht zu mögen. Ich aber ging unbeirrt auf die Laterne zu. Ohne ein Licht war ich verloren.

»Halten Sie ein, lieber Irrwisch!«, rief ich.

Die Laterne zuckte noch einmal. Dann hielt sie inne.

Ruhig schwebte sie in der Luft, ruhig und verlockend, ein kleines, warmes goldenes Licht zwischen den schmalen Baumstämmen.

»Lieber Irrwisch«, sagte ich, als ich die Laterne erreicht hatte, die den Schnee golden erstrahlen ließ. »Ich bin nicht auf der Suche nach meinem Heimweg, sondern muss zum Palast der Schneekönigin. Mein Sohn ist krank und braucht ihre Hilfe. Würden Sie mir den Weg leuchten?«

Die Laterne neigte sich hierhin und dorthin. Geisterhaft schwebte sie in der Luft.

Einen Moment lang glaubte ich, den Irrwisch zu erkennen, der sie hielt, das kleine Wesen mit den blitzenden goldenen Schuhschnallen, den glänzenden Manschettenknöpfen, der Feder im grünen Filzhut.

Dann war da wieder nur die Nacht, nur die Luft, nur die Leere.

Und mit einem Mal ging die Laterne aus.

Ich stieß einen Fluch aus, während ich in meiner Tasche herumwühlte. Diese vermaledeiten Handschuhe! Da musste doch noch etwas übrig sein …

»Warten Sie, lieber Herr Irrwisch!«, rief ich. »Ich kann Sie gut entlohnen.«

Endlich fand ich, was ich suchte. Ich zückte eine große goldene Münze.

Gold, das musste diesem Männchen mit seinen goldenen Schnallen und Knöpfen doch gefallen.

Ich hielt sie hoch in die Luft. »Hieraus können Sie sich neue Knöpfe machen oder einen schönen Reif.«

Es blieb dunkel.

Neben mir stieß Grim einen Laut aus, der verdächtig nach einem Schnauben klang.

Ich hielt die Münze weiterhin hoch in die Luft gereckt. »Ich brauche Ihr Licht, und Sie mögen doch sicher mein Gold, oder? Ist das nicht ein schöner Lohn dafür, dass Sie mir ein Stück den Weg zum Palast der Schneekönigin weisen?«

Meine Worte verhallten. Immer noch standen wir einfach nur da, der Luchs und ich, allein im Mondlicht. Grim sah mich an, ganz so, als wollte er fragen: *Was nun?*

Aber ich war nicht erst gestern geboren und hatte einen Sohn erzogen, der drei Jahre alt war.

»Das ist aber schade«, rief ich. »Wenn Sie das Angebot nicht annehmen wollen, dann behalte ich meine schöne Münze wohl für mich.«

Langsam, ganz langsam und genüsslich senkte ich die Münze. »Ich stecke sie einfach wieder in meine Tasche, sodass Sie sie niemals bekommen werden.«

Da!

Das goldene Licht.

Plötzlich ging die Laterne wieder an. Direkt vor mir schwebte etwas in der Luft. Ein Glänzen, die goldenen Knöpfe, die Schnallen. Wieder erhaschte ich einen Blick auf die Feder im Filzhut und auf ein paar große grüne Augen.

Der Irrwisch betrachtete mich prüfend.

Oder gar nicht mich.

Sondern das Gold.

Die Laterne zuckte hinüber zu meiner Hand, aber blitzschnell schloss ich die Faust um die Münze. »Wenn Sie mich geführt haben, lieber Herr Irrwisch, ist das Gold Ihres.«

Er schien mich anzusehen. Ein kleines, leises Seufzen fuhr durch die Luft.

Dann lupfte er seinen Hut.

Ich machte, völlig überrascht, einen Knicks. Und lächelte.

Auch der Irrwisch lächelte. Im nächsten Augenblick huschte die Laterne davon.

Im Zickzack hüpfte der Irrwisch durch die Bäume. Ein paar Schritte eilte er mir voraus, dann blieb er in der Luft hängen. Erwartungsvoll, wie mir schien.

»Schau, manche Leute sind doch noch ganz vernünftig«, sagte ich zu Grim. »Komm, schweigsamer

Begleiter. Noch schöner wäre es übrigens, wenn du mir antworten könntest, aber man kann wohl nicht alles haben.«

Ich band meine eigene Laterne an mein Bündel, dann lief ich los. Der Luchs folgte mir, schien aber zögerlich.

»Ich weiß, dass sie einen manches Mal in die Irre führen«, flüsterte ich ihm zu. »Aber der hier, der will mein Gold. Vertrau mir. Der trägt wirklich schöne Schnallen, und seine Knöpfe sind so sehr poliert, dass sie strahlen wie Sterne. Der legt Wert auf das richtige Material.«

Außerdem war es sehr angenehm, eine Zeit lang die Laterne nicht tragen zu müssen.

Also folgte ich dem Lichtschein, der den Weg vor meinen Füßen erhellte, und gab besser Acht, wohin ich trat. Im goldenen Licht der Laterne blitzte sogar das eine oder andere Mal eine dunkle Eisplatte auf und warnte mich so vor besonders gefährlichen Stellen unter meinen Füßen. Es schien ein besonderes Licht zu sein, das der Irrwisch trug und mit dem er mir den Weg wies.

Während ich dem Irrwisch folgte, blickte ich immer wieder hinauf zum Himmel, auf der Suche nach dem Nordstern. Ab und zu glaubte ich, durch die Wipfel den Großen Wagen zu erspähen. Wenn ich die hintere Achse fünfmal verlängerte, sollte dort der Nordstern sein …

Aber immer, wenn ich versuchte, den Blick lang

genug auf den Himmel zu lenken, schien der Irrwisch seinen Flug zu beschleunigen, sodass mir nichts anderes übrigblieb, als wieder beide Augen auf den Pfad zu richten, um dem Eis zu entwischen.

Trotzdem konnte ich das Gefühl nicht abschütteln, dass wir längst nicht mehr nach Norden gingen.

Nun liefen wir eine Hügelkuppe hinauf, und es war unmöglich zu erkennen, was in der Mulde dahinter liegen würde.

Wieder knurrte der Luchs an meiner Seite. Auch ich verlangsamte meine Schritte, als wir den Hügel erklommen.

Die Laterne des Irrwischs hüpfte voran, den Hügel hinauf. Sobald es die Kuppe erreicht hatte, sah ich im goldenen Licht, dass sich der dicke Ast einer Esche über den Pfad rankte.

Daran hing eine Reihe schlanker, spitzer Eiszapfen, die grünlich golden schimmerten. Das beseitigte mein Zögern. »Komm. Da ist der zweite Eissplitter!«

Der der werdenden Mutter, schoss es mir durch den Kopf. Völlig unmöglich war es, mir vorzustellen, dass hier eine schwangere Frau lebte, so weitab von den Dörfern, der Burg.

Der Irrwisch wartete, bis ich die Kuppe erreicht hatte. Dann hüpfte er die andere Seite hinab: Auf allen Seiten von Hügeln umgeben, befand sich dort eine kreisrunde Mulde.

Sie war größer, als ich zunächst erwartet hatte. Sie erinnerte mich an Kampfarenen aus dem antiken Griechenland, wie ich sie aus Büchern kannte. In der Mitte der Mulde stand ein breiter Baumstumpf, der – seltsamerweise frei von Schnee – einst zu einer mächtigen Esche gehört haben musste, weitaus größer als jener Baum, den ich zuvor gesehen hatte.

Der Irrwisch hielt über dem Baumstumpf inne. Nur wenige Handbreit über dem Holz schwebend, wandte er sich mir zu, so glaubte ich, und schüttelte seine Laterne. Dabei tippte er mit der freien Hand auf die goldenen Schnallen an seinen Schuhen und deutete sodann auf den Baumstumpf.

Umsichtig folgte ich dem Licht der Laterne hinunter in die Mulde. Als ich ihren Boden erreicht hatte, hörte ich ein leises Klingeln, als läuteten viele kleine goldene Glocken. Es dauerte einen Moment, bis ich begriff, dass der Irrwisch seine Laterne gegen die Knöpfe und Schnallen seiner Kleider schlug.

»Sie wollen Ihr Gold, lieber Herr Irrwisch«, sagte ich. »Das habe ich schon verstanden. Ich frage mich nur, worin die zweite Prüfung besteht.«

Aber der Irrwisch schüttelte seine Laterne nur noch heftiger. Was wie goldene Glöckchen geklungen hatte, erinnerte nun eher an Krach: eine Besteckschublade, die auf den Boden fiel, ein Teller, der an der Wand zerschellte, eine unbezahlbare

Porzellankanne, die laut klirrend auf dem Steinboden zerbrach.

»Schon gut«, beschwichtigte ich das Feuermännchen. Der Boden war uneben, überall ragten Wurzeln durch den Schnee. So konnte ich nicht einmal den Baumstumpf erreichen. Eilig zog ich die Handschuhe aus, tauschte Schneeschuhe gegen Stiefel, dann ging ich auf den Irrwisch zu und steckte die Hand in die Tasche. Die Handschuhe band ich an mein Bündel.

Sobald ich die goldene Münze gefunden hatte, legte ich sie auf den Baumstamm.

Der Irrwisch führte einen kleinen Tanz auf vor Freude. Sein Licht flackerte golden und groß in der Mulde. Es wurde heller und heller, während er sich freute, so hell, dass es weit über die Kuppen der Hügel hinausschien, weit in den Wald hinein.

Lachend schüttelte ich den Kopf und wandte mich nach links. Jetzt musste ich noch nur herausfinden, worum es sich bei der zweiten Prüfung handelte. Sollte ich noch einen Eiskristall schlucken?

»Komm, schweigsamer Gefährte!«, rief ich Grim zu und schaute auf den Boden.

Aber der Luchs war nicht mehr an meiner Seite.

Während der Irrwisch noch tanzte, kicherte und keckerte, blickte ich mich verwirrt um, bis ich das Tier erspähte. Grim stand noch immer auf der Hügelkuppe, über die ich geklettert war, um in die Mulde zu gelangen.

Die Laterne des Irrwischs war nun so hell, dass ich den Luchs klar erkennen konnte.

Er fletsche die Zähne, die scharfen, spitzen Zähne.

Alle seine Krallen waren ausgefahren.

Das Fell stand ihm zu Berge, als er dort unter den Eiszapfen stand, die grün-golden leuchteten.

Er sah nicht mich an und nicht den Irrwisch, sondern auf die gegenüberliegende Hügelkuppe.

Ich wirbelte herum. Der Irrwisch achtete nicht auf mich. Er achtete auf niemanden, erfreute sich nur an seinem Gold, scheppernd lachend.

Doch ich sah den riesigen Schatten, der sich über die Hügelkuppe erhob. Die dunkle Gestalt, die in die Mulde hinabblickte.

Ich sah die grauen milchigen Augen und die großen weißen Zähne.

Dann breitete die Gestalt die Flügel aus. Breite schwarze Flügel. Wie die eines Raben, einer Krähe, eines Nachtvogels, jener Gestalten aus den Märchenbüchern, die mich in meinen Albträumen verfolgt hatten.

Sie streckte einen Arm aus, knochendünn, mit Händen, so groß wie die eines Bären, und Krallen, so scharf wie frisch geschliffene Messer.

Das war eine Mahr.

Auf der Hügelkuppe stand eine Nachtmahr.

»Gold!«

Der Ruf der Mahr ließ mich zu Eis erstarren. Das

Wesen, das ich als Kind am meisten gefürchtet hatte. Die Kreatur, die sich nachts in meinen ärgsten Träumen auf meine Brust gesetzt und mich erdrosselt hatte, mich und meine ganze Familie, bis unsere Zungen und Augen hervorquollen.

Hier stand sie und deutete auf den Baumstamm, deutete auf die Goldmünze.

»Das ist Gold!«, rief sie mit heiserer, knochendünner Stimme.

Der Irrwisch verstummte. Das Licht der Laterne ging aus. Es zischte, ein Luftzug.

Dann war es dunkel.

Vollkommen dunkel.

Nur noch der Schnee am Boden, nur noch die Augen des Luchses, nur noch die Eiszapfen über seinem Kopf schimmerten blass im Licht des Mondes.

Und auf der anderen Seite die Zähne der Mahr, die milchigen Augen.

Zu meinen Füßen die goldene Münze auf dem Baumstamm.

»Mein Gold«, hauchte die Mahr. Die Worte erreichten mich in der Dunkelheit. Sie klangen so nah, als hätte mir die Mahr sie direkt ins Ohr geflüstert.

Ihr Blick heftete sich auf mich, die ich noch immer dastand wie gelähmt.

»Welch gutes, warmes Fleisch«, hauchte sie. »Ich werde dein Gold nehmen, und dann werde ich deine Milch trinken und dich kitzeln mit meinen Krallen.« Ihre Finger spreizten sich. »Ich werde deine Kehle kitzeln bis dein warmes Blut ganz aus dir hinausgelaufen ist und diese Mulde ein roter Teich.«

Ihr Mund verzog sich zu einem genießerischen Lächeln. Ich konnte mich nicht rühren, nicht einen Millimeter. Mein Atem ging so schnell, als würde ich gleich ohnmächtig werden. Als säße sie schon auf meiner Brust, als erdrosselte sie mich.

»Und vorher werde ich den Mund um deine Brust legen und saugen, all die leckere Milch aus dir heraussaugen.«

Endlich fand ich meine Stimme wieder, wenigstens die.

»Du bist nicht echt«, sagte ich, aber die Worte zitterten. »Du kannst nicht echt sein!«

Die Mahr lächelte. Dann bleckte sie die Zähne, spreizte die Krallen und Flügel und stürzte sich hinab in die Mulde.

Hinab auf das Gold.

Hinab auf mich.

KAPITEL NEUN

HAND AUS EIS

Ich bin nicht immer klug. Niemand ist das. Das wäre zu viel verlangt, auch wenn ich der Eschenfrau hatte beweisen müssen, dass ich es sein konnte. Doch in diesem Moment dachte ich nicht an die Eschenfrau. Ich dachte nur daran, fortzulaufen. Denn ich war immerhin klug genug, schon als Kind, um zu rennen, wenn es nötig war. Und wie ein Kind fühlte ich mich, als ich die Kreatur auf mich zukommen sah, die ich als Mädchen so gefürchtet hatte.

Ich machte auf dem Absatz kehrt und rannte los, in die Richtung, in der ich die Eiszapfen leuchten sah. Mein Herz pochte so laut in meinen Ohren, dass ich nicht einmal mehr das Kreischen der Mahr hörte, als die sich einem Raubvogel gleich hinab in die Mulde stürzte.

Ich konnte nur an eines denken: *Lauf!*

Also lief ich. Wild schlug die Laterne gegen mein Bündel, schepperte in der Dunkelheit. Hinauf, hinauf! Schon hatte ich die Hälfte geschafft, schon war die Kuppe in Sichtweite …

Ich trieb mich weiter an. Kaum hatte ich zwei Drittel des Hügels erklommen, als der Boden unter meinen Füßen wegbrach.

Scharfe Krallen wickelten sich um meine Unterschenkel, bohrten sich durch den Stoff hindurch in meine Haut.

Ich schrie auf, als ich von den Füßen gerissen wurde und auf dem Boden aufschlug. Unter schallendem Gelächter zerrte mich die Mahr zurück in die Mulde.

Schnee, Eis und Wurzeln schlugen mir in den ungeschützten Leib und ins Gesicht, während ich bäuchlings den Hügel hinabgezogen wurde. Panisch griff ich nach Wurzeln, nach Steinen, grub die Nägel in den Boden, irgendetwas, um die Mahr aufzuhalten.

Aber sie war stärker, und stechender Schmerz durchzuckte meine Finger. Sie riss mich mit sich, bis meine Füße gegen den Baumstumpf schlugen, dann ließ sie mich los. »Gold!«, krächzte sie. »Und warme Brüste! Wie habe ich mich danach gesehnt!«

Sobald ich frei war, rollte ich mich auf den Rücken, um mich aufzurichten. Da beugte die Mahr sich über mich, mit breiten weißen Zähnen, der Mund geöffnet.

Dieser runde, weite Mund.

Der faule Geruch, der aus ihrem Maul kam, raubte mir den Atem.

Ich erinnerte mich daran, wie ich mit Ida gerauft hatte als Kind, das letzte Mal, dass ich mich hatte verteidigen müssen, und das nur im Spiel. Wie ich mich auf den Rücken gedreht, die Hüften gehoben und Ida, die auf mich zukam, mit Tritten von mir ferngehalten hatte.

In meiner Verzweiflung machte ich es meinem achtjährigen Ich nach: Treten, treten, immer weiter treten! Mit einem Aufschrei riss ich die Beine hoch und erwischte die Mahr im linken Rippenbogen.

Die Mahr kreischte. Dann verengte sie die milchigen Augen, spreizte erneut die Krallen.

»Ich werde dich kitzeln«, zischte sie, »ganz langsam werde ich dich kitzeln und dabei an dir saugen.«

Sie schnappte mit ihrer großen Klaue nach meinen Fußgelenken. Ihr reichte eine Hand, um sie beide zu umfassen, um meine Beine festzuhalten, sie auf den Boden zu drücken.

Ich wand mich in dem Griff, aber vergeblich. Die Finger der Mahr waren dünn wie Knochen, aber stark wie das dickste Eis.

Mit ihrer zweiten Klaue griff die Mahr nach meiner Kehle. Sie sog die Luft ein, während sie sich mit der anderen vortastete. Ihre langen dünnen Finger glitten über mein Knie. Ich spürte ihre spitzen Nägel an meinen Schenkeln. Dann an der Hüfte. Auf meinem Bauch.

»Hach«, sagte die Mahr, während sie meine Brust betrachtete, »endlich, endlich ein Schluck zu trinken!«

Sie breitete eine Klaue auf meinem Bauch aus, die andere auf meiner Brust. »Weiche, schöne Haut. Warmes Fleisch.«

Ich würgte. Ihr Gestank und die Angst drohten mich zu überwältigen. Ich schlug um mich und schrie.

Die Mahr kümmerte meine Abwehr nicht. Sie grub eine Kralle in meinen Mantel und riss ihn über der Brust auf. »Warmes Fleisch«, sagte sie, die Stimme voll Hunger, als sich ihre Hand auf meine Brust legte. »Warme Milch!«

Ich stieß einen Schmerzensschrei aus, als die Mahr die weiche Haut mit ihren langen Fingern knetete.

»Ich bin so hungrig, schon so lange so hungrig, und so allein. Du bist warm und weich. So weich«, murmelte die Mahr, bevor sie den Mund durch die nächste Schicht Kleidung hindurch an meine Brustwarze legte, die Zähne darum schloss.

»Hör auf!«, schrie ich. Wie ein Kind flehte ich, aber die Mahr beachtete mich nicht. Sie begann, an meiner Brustwarze zu saugen.

Ich schrie auf. Zuletzt hatte Unik dort gelegen und gesaugt, mit seinem kleinen Körper hatte er auf meiner Brust gelegen und getrunken, das einzige Kind, das ich jemals hervorbringen würde.

Unik.

Während ich an ihn dachte, an seinen kleinen Körper an meiner Brust, seinen größeren Körper, geschüttelt vom Fieber, in unserem Bett, Kay an seiner Seite, weinend, da spürte ich, wie mein Zorn die Angst verdrängte.

Ein Laut bildete sich in mir, ein Brüllen, das nicht furchtsam war, sondern zornig. Wie konnte diese Kreatur es wagen, mich von meinem Sohn fernzuhalten? Seine Rettung zu gefährden?

Ich ballte die Hände zu Fäusten. Der Schmerz war mir gleich, der Schmerz ließ das Brüllen nur anschwellen. Mit beiden Fäusten hieb ich auf den Kopf der Mahr ein.

Sie schrie. Riss den Oberkörper hoch, fort von meiner Brust.

Ich rammte eine Faust nach oben, in das Gesicht der Mahr, gegen ihre dünnen Wangenknochen.

Ihr Kopf wurde zurückgeschleudert. Ihr Hals dehnte sich so weit, dass ich einen Moment lang dachte, ihre Wirbelsäule würde brechen.

Dann schnellte ihr Kopf wieder herum.

Mit geweiteten Augen sah sie mich an.

Sie schnellte vor und biss zu. Ihre Zähne gruben sich tief in meinen rechten Handrücken.

Immer noch wuchs das Brüllen in meiner Brust. Mir wurde schwummrig. Ich spürte Schmerz. Spürte den Schnee, das Eis, so kühl, so stark. Dann mein Bein, meine Hüfte, meinen Gürtel …

Mein Beil.

Die Mahr ließ meine Hand los und stieß ein Fauchen aus.

»Immer allein!«, fauchte sie. »Ich werde immer alleine bleiben, aber wenigstens werde ich satt sein, oh ja, satt!«

Sie versuchte erneut, meine Brust zu erreichen, ich aber wand mich so heftig, dass sie drohend eine Klaue um meinen Hals legte, bis ich mich nicht mehr rührte. Nur einen Finger stellte sie auf, setzte die Spitze einer langen, starken Kralle an meine Kehle, an die dünne Haut, die mein Blut in meinem Körper hielt, nur ein Stück dünne Haut.

Wie verletzlich Menschen sind, nicht? Es ist erstaunlich.

Ich spürte, wie sich die Spitze der Kralle in meine Haut bohrte.

Gleichzeitig wickelte ich die Finger um das starke Holz meines Beils.

»Ich werde dich kitzeln«, raunte die Mahr. »Bis du blutest.«

»Versuch's doch«, stieß ich zwischen zusammengebissenen Zähnen hervor.

Dann riss ich das Beil aus dem Gürtel und ließ es mit einem lauten Brüllen auf die Mahr herabsausen.

Ich zielte auf ihren Hals.

Die riss im letzten Moment den Arm hoch.

Das Beil trieb sich tief in ihre Schulter.

Sehnen schnappten, Muskeln wurden durchtrennt.

Die Mahr schrie auf. Sie breitete die Flügel aus und sprang auf, das Beil noch immer in der Schulter. Ich versuchte, es festzuhalten, aber die Mahr schlug mit aller Kraft die schwarzen Flügel.

Das Beil drohte mir zu entgleiten. Ich versuchte, es festzuhalten, aber es wurde mir mit einem Ruck aus der Hand gerissen, als die Mahr sich in die Lüfte erhob.

»Fiese Mutter!«, kreischte die Mahr. »Allein willst du mich zurücklassen, allein und hungrig!«

Ich drehte mich um und stemmte mich auf alle viere. Kroch davon. Versuchte, wieder davonzulaufen. Auf Händen und Knien, wenn es sein musste.

»Nein, nein«, rief die Mahr. »Nein, du bleibst hier, du fütterst mich!«

Ein Zischen, als die Mahr mit den Flügen schlug.

Ich spürte den Luftzug über mir. Dann den Gestank.

Zwei Fänge packten meine Taille, klauenbewehrte Füße, und hoben mich hoch hinauf in die Luft.

»Wo wolltest du hin, leckerer Bissen, böse Mutter?«, flüsterte die Mahr, während ich hilflos in ihrem Griff strampelte. »Wolltest du dahin, wo du hergekommen bist, und mich allein lassen?«

Ich brüllte. Wieder schlug ich um mich.

»Schwache Fäuste«, lachte die Mahr, während sie auf die Hügelkuppe zuhielt, über die ich zuvor in die Mulde hinabgeklettert war. Dorthin, wo der Ast der Esche über den Pfad ragte, jener Ast, an dem die Eiszapfen hingen, die grünlich golden schimmerten.

»Kein Beil mehr, nur noch kleine, weiche Fäuste. Leckere, weiche Finger, wenn die Eiszähne Hackfleisch aus dir gemacht haben, deine Finger ihr Blut verloren haben, wenn ich dich leergesaugt habe.«

»Lass mich los!«, schrie ich. Ich sah die eisigen Zähne auf mich zukommen, die scharfen, spitzen Eiszapfen, die von dem mächtigen Ast der Esche hingen. »Mein Sohn braucht mich! Du hast kein Recht, mich zu fressen!«

»Ganz allein bist du nun«, säuselte die Mahr, während die Zähne näher kamen, so nah jetzt, nur noch fünf Flügelschläge. »Ganz allein, so wie ich, mutterseelenallein, allein, allein! Dein Mann ist längst fort, der Vater deines Kindes, fort mit deinem einzigen Kind und deiner schönen Schwester!«

Das sang die Mahr, sang und säuselte.

Noch drei Flügelschläge.

»Hinauf wolltest du, den Berg hinauf!«

Noch zwei.

»Doch jetzt bist du allein, ganz allein!«

Noch einen.

Da stieß die Mahr einen Schrei aus. Ihre Fänge lösten sich.

Ich fiel und schlug auf der Hügelkuppe auf, nur drei Schritt von den eisigen Zähnen entfernt. Der Atem wurde mir aus der Lunge getrieben. Ich keuchte, hustete, saugte gierig die Luft ein. Irgendetwas hatte mich gerettet, irgendetwas war mir zu Hilfe gekommen, was, wer …

Als ich die Augen öffnete, sah ich Grim. Er hatte sich in dem Körper der Mahr verbissen, den Kopf fest in ihren Bauch gerammt.

Die Mahr wand sich in der Luft, schlug aus mit ihren starken Klauen, versuchte, den Luchs abzuschütteln, der sie mit seinem Gewicht herabzog. Sie schwebte nur noch wenige Handbreit über dem Boden.

Auf meiner Augenhöhe.

Und ich war so wütend.

Gott, ja, ich war so wütend.

Es reicht, dachte ich. Mein Mann, der mir nie geglaubt hatte, wenn ich von den Kreaturen des Nordens sprach, und nun stand ich wahrhaftig vor ihr, der Mahr, der Kreatur meiner schlimmsten Albträume.

Meine Schwester, die die Schneekönigin zum Aberglauben erklärt hatte und davongelaufen war wie ein Kind, mich einfach alleingelassen hatte in der Stunde unserer größten Not, obwohl wir noch immer alles zu zweit gemeistert hatten.

Die Holzfäller, Frauen und Männer, die an mir zweifelten, die Eschenfrau, die über mich gelacht hatte, die Blumenfrau, die so lieb getan und mich in ihren Garten gelockt hatte, als wäre ich nur ein wehrloses Kind, eine dumme Gans, eine verlorene Seele, die man mit ein wenig Sonnenschein von ihrem Weg abbringen konnte. Deren Rache man nicht zu fürchten hatte.

Ja, das war es, was ich damals dachte. Was ich begriff.

Sie fürchteten mich nicht. Niemand von ihnen glaubte, er hätte etwas von mir zu befürchten. Sie dachten, alle miteinander, sogar meine Schwester und mein Mann, dass ich es schon schaffen, den Laden am Laufen halten, den Mund halten würde für das große Ganze, damit es ihnen gutging. Damit sie zu fressen hatten und zu spielen und zu kuscheln.

Wie diese Mahr, die aus mir ein Opfer machen wollte, eine Milchkuh, die sich an meiner Brust trösten wollte, als wäre ich nichts als ein Paar Brüste, ein warmer Körper, Milch und Fleisch, das für andere da war.

Es reichte.

Entschlossen drehte ich mich um. Mit der rechten Hand griff ich nach einem der Eiszapfen.

Ich spürte keine Schmerzen, als sich meine Finger um das Eis schlossen. Der Zapfen schien sich nach mir zu sehnen, und ich nach ihm.

Mühelos brach ich ihn ab. Das Eis schmiegte sich in meine Handfläche.

Ich drehte mich um, trat drei Schritte und riss den Zapfen in die Höhe.

In diesem Moment gelang es der Mahr, Grim mit ihren Klauen zu treffen.

Er jaulte auf vor Schmerz. Sein Kiefer löste sich, er ließ die Mahr los und stürzte zu Boden. Er landete auf allen vieren, knurrend, brüllend.

Die Mahr sah auf.

Sah mir direkt in die Augen.

Was für ein Genuss zu beobachten, wie sich ihre Augen vor Schrecken weiteten, als ich mit der linken Hand ihren Nacken packte.

»Nun wirst du gekitzelt«, raunte ich. Und lächelte.

Dann rammte ich der Mahr den Eissplitter in die Brust, genau dorthin, wo sie mich hatte leersaugen wollen.

Der Schrei der Mahr ging mir durch Mark und Bein.

Nicht weil er schrill war.

Sondern weil er so kläglich war.

Sie wimmerte. Die Mahr wimmerte. Mit großen, milchigen Augen sah sie sich um. Die Klauen streckte sie aus, als wollte sie nach jemandem greifen.

Jemanden umarmen.

»Hilfe«, flüsterte sie. »Hilf mir, Mutter!«

Sie begann, sich aufzulösen. Erst die Fänge und die Beine, sie wurden zu Rauch. Dann die schmalen Hüften, die wespendünne Taille, der skeletthafte Oberkörper. Die Brüste, während sie rückwärtsstolperte, den Hügel hinab, in die Mulde. Die Arme mit ihren Krallen, der Hals, die Flügel, zuletzt ihr Gesicht, während sie sich auf den Baumstamm fallen ließ, erstaunt, erstaunt wie ein Kind, das nicht wusste, dass es sterben konnte, bis die ganze Mulde gefüllt war mit weißem Rauch. Er legte sich auf meine Haut, auf den Schnee, auf Grims Fell.

»Du hattest kein Recht, mich anzugreifen«, sagte ich.

»Ich will nicht alleine sein«, flüsterte die Mahr. »Ich will nicht alleine sterben.«

»Du bist eine Mahr«, sagte ich, während ich auf sie zuging, den Eissplitter noch immer in der Hand. »Ich bin bei dir.«

Die milchigen Augen schlossen sich. Der weiße Rauch löste sich auf, stieg hinauf in den Himmel, in die Baumwipfel.

Als er ganz verschwunden war, als ich wieder etwas erkennen konnte im blassen Licht des Eiszapfens in meiner Hand, da sah ich, dass neben meiner Goldmünze ein Körper auf dem Baumstamm lag.

Es war der Körper einer Frau.

Dünn war sie und ausgemergelt, als wäre sie verhungert. Ihre Kleider waren verschlissen, an manchen Stellen sogar gerissen, viel zu dünn für ein Leben im winterlichen Wald.

Waffen hingen von ihrem Gürtel, der mehrere

Male um die Taille geschlungen war: eine Axt, ein langes Messer, sogar eine Pistole und ein Beutelchen mit etwas, das Schießpulver sein mochte, glaubte ich, als ich näher herantrat. Sie hatte außerdem eine Hacke bei sich, als wäre sie einmal eine Köhlerin gewesen.

Hatte diese Frau versucht, sich sogar noch im Winter als Jägerin oder Räuberin am Leben zu halten? Hatte sie noch versucht, Kohle zu machen, um sich zu wärmen? Die Hacke war abgenutzt, stumpf, als sei sie wieder und wieder voll Verzweiflung in den Boden getrieben worden.

Der Anblick schnürte mir die Kehle zu. Die abgewetzte Hacke, die kaum genutzten Waffen ...

Ich beugte mich näher zu ihr.

Sie trug mehrere Talismane am Gürtel, außerdem eine kleine hölzerne Rassel mit vielen silbernen Glocken und, zu meiner großen Überraschung, ein Paar Schlittschuhe.

Es war schwer zu sagen, wie alt sie gewesen sein mochte – dreißig? Nicht viel älter oder jünger als ich. Und doch wirkte sie auch älter. Dünne weiße Haare sprossen aus ihrem Kinn und wuchsen ihr auf dem Kopf, und ihre Augenbrauen waren dicht und lang.

Das war es aber nicht, was mich erschauern ließ.

Die Frau war hochschwanger gewesen, als sie zur Mahr geworden war. Ich spürte es, denn ich konnte meine Hand noch auf ihren Bauch legen.

Allein musste sie gestorben sein, im Kindsbett, allein im Wald. Deshalb war sie zur Mahr geworden. Mit einer Hand hielt sie noch immer einen Anhänger umklammert, den sie um ihren Hals trug, in Form eines Kreuzes.

Das hatte sie nicht retten können.

Kein Gebet hatte sie retten können.

Als ich das Kreuz berührte, war mir, als könnte ich in der Ferne Gebete hören.

Bewahre uns vor dem Bösen. Bewahre uns vor dem Eis und dem Schnee und der Kälte. Bewahre uns vor der Schneekönigin, die keine Seele hat, die gestraft werden kann.

Als ich die Hand vom Anhänger nahm, verstummten die Stimmen, die ich aus der Ferne vernommen hatte. Stattdessen erinnerte ich mich an die Blumen.

Einen zweiten Eissplitter wirst du finden bei der werdenden Mutter, das hatten sie gesagt. Das hatten mir die Blumen zugeraunt. *Dort wirst du die Kraft erlangen, die dein Arm braucht, um dich zu verteidigen.*

So war es gekommen.

Ich ließ mich neben der Frau nieder. Hätte ich den Fluch brechen können, der auf der Mahr gelegen hatte? Den Kampf verhindern?

Niemand weiß genau, warum Frauen zu Mahren werden, hatte mein Vater gesagt, als ich ihn eines Nachts vor dem Schlafengehen danach gefragt hatte, zitternd vor Angst.

Meine Mutter, erklärte er mir, *sagte immer, sie seien die Seelen unverheirateter Frauen, die allein im Kindbett gestorben waren, verlassen in diesen gefährlichsten Stunden im Leben einer Frau.*

Der einzige Priester, der zu ihren Lebzeiten in den Norden kam, hatte mein Vater hinzugefügt, *der erzählte ihr, dass Mütter selbst den Fluch auf ihre Kinder laden würden, wenn sie die Geburtsschmerzen durch Magie und Kräuter und Tränke zu lindern versuchten. Aber der hatte eine böse Zunge, sagte deine Großmutter immer, und wusste nicht, wovon er sprach. Und deine Großmutter war eine sehr kluge Frau.*

Dann hatte er kurz nachgedacht. *Na, zumindest manchmal.*

Ich streckte die Hand aus, um die eingefallenen Wangenknochen der Frau zu streicheln. »Du bist jetzt frei«, murmelte ich. »Verzeih mir, dass es so enden musste. Ich wünschte, ich hätte dich retten können.«

Erst da bemerkte ich, dass ich noch immer den Eiszapfen in der Hand hielt.

Ich kniete mich hin, um ihn auf den Boden zu legen. Ich öffnete die Finger, die den Splitter umklammert hielten.

Aber er fiel nicht zu Boden.

Ich schüttelte die Hand, in der Hoffnung, dass er sich lösen möge.

Er blieb, wo er war.

Ich starrte den Eiszapfen an, der meine Hand

nicht mehr verlassen wollte. Meine rechte Hand, die nicht mehr schmerzte. Die sich wohlig warm anfühlte, stark, mächtig.

Ich hob die linke Hand, in der ich keinen Eiszapfen hielt. Vorsichtig berührte ich mit den Fingerspitzen meine rechte.

Sie war eisig kalt.

Hart.

Hart wie Eis.

Noch im Schnee kauernd, stolperte ich rückwärts. Die Mahr war vergessen, die goldene Münze, der Irrwisch, sogar Grim. Im Stolpern, im Aufrichten, im Versuch, meiner eigenen Hand zu entfliehen, durchlief mich ein Schauder, fuhr mir durch Mark und Bein.

Meine rechte Hand war zu Eis erstarrt.

Aber konnte das sein? War das denn möglich? Noch immer konnte ich die Finger bewegen, das Handgelenk.

Nur der Eiszapfen wollte meine Hand nicht mehr verlassen. Grünlich golden lag er da und gab ein blasses Licht ab.

Eine mächtige Waffe, schoss es mir durch den Kopf.

Eine Waffe, die in diesem Wald existierte, wie sprechende Blumen, wie Eschenfrauen, wie Irrwische.

Wenn ich zu den Menschen zurückkehrte, würde auch diese Waffe wieder verschwinden, so musste es sein.

Einen Moment lang spürte ich, wie mich bei diesem Gedanken Bedauern durchzuckte. Ohne den Eiszapfen hätte die Mahr mich umgebracht. Und wenn alles Bitten bei der Schneekönigin nichts hilft, dachte ich grimmig, als ich mich aufsetzte, dann bin ich nun vorbereitet. Dann muss ich nicht betteln. Ich muss sie nicht anflehen, wie ich die Eschenfrau anflehen musste, die Mahr, als wäre ich bloß ein Kind. Ich kann fordern.

Ich dachte an Kay. Meine Erinnerung an ihn schien so blass in diesem Moment. Auch die Mahr hatte ihn beschuldigt, sich in Ida verliebt zu haben. Aber sie konnte nichts über ihn wissen. Sie kannte ihn nicht einmal, wusste nichts über das Leben, das sich außerhalb des Waldes abspielte.

Oder doch? Die Mahr war eine Frau gewesen, eine Frau, die der Vater ihres Kindes verlassen hatte. Warum sonst wäre sie allein im Wald gewesen?

Und Kay hatte fortgewollt. Mit Ida. Ohne mich. War der einzige Grund, warum er nicht gegangen war, nicht der, dass Ida ihm zuvorgekommen, allein geflüchtet war übers Eis in die Stadt?

Entschlossen richtete ich mich auf. Worum es ging, das war Unik. Für sein Überleben kämpfte ich. Wie lange hatte ich Kay bemuttert, ihn beschützt, ihn bewundert dafür, dass er zu mir auf die Burg gezogen war, und mich dafür immer auch ein klein wenig schuldig gefühlt?

In dem Moment wusste ich, dass ich den Norden nicht verlassen konnte. Unik, wenn er erwachsen war, sollte seine eigene Entscheidung treffen.

Aber ich würde meinen Sohn, wenn ich sein Leben erst einmal gerettet hatte, nicht in eine Stadt bringen, in der die Frauen nur in ihren Häusern kauerten, während die Männer ausgingen und die Arbeit verrichteten und das Bier in den Kneipen tranken.

Ich würde nicht dorthin gehen. Kay konnte ja, wenn er wollte.

»Ich will dir nicht nehmen, was du brauchst«, sagte ich zur Mahr, sobald ich aufgestanden war. »Aber ich verspreche, ich werde diese zwei Dinge bestatten im Grab meiner Ahnin Anna, einer mächtigen Kriegerin, genau wie du, und das Kind, das du bekommen hättest, damit ihr ruhen könnt.«

Mit der linken Hand nahm ich die Schlittschuhe und die Rassel an mich, die niemals benutzt worden war. Als ich das kleine Spielzeug berührte, spürte ich, wie sich Tränen in meinen Augen sammelten.

Noch auf meinen Wangen gefroren sie zu Eis.

Als ich das bemerkte, wandte ich mich zum Gehen. Es war nun so kalt, es konnte nicht mehr weit sein zum Gipfel des Berges und zum Palast der Schneekönigin. Der Eiszapfen in meiner Hand gab ein schwaches Licht ab, das mir erlaubte, wenigstens einige Fußbreit zu sehen.

»Komm, schweigsamer Gefährte!«, rief ich und sah mich nach Grim um. Ich hatte nicht länger das Bedürfnis, still und heimlich durch den Wald zu gelangen.

Ganz im Gegenteil: Es hätte mir gefallen, laut krachend zurück zur Lichtung zu gehen, wo die Eschenfrau wartete, und sie mit meinem Eiszapfen zu kitzeln. »Wir haben noch ein Stück zu gehen, oder? Du kennst ja den Weg.«

Grim gab ein leises Geräusch von sich.

»Du bist doch nicht verletzt?«, fragte ich ihn. »Ich danke dir für deine Hilfe, schweigsamer Freund.«

Grim schien den Kopf zu schütteln.

»Gut«, sagte ich, streichelte ihm den Rücken, kraulte ihn unter dem Kiefer. »Das Gold lassen wir ihr da. Es wird ihr Wegzoll sein ins Reich der Toten.«

Dann liefen wir los, den Hügel hinauf. Der Eiszapfen glitzerte in meiner Hand. »Auf, auf«, sagte ich ohne Furcht. »Ich komme, Schneekönigin. Du machst dich besser bereit.«

KAPITEL ZEHN

EIN NAME

Wie glaubte ich damals, dass die Schneekönigin aussah? Ich meine, ich sah eine große Frau vor mir, groß und dünn. Warum nicht breit? Breit wie meine Ahnin Anna, wie eine Kriegerin? Breit, wie ich es in den Schultern war, mit rotem Haar und grünen Augen?

Ich weiß es nicht. Es war in jedem Fall eine dünne Frau, an die ich dachte, groß wie eine schlanke Birke, ebenso hell, so biegsam. Langes Haar sollte sie haben, auf dem eine Krone aus Eis saß, ein wunderschönes Diadem, das glitzerte und funkelte in der Nacht.

Geheimnisvoll lächeln würde sie, mehr nicht. Mit vollen roten Lippen.

Was war das bloß für ein Bild, das ich mir da gemacht hatte? Woher kam es, und warum sah sie für mich so aus?

Ich glaube, ich erinnere mich nun wieder. Es war ein Bild, das uns der Pfarrer einmal gezeigt hatte von ihr, als wir noch Kinder gewesen waren. Nicht der junge Pfarrer, sondern sein Vorgänger, auch aus Esnedo. Der war alt gewesen und hatte stets lieb und freundlich und höchstens mal besorgt geschaut, wenn er uns auf dem Dorfplatz begegnet war, mir und meiner Schwester und unseren Freunden, die wir alle Wildfänge waren, das muss er gedacht haben, denn er hatte uns ausgesprochen häufig besorgt angesehen.

So auch an jenem Tag, als er meiner Schwester und mir das Bild der Schneekönigin in einem Buch zeigte, das er mitgebracht hatte.

»Für diese Frau wollt ihr jeden Mittwinter ein Lied singen?«, fragte er ganz unheimlich besorgt. »Die stiehlt Kinder, wisst ihr das nicht?«

Mit großen Augen starrte ich ihn an. »Sie irren sich, lieber Herr Pfarrer«, sagte ich. »Das würde die Schneekönigin nicht tun, sagt meine Mama.«

»Kinder wie mich?«, fragte Ida.

»Dich kann sie ruhig stehlen«, sagte ich und knuffte sie spielerisch. »Du störst nur!«

Daraufhin knuffte Ida mich zurück.

Und ich trat sie im Spaß.

»Kinder, Kinder, hört auf!«, rief der Pfarrer, nun noch ein wenig besorgter, beinahe überfordert.

Wieder hielt er uns das Buch hin mit dem Bild von der Schneekönigin, so dünn, so groß, mit blutroten Lippen und Fangzähnen, mit einem weichen, schönen Pelz und einem silbernen Kleid.

»Sie stiehlt Kinder und isst dann ihre Herzen und benutzt ihr Blut, um ewig jung zu bleiben.«

»Wie geht das?«, fragte ich mit zusammengezogenen Brauen. »Das klappt doch gar nicht. Man kann nicht ewig jung bleiben, sonst würden das alle machen. Meine Oma zum Beispiel.«

»Doch, doch, das geht«, sagte der Pfarrer mit erhobenem Finger. »Sie schmiert sich das Blut von Kindern ins Gesicht, um ewig jung zu bleiben.«

»Warum denn?«, fragte Ida. »Ich will gern erwachsen werden. Die Erwachsenen dürfen alles machen, was sie wollen!«

Der Pfarrer seufzte lang und tief. »Sie macht das, weil sie nicht sterben will«, erwiderte er. »Denn sie weiß, dass sie dann den lieben Gott und den Herrn Jesus Christus trifft. Die haben sie schon bestraft dafür, dass sie Kinder entführt hat, und sie kann keinen Menschen mehr anfassen, den sie liebt, ohne dass er zu Eis wird.«

Der Gedanke schien ihm eine seltsame Art der Befriedigung zu bereiten. Seine Augen wurden ein klein wenig glasig.

Ich fragte mich, ob er in diesem Moment vielleicht an jemand Bestimmtes dachte, den er auch gern bestrafen würde.

»Und wenn sie stirbt, dann werden sie noch viel mehr tun. Sie werden sie in die Hölle schicken, weil sie Kinder gegessen hat, und sie will nicht in die Hölle, oh nein. Das wollt ihr doch auch nicht, oder?«

Wir schüttelten beide artig den Kopf, denn es klang nicht so, als wäre die Hölle ein schöner Ort.

Aber ganz loslassen wollten mich die Fragen doch noch nicht. »Wenn der liebe Gott und der Herr Jesus Christus die Schneekönigin in die Hölle schicken wollen, weil sie Kinder isst, und sie angefangen hat, Kinder zu essen, damit sie nicht in die Hölle kommt – warum hat sie denn dann das erste Kind entführt? Denn da wäre sie ja noch nicht in die Hölle gekommen und musste keine Angst haben zu sterben.«

Der Pfarrer starrte mich an. Ich glaubte, eine Ader in seiner Stirn pochen zu sehen, nur dieses eine Mal, wo er doch sonst so eine Frohnatur war.

»Weil Weiber böse Dinge tun. Und die Naturgeister haben keine Seelen, die müssen alle in die Hölle, die können gar nicht in den Himmel, weil sie nicht christlich sind. Ihr wollt doch aber in den Himmel, ins Paradies, oder, Mädchen? Dann hört auf, das Lied am Mittwinter zu singen!«

Er ging fort, über den Dorfplatz, vorbei an einem Mädchen, das ihm Schwefelhölzer anbot. Er hatte ihm keine Beachtung geschenkt.

Also liefen wir hinüber und kauften dem Mädchen zwei Schachteln ab und nahmen es dann mit zu unserer Mutter, die lange mit ihm sprach, im Willkommenszimmer auf der Burg … Jenes Mädchen war an dem Abend bei uns in der Burg geblieben, und am nächsten Tag hatten es Agnes und Frieda bei sich aufgenommen.

Als ich den Hügel erklomm, um aus der Mulde hinauszugelangen, immer hinter Grim her, dachte ich an das Mädchen, das nur einen Abend bei uns gewesen war und das Ida und ich mit auf die Burg gebracht hatten, einfach nur, weil es so einsam ausgesehen und weil uns die blaue Verfärbung um sein Auge nicht gefallen hatte, das hatten wir noch nie gesehen, wir hatten Glück mit unseren Eltern, die niemals Hand an uns gelegt hätten.

Wir hatten sie noch oft gesehen, während sie zu einer Frau herangewachsen war, einen Mann gefunden hatte, einen Rentierzüchter. Gemeinsam hatten sie entschieden, noch höher in den Norden zu ziehen. Einmal hatten wir sie dort besucht, da war sie hochschwanger gewesen und hatte sehr glücklich ausgesehen. Sie hatte sich an diesem Abend bei meiner Mutter bedankt für ihre Hilfe, die abgewunken hatte. Das verstehe sich doch von selbst, hatte sie gesagt.

Die Frau des Rentierzüchters ließ mich an die Mahr denken. Hatte denn niemand dieser Frau geholfen, die zur Mahr geworden war? War sie so verzweifelt gewesen, dass sie, mit dem Kind im Bauch, nur einen einzigen Ausweg gesehen hatte, nämlich in den Wald zu flüchten?

Wie sehr unterschied sie sich von Ida?, fragte ich mich. Ida, die auch keinen anderen Ausweg mehr gesehen hatte, die offenbar so einsam gewesen war, dass sie einfach hinaus aufs Eis gestürmt war, ohne sich auch nur zu verabschieden.

Sobald Grim und ich aus der Mulde hinausgeklettert waren, machte er sich auf den Weg, schnurstracks den Berg hinauf.

Mit dem blutigen Eiskristall in der Hand folgte ich ihm. Obwohl der Schnee sich immer höher auftürmte, der Wald immer mehr ausdünnte, war mir nicht mehr kalt.

Nur ganz vereinzelt standen bald die Bäume, vereinzelt wie dunkle Blumen. Vor den Blumen im Garten des Sommerhauses hatte ich mich gefürchtet, sie sogar verflucht. Und doch hatten sie mir bisher zuverlässig den rechten Weg gewiesen.

Was war der dritte Ort gewesen, von dem sie gesprochen hatten?

In der Hütte der Schäferin, dort würde ich den dritten Eissplitter finden. *Er wird dir die Kraft geben, die dein Herz braucht, um deinen Weg zu beschreiten.*

Das hörte sich gut an. Meine Füße schmerzten, die Sohlen krampften, aber sonst schien mich keines meiner Leiden sehr zu plagen. Ich hielt die Augen offen, während der Mond immer höher stieg, hielt Ausschau nach einer Hütte. Weit konnte es nicht mehr sein.

Je höher ich stieg, desto stärker begann ein eisiger Wind zu wehen. Er schien von einer weiteren Kuppe zu kommen, auf die Grim und ich nun zusteuerten. Der Luchs ging so schnell voraus, dass ich mich eilen musste, um Schritt zu halten. »Sind wir bald da, schweigsamer Freund?«

Er gab keine Antwort, was mich nicht überraschte. Hastig kraxelte ich hinter ihm zur Kuppe hinauf. Dahinter erstreckte sich nicht noch eine Mulde, sondern eine weite Hochebene. Baumlos breitete sie sich vor mir aus, umgeben von hohen, zerklüfteten Gipfeln. Ein zugefrorener Bach zog sich wie ein silbernes Band hindurch.

Nie hätte ich vermutet, dass hier eine Hochebene lag. Vom Fuß des Berges aus hätte man das nicht erraten können. Doch ich hatte schon längst begriffen, dass ich mich nicht mehr dort befand, wohin man vom Fuß des Berges aus schauen konnte. Ich musste nun nah am Gipfel sein.

Erst in weiter Ferne, am anderen Ende der Ebene, verengten sich die umliegenden Felswände zu einer Schlucht. Nur durch einen engen Spalt drang dort das Licht des nächtlichen Himmels herein.

Bei dem Anblick legte ich den Kopf in den Nacken. Über mir wölbte sich in aller Klarheit der Sternenhimmel, in dem ich jedes Zeichen kannte, jeden Stern, der mir den Weg wies. Es war schön und beruhigend, dass wenigstens die Sterne mir nicht fremd waren.

Sofort erspähte ich den Großen Wagen. Gedanklich verlängerte ich seine Hinterachse fünfmal.

Dort fand ich den Nordstern.

Er stand genau über der Schlucht.

»Wir sind oben, schweigsamer Freund«, sagte ich zu Grim, der sich neben mich auf die Kuppe gesetzt hatte. Er stieß ein lang gestrecktes Heulen aus, als wollte er die Heimat begrüßen.

»Kommst du hierher, lieber Grim?«, fragte ich ihn. »Hat sie dich geschickt, um mich zu führen?«

Wieder sah er mich an, ohne eine Antwort zu geben. Aber er zeigte die Zähne, beinahe so, als versuchte er zu lächeln.

Das ist es, sagte ich mir. Die Schneekönigin wusste, dass ich in Not war. Sie wusste, dass das Eis nicht mehr sicher war, nicht mehr gefrieren würde. Deshalb hat sie mir ihren treuen Begleiter geschickt. Um mich zu warnen und zu ihr zu führen.

Wenn ich auf sie gehört hätte, wäre Unik vielleicht niemals ins Eiswasser gefallen.

Wenn ich schon im letzten Jahr zu ihr gekommen wäre.

Wenn ich damals in den Wald gegangen und ihren Luchs getroffen hätte, mich von ihm hätte führen lassen, hinauf zu ihrem Palast.

Dann hätten wir den Norden gemeinsam retten können, die Schneekönigin und ich, bevor ich wieder hinuntergegangen wäre zur Burg, auf der ich Herrin war, um meinem Sohn von ihr zu erzählen.

Es nützte nichts, nun zu bereuen, dass ich gesäumt hatte. Noch immer konnte es uns gelingen, wenn ich nur eilte. Ich warf wieder einen Blick in den Himmel. Er schien immer noch unverändert. Ich konnte nur beten, dass die Zeit hier anders verlief und die Nacht noch immer nicht vorüber war, unten auf der Burg, wo Unik in Fieberträumen lag.

Der Gedanke, dass die Schneekönigin mich eingeladen hatte, dass sie mir Geleit gegeben hatte und mich bei sich haben wollte, gab mir Kraft. Eilig tauschte ich Stiefel wieder gegen Schneeschuhe und folgte Grim über die Hochebene. Schnellen Schrittes führte er mich am zugefrorenen Bach entlang. Auch ihn schien es zu eilen.

Zweifellos ritt die Schneekönigin auf einem Schlitten den Bach hinauf, wenn sie diese Hochebene durchquerte. Mit Sehnsucht dachte ich an meinen Schlitten mit seinen scharfen Kufen, an meine Schlittenhunde, an Nordwind, die so rasend schnell lief.

Ich warf Grim einen Blick zu.

Er schaute zurück.

Ich machte eine Bewegung, als hielte ich mich an einem Hundeschlitten fest.

Grim starrte mich an. Dann schüttelte er heftig den Kopf und ging voraus.

»Das war doch nur ein Spaß!«, rief ich. »Kein Grund, beleidigt zu sein, Grim!«

Er ging einfach immer schneller.

»Warte doch!«, rief ich. »Es tut mir ja leid!«

Auch ich beschleunigte meine Schritte. Etwas schlug klirrend gegen mein Bündel.

Einen Moment lang glaubte ich, es sei die Laterne.

Dann fielen mir die Schlittschuhe wieder ein.

Ich stieß einen Freudenruf aus. Ich spannte die schmerzenden Beine an, dann machte ich einen Satz auf den zugefrorenen Bach.

Ich nahm mir einige Momente Zeit, um das Eis unter meinen Stiefeln zu prüfen.

Es war fest und stark, so wie es sich für Eis gehörte. Ich hätte laut jubeln können, so heftig war die Freude, die plötzlich durch mich hindurchschoss. »So muss sich das anfühlen!«, rief ich. Es schallte weit über die Hochebene.

Dann kniete ich mich hin, legte die Schneeschuhe ab und löste die Schlittschuhe von meinem Bündel.

»Einen Dienst könnt ihr mir noch erweisen, bevor ich euch in die Erde lege«, sagte ich, während ich in sie hineinschlüpfte.

Sie passten mir genau. Meine Füße glitten hinein, als wären die Schuhe für mich geschustert worden. Es war ein Wunder, dass diese Frau und ich dieselbe Größe geteilt hatten.

Oder wer weiß, dachte ich. Vielleicht sind auch Schuhe hier auf meiner Seite.

Ich band sie fest um Rist und Knöchel. Dann stand ich auf, testete die Haftung der Kufen auf dem Eis. Ich machte ein paar vorsichtige Schwünge, dann bemerkte ich, dass ich nichts von meinen Fähigkeiten auf dem Eis verloren hatte.

Also nahm ich Anlauf, machte einen Satz und stob über das Eis davon. Der Wind pfiff mir um die Ohren. Ich lachte. Ich fühlte mich frei. Grim heulte freudig auf und rannte mir hinterher.

So rasten wir über die Ebene, ich und Grim, den mir die Schneekönigin gesandt hatte. Das Eis flog nur so unter meinen Füßen dahin, als wünschte es mir Glück, als wollte es mir helfen.

Die Kufen der Schlittschuhe sangen auf dem Eis, als wären sie erst gestern geschliffen worden, auch wenn das unmöglich war, völlig unmöglich. *Auf, auf!*, sangen sie. *Immer den Berg hinauf!*

Und was war schon unmöglich in diesem Wald, auf diesem Berg? Gefährlich war es hier, unberechenbar, aber auch schön, so wunderschön, dachte ich, während ich über den Bach stob, die Hände hinter dem Rücken verschränkt, wie ich es als Kind auf dem Eis gelernt hatte, wie ich es an Ida weitergegeben hatte. So vieles schien auf einmal möglich, nun, da ich die Schneekönigin auf meiner Seite wusste.

Den Kopf legte ich in den Nacken, um die Sterne anzuschauen, die hohen Berggipfel, schneebedeckt. Meine rechte Hand glitzerte im Licht der Sterne und sandte weiterhin ein schwaches Licht aus. Mein ganzer Körper schien zu glitzern, jedes sichtbare Stück Haut.

Lange hatte ich auf den Boden geschaut, immer nur auf den Boden. Lag dort etwas, auf dem Unik ausrutschen und sich verletzen könnte? Etwas, das Kay im Weg sein würde, wenn er mit der Arzttasche in der Hand schnell zu einer Geburt musste, hinab ins Dorf?

Oder auf das Eis. Wie fest war es? Konnte es unser Gewicht schon tragen? Nicht nur das Gewicht vieler Menschen, nein, das gelang dem Eis schnell. Menschen wogen nicht so viel und bestanden doch überwiegend aus Wasser wie das Eis selbst.

Das Holz. Immerzu hatte ich mich um das Holz und die Kohle gesorgt. Würde das Eis den Lieferungen standhalten, die wir nach Esnedo sandten und die es weiterschickten?

Nun schaute ich geradeaus. Ich schaute voraus, während ich mit den Schlittschuhen über den Bach glitt.

Hinter der Schlucht musste er liegen, der Palast. Ich spürte es.

Doch zunächst: die Schäferin.

Ich hatte die Hochebene zur Hälfte durchquert, als sich in der Ferne der dunkle Umriss einer Hütte auftat.

Ich kniff die Augen zusammen. Konnte das die Hütte der Schäferin sein, von der die Blumen gesprochen hatten?

Noch einmal beschleunigte ich das Tempo. Unik hatte keine Zeit zu verlieren, auch wenn Zeit hier kaum von Bedeutung schien, sonst hätte der Tag längst anbrechen müssen, da war ich mir sicher.

Aber es gab eben auch eine Zeit, die die Uhren nicht messen konnten. So plötzlich mir dieser Gedanke kam, so sehr wusste ich, dass er wahr war. Das Leben hier folgte einem anderen Rhythmus, das spürte ich. Irgendetwas hatte den Wald in einen tiefen Schlaf gehüllt, in eine ewige Nacht. Es war, als wartete der ganze Berg auf die Morgendämmerung, die nicht kommen konnte. Eine Dämmerung, die nichts mit der Sonne zu tun hatte. Die die Wesen des Waldes aus der Dunkelheit, aus ihrem albtraumhaften Schlaf befreien konnte.

Je näher die Hütte kam, desto deutlicher erkannte ich, worum es sich bei ihr handelte: Es war eine verfallene, hölzerne Mühle, die sich da vor mir auftat. Drei knorrige, nackte Bäume umgaben sie, an den Spitzen fein verästelt wie Schneeflocken.

Das strohgedeckte Dach war löchrig, das Mühlrad festgefroren. Es war überzogen mit Eiskristallen. Sie erschienen mir nicht mehr wie gierige Finger, sondern wie wunderschöne Rosen, die sich das Holz hinaufrankten. Dornig zwar, aber dafür auch wehrhaft.

Eine steinerne Brücke überspannte den zugefrorenen Bach vor der Mühle. Auch sie war von Schnee bedeckt, auch darüber rankten sich vereiste Rosen.

Während ich näher kam, glaubte ich, ein Lied zu hören.

Es klang, als spielte jemand die Fiedel. Eine Meisterin musste dort am Werke sein: Die Melodie wirbelte durch die Luft wie glitzernde Schneekristalle. Wunderschön klang es, das Lied, mit so vielen fröhlichen Noten, dass ich vom Verlangen gepackt wurde zu tanzen.

Ich legte eine Pirouette hin, so sehr packte mich das Lied. Die Melodie schien mich zu verzaubern, über das Eis zu ziehen wie ein fremder Tanzpartner in einem unwirklichen Ballsaal, einem, wie ich ihn noch nie betreten hatte. Mit Dielen aus Eis, über welche die Tänzerinnen und Tänzer dahinsausten, in wunderschönen Anzügen und Kleidern mit breiten Röcken aus Schnee, die nur so flogen, als Frauen und Männer in die Luft gehoben wurden.

Ich wurde von der Musik so sehr mitgerissen, dass ich etwas wagte, das ich seit Jahrzehnten nicht mehr getan hatte: einen Sprung auf dem Eis, eine Pirouette im Flug.

Ich nahm Anlauf. Erinnerte mich daran, wie ich die Pirouette als Kind immer wieder geübt hatte, aufgeschlagene Knie und Ellbogen zum Trotz, diese spitzen Ellbogen. Meine erste Freundin, Pari, hatte mit mir geübt, immer wieder und wieder, am Nachmittag, nachdem der Unterricht in der Burgschule zu Ende gegangen war. Pari war es zu kalt gewesen hier im Norden, und ihre Träume waren so groß wie die Welt, die sie schon gesehen hatte, seit sie Isfahan mit ihren Eltern als Kind verlassen hatte. Sie war übers Meer in die Vereinigten Staaten gezogen, um dort an einer Universität für Frauen zu studieren.

Erst als ich erwachsen geworden, als ich Burgherrin geworden war, hatte ich das Schlittschuhlaufen aufgegeben.

Viel zu früh, hatte Agnes gesagt. *Aus dir wäre eine Primaballerina geworden. Oder wenigstens eine Frau, die noch ein bisschen Spaß hat.*

Aber ich war die Burgherrin gewesen und bald darauf Mutter, und ich hatte nicht riskieren können, dass mir etwas zustieß, nicht bei so etwas Frivolem wie dem Eislauf.

Das hatte ich zumindest immer gesagt.

Was habe ich mir nur dabei gedacht?, fragte ich mich nun, während ich Anlauf nahm, schneller und schneller wurde, nur so dahinflog über das Eis. Warum war ich bloß so ernst? Warum erschien mir jedes Vergnügen unverdient, wie Zeitverschwendung?

Grim heulte auf, voll Freude, als ich einen Satz in die Luft machte.

Bevor meine Füße vom Boden abhoben, spürte ich nur Angst, bleierne Angst, *spring nicht,* der Gedanke war so laut, *spring nicht!*

Und dann war ich in der Luft, dann drehte ich mich, als wäre ich schwerelos, als würde ich fliegen, als wäre ich ein Eiskristall, der durch die Luft sauste. Beinahe wäre ich gestürzt, als ich aufkam, aber meine rechte Hand schoss nach außen, wie von selbst, und hielt das Gleichgewicht.

Erst als ich zum Stehen kam, bemerkte ich, dass der Eissplitter in meiner Hand zu einer Eisrose geworden war.

Mit kindlicher Freude schaute ich die Blume an, wendete sie hierhin und dorthin im Licht des Mondes. Ich stand am Rand der Brücke, nur noch einen Schritt vom Schatten entfernt, den sie warf, während ich die wunderschöne Rose betrachtete und dem Lied lauschte, das in der Luft lag.

Wer mochte es spielen?

Ich sah mich um. Kam es aus der Mühle?

Oder aus dem Wasser? Spielte da jemand unter der Brücke – unter dem Eis?

Ein sehnsuchtsvolles Lied war es, so schön wie einsam. Als wünschte sich die Spielerin, nicht mehr allein zu sein.

Als würde die Spielerin, der Spieler, wer auch immer es war, mich einladen, zu ihnen zu kommen.

Komm zu mir.

Ob es wohl ein Stromschnellengeist war, der dort spielte? Mühlenkobolde hatte meine Großmutter sie genannt, denn sie war meistens eine Frau ganz von der praktischen Sorte.

Sie halten das Mühlrad an, wenn die Müllerin am Sonntag mahlen will, hatte sie immer gesagt. *Und wenn die Müllerin nicht aus dem Bett kommt am Montag, dann helfen sie nach mit einem kräftigen Tritt.*

Ich kniff die Augen zusammen und versuchte, im Schatten der Brücke etwas zu erkennen. Ich malte mir aus, wie lange die Mühle schon verlassen, wie lange der Geist schon allein sein musste, mit seinem roten Hut, den spitzen Schuhen und dem langen Bart.

Aber etwas hielt mich davon ab, in den Schatten der Brücke zu treten.

Genauso gut mochte dort ein Nöck spielen. Einsam waren die Nöcke, die Flussmänner. Sie wollten nicht alleine sein und liebten Menschen so sehr, dass sie sie hinunterzogen, mit sich in ihr Reich auf dem Grund des Flusses, sodass sie ihnen Gesellschaft leisten konnten.

Nur um wieder und wieder zu merken, dass die Menschen nicht überleben konnten unter Wasser, auf dem Grund des Flusses. Gleich, wie verzweifelt ein Nöck den Menschen festhielt, Mann oder Frau, in den er sich verliebt hatte, immer ertranken sie.

»Es tut mir leid, dass du einsam bist«, sagte ich laut. »Du spielst wunderschön. Ich hoffe, die Musik ist dir gute Gesellschaft. Sobald ich die Schneekönigin gefunden habe, werde ich wiederkommen und zu ihr tanzen.«

Dann glitt ich zum Ufer, zog die Schlittschuhe aus und legte wieder die Schneeschuhe an. Sorgfältig band ich die Schuhe am Bündel fest, bevor ich die Brücke überquerte und zur Mühle hinaufschritt, ohne Zögern oder Vorsicht. Ich hatte keine Angst mehr. In mir brannte nur wilde Entschlossenheit.

Zu meiner großen Überraschung war die hölzerne Tür der Mühle noch intakt. Ich hob die rechte Hand und klopfte mit den Knöcheln an die Tür, einmal, zweimal, dreimal.

Mit einem lang gezogenen Quietschen öffnete sich die Tür einen Spaltbreit.

Niemand schien auf der anderen Seite zu stehen.

Ich stieß die Tür mit dem Stiefel weit auf. Dahinter lag nur die Mühle, ein einziger großer Raum, in tiefe Finsternis gehüllt.

»Ist da jemand?«, rief ich.

Es gab keine Antwort.

Ich warf Grim einen Blick zu. »Da bleibt uns wohl nichts anderes übrig, als nachzusehen, was, schweigsamer Gefährte?«

Der Luchs zeigte die Zähne. Ich hätte schwören können, dass er hatte lächeln wollen.

Die Holzdielen knarzten unter meinen Füßen, als ich den ersten Schritt hinein in die Mühle machte.

Noch einen und noch einen. Es war schrecklich duster. Nur ein winziges Fenster war in die Wand eingelassen, ohne Glas, die Läden fest verschlossen.

Das einzige Licht fiel durch die Eingangstür, dachte ich. Erst einen Moment später erinnerte ich mich, dass das nicht stimmte.

Von meiner rechten Hand schien noch immer ein schwaches Licht auszugehen. Von der Rose, die aus meiner Pirouette entstanden war.

Die Hand ausgestreckt, ging ich tiefer in den Raum hinein. Das Holz knackte unter meinen Füßen. Altes Stroh zerfiel zu Staub, sobald ich es berührte.

Im schwachen Lichtschimmer konnte ich unter dem verriegelten Fenster einen Tisch mit drei Stühlen erkennen, eine Vase mit Blumen, die getrocknet waren. Drei Teller standen bereit, aus blauem Steingut, eingerahmt von Messer, Gabel und Löffeln. Auch drei Krüge standen auf dem Tisch.

Es war, als wäre die Mühle in einen tiefen Schlaf gefallen. Ich hielt die Augen offen nach einem weiteren Eissplitter. Hing er vielleicht von der Decke oder wuchs im Kamin?

Ich brauche mehr Licht, dachte ich.

Zielstrebig lief ich auf den Tisch zu, beugte mich vor und tastete mit der rechten Hand nach dem Riegel der Fensterläden. Ich bekam ihn zu fassen, schob ihn nach oben und stieß die Läden auf.

Das Licht von Mond und Sternen fiel durch das Fenster hinein. Es zeichnete ein blasses Quadrat auf den Boden der Mühle.

Und in dem Quadrat hockte eine Gestalt.

Ein Mordling.

Ich machte einen schnellen Schritt zurück. Dabei stieß ich gegen den Tisch. Klirrend fielen die

Becher um, stürzte die Vase nieder. Die Blumen zerfielen zu Staub.

Auf dem Boden saß ein Kind. Es trug ein braunes Gewand, ein Seil als Gürtel um die Taille geschlungen. Um den Hals hing eine Kordel mit einem Kiesel, der entfernt an ein Herz erinnerte. Sein langes schwarzes Haar reichte bis zum Boden und weiter noch, bis zur Tür, zum Tisch, bis hinein in den Kamin.

Es war ein Kind und doch auch unverwechselbar ein Mordling. Der Geist eines Kindes, das die Mutter getötet hatte, als Säugling, weil sie mit dem Teufel im Bunde war, so hatte es der Pfarrer erzählt. Ein Kind, das zu früh gestorben war, so hatte mein Vater es gesagt.

»Hallo«, sagte ich mit sanfter Stimme. »Bist du ganz allein hier?«

Der Mordling sah auf. Es war ein Mädchen, vielleicht fünf Jahre alt. An den Säumen schien sich ihr Gewand in Fetzen aufzulösen.

Aus leeren Augen starrte es mich an. »Wo ist meine Mama?«, fragte es.

Seine Stimme klang bleich und kalt. Es streckte die Hand nach mir aus. Auch die Finger schienen zu Fetzen zu werden an den Spitzen. Es bestand nicht aus Knochen und Fleisch, dieses Kind.

Ich tat mein Bestes, gegen die Angst anzukämpfen, während ich mich hinunterbeugte. Das hier war der Geist eines Kindes, der vor mir auf dem Boden saß, eines Kindes, das gestorben war vor seiner Zeit. Das Mädchen war älter als Unik.

Älter, als Unik vielleicht jemals werden würde.

Würde auch er so aussehen, wenn er starb in der Burg, bevor er Hilfe erhalten konnte?

»Wie heißt du?«, fragte ich, stützte die Hände auf die Knie und beugte mich noch ein Stück näher an das Mädchen, das auf dem Boden saß und mich aus toten Augen anstarrte.

Das Mädchen schüttelte den Kopf.

»Wo ist Papa?«, fragte es mit derselben fahlen Stimme.

»Wann hast du sie zuletzt gesehen?«, erwiderte ich. »Sind sie noch hier im Haus?«

»Nie«, sagte das Mädchen. »Nie hab ich Papa gesehen und nur einmal Mama.«

»Haben sie dir keinen Namen gegeben?« Denn das war es doch, so hatte es mir unsere Großmutter erzählt, was diesen Kindern fehlte, weswegen sie als Geister zurückblieben: Sie brauchten einen Namen.

Den Namen einer Sterblichen, sodass sie sterben und gehen konnten.

Aber doch in die Hölle, hatte ich einmal gerufen, voller Angst und Sorge und Wut. *Der Pfarrer hat gesagt, ungetaufte Kinder kommen in die Hölle!*

Glaub doch nicht alles, was man dir sagt, Mädchen, hatte meine Großmutter unwirsch geantwortet. *Das hat dein Großvater schon gemacht, wie er da in den*

Krieg gezogen ist, fürs Vaterland, und guck, wo's ihn hingebracht hat. Du hast einen Kopf. Benutz den ruhig.

Heftig hatte ich damals genickt und mich sehr darüber gefreut, einen Kopf zu haben, wobei Großvater ja auch einen gehabt hatte, deshalb wusste ich nicht genau, was meinen von seinem unterschied.

Aber genickt hatte ich trotzdem, so heftig, wie das Mädchen in der Mühle nun den Kopf schüttelte.

»War deine Mutter Schäferin?«, fragte ich.

Wieder schüttelte das Mädchen den Kopf, so schnell, dass seine Haare die ganze Hütte zum Erbeben brachten. Es schien wütend zu werden.

»Was ist das für eine dumme Frage? Meine Eltern waren Müller. Sonst wäre ich doch nicht in einer Mühle.«

»Natürlich, verzeih«, entschuldigte ich mich hastig, während ich eine Hand nach der Tischkante ausstreckte, um mich daran festzuhalten. Das Haus erzitterte um mich herum. Die Wut des Mädchens schien das Holz entzweisplittern zu wollen.

Ich erinnerte mich an Uniks Wutanfälle. Es war gut, dass er nicht die Macht über die Steine der Burg gehabt hatte, sonst wäre sie längst über unseren Köpfen eingestürzt.

»Ich suche Eiszapfen, liebes Mädchen. Sind sie hier? Hast du hier irgendwelche Eissplitter gesehen?«

Das Mädchen antwortete nicht. Es verzog nur das Gesicht. Sein Mund öffnete sich.

Dann stieß es einen lang gezogenen, jämmerlichen Schrei aus. »Wo ist meine Mama? Wo ist mein Papa?«

Ich schlug die Hände über die Ohren. Der Schrei fuhr mir durch Mark und Bein. Das Mädchen schrie so lang und so laut, als würde es niemals aufhören.

Die Wände zitterten. Das Mühlrad knackte. Ein Deckenbalken brach entzwei, so laut schrie das Kind. Er krachte herab. Meine rechte Hand stieß mich vom Boden ab, bevor ich es recht begriffen hatte. Geistesgegenwärtig machte ich einen Satz.

Der Balken stürzte auf den Tisch, begrub die Teller und Becher unter sich.

»Komm!«, rief ich und breitete die Arme aus. »Komm, ich kann dir helfen, meine Kleine! Du brauchst nicht zu weinen!«

Schnell hockte ich mich wieder hin und griff nach einer der schwarzen Strähnen. »Komm, ich flechte dir einen Zopf.«

Das Mädchen öffnete die Augen. Es jammerte noch immer, seine kleine Brust hob und senkte sich, das arme Kind, das arme, kleine Kind, so ganz allein.

»Willst du, dass ich dir einen Zopf flechte?«, fragte ich. »Dann musst du aufhören zu weinen.«

Das Mädchen schloss den Mund, sah mich an. Dann nickte es, langsam.

»Gut«, sagte ich. »Ich bin ja da. Keine Sorge, ich bin da.«

Langsam ließ ich mich auf die Knie sinken. Dann griff ich nach zwei weiteren Strähnen, legte sie übereinander und begann, dem Mädchen die Haare zu flechten. Seine geisterhafte Gestalt ließ mich zittern, seine große Wut, die solche Macht entfaltete. Jetzt musste ich vorsichtig sein. Ich dachte an den Eiszapfen in meiner Hand, eine Waffe, die ich nicht benutzen wollte gegen ein Kind.

»Hast du eine Bürste?«, fragte ich. »Oder vielleicht einen Kamm?«

Das Mädchen schaute mich mit großen Augen an, antwortete aber nicht.

»Hast du denn wirklich keinen Namen?«, fragte ich und sah den Wiedergänger an, der da vor mir auf dem Boden hockte.

Immer noch starrte das Mädchen mich mit weit geöffneten Augen an.

»Kann ich deinen Namen haben?«, fragte es.

Alles zog sich in mir zusammen. »Halt still, sonst kann ich dir den Zopf nicht flechten.«

»Bitte«, sagte das Mädchen. »Bitte, die Kiste ist so eng, meine Knochen so lang, bitte, ich will nicht mehr in ihr liegen!«

Das Mädchen streckte die Hand nach mir aus. Ich musste mich zusammenreißen, nicht zurückzuweichen. Seine Finger waren zerfetzt, wie alte Kleidung oder Rauch im Wind.

»Gib mir deinen Namen!«, bettelte das Mädchen.

»Halt still!«, befahl ich mit lauter Stimme. »Es reicht!«

Das Mädchen hielt inne. Mit großen leeren Augen sah es mich an. Dann ließ es sich artig auf die Fersen sinken.

»Ich will meinen Namen«, sagte es, kleinlaut. »Warum kann ich denn nicht deinen Namen haben? Jeder hat doch einen Namen, jedes Kind bekommt einen, nur ich nicht.«

»Mein Name gehört mir«, antwortete ich. »Das verstehst du doch, oder?«

Das Mädchen schüttelte den Kopf. »Es können doch zwei Menschen denselben Namen haben, oder? Lass uns deinen Namen teilen, liebe, gute Frau.«

Ich flocht noch immer das lange fettige schwarze Haar. Mir brach das Herz vor Mitleid. Wieso nicht, dachte ich. Das Kind hat recht. Viele Menschen teilen sich denselben Namen.

Und doch zögerte ich. Als ließe ich etwas zurück, wenn ich diesem Mädchen meinen Namen gäbe.

»Du weißt ja gar nicht, ob dir mein Name überhaupt gefallen würde«, sagte ich. »Siehst du, es hat auch einen Vorteil, dass deine Eltern dir keinen Namen gegeben haben. Jetzt kannst du dir selbst einen aussuchen.«

Das Mädchen schien einen Moment darüber nachzudenken. Es roch nach verwestem Fleisch. So nah, wie es nun war, konnte ich es ganz genau riechen. Mir wurde übel.

Das arme Geschöpf!

Während das Mädchen nachdachte, schaute ich mich in der Mühle um. *Die Kiste ist so eng*, hatte das Mädchen gesagt. Hatten ihre Eltern es in einem Sarg begraben oder einer kleinen hölzernen Kiste?

Waren die Knochen noch hier im Haus?

»Wie ist denn nun dein Name?«, fragte der Mordling. »Vielleicht gefällt er mir ja.«

Ich lächelte. Kluges Kind, das musste man ihm lassen. »Ich kenne viele schöne Namen«, sagte ich. »Was hältst du von Ida?«

Einen Moment zu spät fiel mir ein, dass auch der Name meiner Schwester vielleicht nicht in dieser Hütte bleiben sollte.

Das Mädchen verzog das Gesicht. Dann spuckte es auf den Boden. »Nein, nein, nicht den!«

»Wieso nicht?«, fragte ich überrascht. »Gefällt er dir nicht?«

Das Mädchen sah auf. Starrte mich aus leeren, toten Augenhöhlen an. »Magst du ihn etwa? Ist das nicht der Name deiner Schwester, die dein Mann liebt? Für die er dich und dein Kind verlassen wollte, so wie Papa mich und Mama verlassen hat?«

Der Schrecken, der mich packte, verschlug mir einen Moment die Sprache. Das Kind, das mich anstarrte. Das Kind, mit dem ich alleine war. Kay würde mich verlassen, er würde mich verlassen, Ida hatte ihm ein neues Kind geboren, ein besseres, schöneres, ein neues, nachdem Unik gestorben war am Fieber. Sie konnte mehr als eines gebären, sie wollte in der Stadt leben, sie …

Hatte er mich schon verlassen?

War Unik allein auf der Burg?

Mit aller Macht befahl ich mir, mich zu beruhigen. »Woher weißt du davon?«, fragte ich das Mädchen. »Du kannst nichts davon wissen.«

»Wie heißt du?«, ließ sich das Mädchen nicht beirren, die Augen noch immer leer, das Lächeln aber breit, aufgeregt. Spitze Zähne blitzten auf in seinem Mund. Wieso kannte es Idas Namen, aber nicht meinen?, fragte ich mich. »Wenn du es mir verrätst, verrate ich dir etwas«, schlug das Mädchen vor. »Wir können Geheimnisse tauschen wie beste Freundinnen. Ich verrate dir, wie viel Zeit dein Sohn noch hat, bis er sein Leben verliert …«

Eisige Angst packte mich. »Was sagst du da?«

»So ist es, liebe Frau«, sagte das Mädchen. »Seine Zeit ist fast vorüber. Ich spüre, dass er mir immer ähnlicher wird. Er wird langsam zum Geist. Jetzt zählt jede Minute. Ich kann dir aber helfen, schneller voranzukommen. Ich kann dir helfen, deine nächste Prüfung in Windeseile zu erreichen.«

Meine Finger zitterten. »Wie meinst du das?«

»Ich weiß, wo die Schäferin wohnt«, sagte das Mädchen. »Sie weiß alles. Sie hat mir auch verraten, wie ich aus der Kiste entkommen kann, selbst wenn meine Knochen darin bleiben, ganz eng und zusammengequetscht.« Dann streckte das Mädchen die Hand nach meinem Knie aus.

Als seine Finger mein Bein berührten, spürte ich nichts.

Das Mädchen war ein Geist.

Ich konnte es nicht umarmen.

Ich konnte es nicht in die Arme schließen, einen warmen Körper an mich drücken, so wie Uniks, den ich geboren und gestillt, getröstet und geküsst hatte.

Und er war auf dem besten Weg, selbst zum Geist zu werden. Ich musste mich eilen!

»Ich habe ein Pferd«, sagte das Mädchen. »Es kann dich zur Schäferin bringen. Von ihr wirst du den letzten Eissplitter erhalten.«

Nun nickte ich heftig. »Einverstanden. Wo ist dein Pferd?«

»Gib mir erst deinen Namen, dann darfst du es reiten!«, quietschte das Mädchen. »Gib ihn mir!«

Ich zögerte noch einen letzten Moment. Dann gab ich ihn her. »Greta«, sagte ich, »mein Name ist Greta.«

Das Mädchen klatschte die Hände zusammen vor Freude. Seine Augen schienen für einen Moment zu leuchten und gar nicht mehr leer zu sein. »Was für ein schöner Name! Ja, so will ich heißen! Greta!«

Die schwarzen Strähnen entglitten mir. Das Mädchen schien sich vor meinen Augen aufzulösen. Es lachte freudig.

»Ich bin frei! Mit so einem schönen Namen bin ich endlich frei!«

»Dein Pferd«, erinnerte ich das Mädchen dringlich. »Du hast mir dein Pferd versprochen!«

Das Mädchen sprang auf die Füße. Oder es wäre auf die Füße gesprungen, wenn diese sich nicht bereits aufgelöst hätten. Geisterhaft schwebte es drei Handbreit über dem Boden und drehte sich im Kreis, als würde es tanzen. »Greta, ich heiße Greta!«

Auch ich sprang auf die Füße. Ich griff nach dem Mädchen, aber meine Hände gingen einfach durch es hindurch. »Du hast es versprochen!«

»Du musst dich beeilen. Unik will nicht in einer Kiste liegen so wie ich«, rief das Mädchen.

Vor meinen Augen löste sich das Mädchen in Luft auf. Wieder langte ich nach ihm. Wieder gingen meine Hände einfach hindurch.

»Greta«, sang es, während seine Stimme immer leiser wurde, nur noch ein Echo, ein blasses Echo, das immer wieder denselben Namen sang. »Greta, Greta, Greta!«

Dann war es verschwunden.

Ich starrte in den leeren Raum, dorthin, wo noch vor wenigen Momenten ein Mordling gekniet hatte. »Warte!«, rief ich noch einmal, verzweifelt.

Doch es war verschwunden.

Das Mädchen war fort.

Nur noch ich war hier. Ohne das Pferd.

Hoffen wir, dass auch jemand meinen Sohn erlösen wird, dachte ich, während ich auf den Boden starrte. Eine Reisende, eine Wanderin, auf ihrem Weg durch den Norden. Hoffen wir, dass jemand ihm zu Hilfe eilen würde, wenn er auf der Burg spuken muss, auf der verlassenen Burg der Weißen Raben, wenn ich den Palast der Schneekönigin nun nicht mehr rechtzeitig finde.

Ich fuhr mir mit der rechten Hand durchs Gesicht. Strich mir die Haare von der Stirn. Mit meiner kühlen, starken, rechten Hand.

Ich durfte nicht verzweifeln.

Niemals würde mein Sohn so spuken müssen.

Niemals!

Wenn das Pferd nicht erschien, musste ich eben wieder die Schlittschuhe überstreifen.

Ich habe keine Zeit mehr zu verlieren, dachte ich, um der Verzweiflung Einhalt zu gebieten. Los!

Mit gestrafften Schultern rauschte ich durch die Mühle, stieß die Eingangstür auf und eilte wieder hinaus.

Auf der Mitte der Brücke wartete Grim auf mich. Schweigend sah er mich an.

»Du wartest immer irgendwo am Rand, richtig? Guckst, wie ich mich schlage? Ich hab das schon durchschaut, schweigsamer Freund.«

Aber ich hatte das Gefühl, in seinem Blick lag dieselbe Eile, die auch ich verspürte.

Sobald ich ihn erreichte, rieb er den Kopf an meiner Hand, strich an meinen Beinen entlang, zutraulich wie ein zahmer Löwe.

»Wir haben keine Zeit zu verlieren, Grim«, sagte ich. »Komm! Unik hat nicht mehr lang, wir müssen eilen, ob mit Hoffnung oder ohne!«

Sanft hielt er mich zurück, mit dem Maul meine Hosenbeine umfassend, als ich eilig weitergehen wollte.

Mit dem Kopf deutete Grim auf die gegenüberliegende Seite des Baches.

Da stand ein Pferd am Ufer.

Ein schneeweißer Hengst schaute mich vom gegenüberliegenden Ufer aus an. Silbern war seine Mähne, silbern glitzernd so wie frisch gefallener Schnee. Blau waren seine Augen, blau wie Gletschereis. Gebleckt waren seine spitzen Zähne, Eissplittern gleich, die aus dem Boden wuchsen. Wie konnte ich meinen, auf ein irdisches Pferd zu stoßen?

Ein Mädchen hielt den Hengst an den Zügeln.

Es war der Mordling.

Greta. Ihr Name war Greta, erinnerte ich mich.

Was war mein Name?

Ich konnte mich nicht erinnern. Auch ich musste doch einen Namen gehabt haben …

Greta hob die Hand und winkte mich herüber.

Ich zögerte nicht. Ich sprang von der Brücke hinab auf den vereisten Bach. Dann lief ich die Uferböschung hinauf zu dem weißen Pferd, das mit dem Mädchen auf mich wartete.

»Danke, Greta«, flüsterte ich, als ich die Zügel des Hengstes entgegennahm. »Du bist nun frei, oder?«

Das Mädchen grinste. »Ja, ich bin frei.«

Ich nickte. »So ist es gut.«

Dann wandte ich mich ihm noch einmal zu. »Ich kann es noch schaffen, oder?«

»Es gibt nichts, das du nicht schaffen kannst«, sagte das Mädchen und sah mich voller Ehrerbietung an. »Du hast mich befreit, Herrin. Du hast mich gerettet. Jetzt rette deinen Sohn.«

Noch einmal nickte ich, bevor ich aufstieg. Das Pferd ließ widerspruchslos zu, dass ich mich auf seinen Rücken schwang.

Kaum war ich aufgesessen, stieß der Hengst ein lautes Wiehern aus. Dann preschte er los.

Schnee wirbelte auf, rechts und links von uns, so viel, so glitzernd, so weich, als wären wir ein Schneesturm. Schnell rannte der Hengst, schnell wie der Nordwind, und Grim folgte ihm.

Ich wäre hinabgefallen, hätte meine rechte Hand nicht die Zügel gehalten, als hätte ich nie etwas anderes getan, als zu reiten, schnell wie eine Kriegerin, anmutig wie eine Königin.

Ich hatte keine Zeit mehr, mich zu wundern, mir Fragen zu stellen. Mich zu fragen, warum ich mich nicht an meinen Namen erinnern konnte. Ich vertraute meiner Hand. Ich vertraute dem Hengst. Ich vertraute meinem Herzen.

Auf, auf, sang mein Herz. *Komm den Berg hinauf!*

Oder vielleicht war es nicht mein Herz. Vielleicht war es eine Stimme, die ich in meinem Herzen hörte.

Die Stimme der Schneekönigin.

Denn ich glaubte, das Lied auch in der Luft zu hören, im donnernden Hufschlag des Hengstes, im Schnee und Eis, die um uns herum aufgewirbelt wurden.

»Ich komme!«, rief ich zur Antwort.

Mein ganzes Leben lang wollte ich sie schon treffen. Nun konnte ich ihr bald gegenübertreten, war beinahe ebenbürtig. Nur noch ein Eissplitter.

Einen dritten Splitter wirst du finden in der alten Hütte der Schäferin. Er wird dir die Kraft geben, die dein Herz braucht, um deinen Weg zu beschreiten.

Mein Herz sang schon vor Kraft. Ich beugte mich tiefer über den Rücken des Hengstes. »Ich komme!«, rief ich noch einmal. »Ich rette, was mir lieb und teuer ist!«

DRITTER TEIL

Gerda winkte dem Räubermädchen zu, die Hände in ihre dicken Handschuhe gehüllt, und sagte Auf Wiedersehen. Dann sprengte das Rentier davon, so schnell es seine Hufe trugen, über Stöcke und Steine, mitten hindurch durch den Großen Wald, durch Sümpfe und über weite Ebenen aus Schnee. Die Wölfe heulten, die Raben krächzten, und – *kerschew, kerschew!* – rote Lichtblitze zuckten über den Himmel.

Hans Christian Andersen
Die Schneekönigin

KAPITEL ELF

WASSER UND WALD

Ach, wie mein Herz sang, als ich über die Ebene ritt. Mein starkes, schönes Herz.

Das Herz ist etwas Erstaunliches, nicht? Es schlägt so lang und so kraftvoll. Und dann, irgendwann, bleibt es stehen. Es bleibt stehen und schickt die Menschen, niemand weiß, wohin.

Die Naturgeister, das hatten die Pfarrer immer gesagt, hatten keine Seele. Deshalb wollten sie sein wie Menschen, deshalb zog der Nöck Frauen und Männer und alles dazwischen zu sich herunter, nur damit auch er eine Seele bei sich haben möge.

Aber hatten sie ein Herz?

Mussten nicht auch sie ein Herz haben, das schlug?

Was war es denn, was das Herz von der Seele unterschied?

Ich frage mich das auch heute noch manchmal. Gerade wenn ich Pfarrer und Diakone sehe, will ich sie fragen: Woher wisst ihr, dass ihr eine Seele habt?

Was lässt euch glauben, ihr wärt den Naturgeistern überlegen?

Warum müsst ihr so dringend glauben, will ich fragen, dass ihr den Naturgeistern überlegen seid? Machen sie euch sonst zu große Angst?

Was könnte natürlicher sein als ein Herz, das rast? Und so raste auch meines, während wir über die Ebene galoppierten, Grim und der Hengst und ich. Das Pferd lief so schnell, dass es nicht lange dauerte, bis wir den Eingang der Schlucht im Norden der Hochebene erreichten.

Ich zügelte den Hengst, als der Spalt in den Bergen näher rückte. Er war so eng, dass ich einen Moment lang glaubte, das Bachpferd würde nicht hindurchpassen.

Außerdem stand dort eine Gestalt.

Zuerst wollte der Hengst mir nicht gehorchen. Da drückte ich ihm die rechte Hand ins Fleisch, die kalte, eisige rechte Hand. »Langsamer!«

Das Bachpferd wieherte. Widerwillig senkte es das Tempo. Ich hielt die Handfläche noch einen Moment länger in sein geisterhaftes Fleisch gedrückt, dann legte ich sie wieder an die Zügel.

Als wir an den Spalt herantrabten, richtete die Gestalt sich auf. Auch sie führte ein Reittier am Zügel. Es war ein großer, stolzer Hirsch mit glänzendem Fell und schneeweißem Geweih.

Die Gestalt entpuppte sich als eine Frau, dünn, blass wie Schnee, ewig jung.

Es war eine Huldra.

Sie sah aus wie ein Kind, kaum hineingewachsen in den Körper einer Frau. Zumindest die, die ich vor mir sah. Gestaltenwandler waren die Huldras, erschienen mal als Kind, mal als Tier, mal als Baum, mal als alte, weise Frau. Das, so hatte meine Mutter mir gesagt, sei ihre eigentliche Gestalt, und ihrem Rat sollte man folgen, wenn man ebenso weise war.

Ihr Geweih zog meinen Blick auf sich. Es war kein Stück kleiner als das des Hirsches. Am Körper trug sie ein mit Gold beschlagenes Lederwams und einen silbernen Seidenrock mit purpurfarbener Bordüre.

Ihre Füße lugten darunter hervor. Es waren Hufe.

»Halt ein, Herrin«, sagte sie. Ihre Stimme war leise, elegant, aber das Bachpferd hielt sofort inne.

»Ihr gehorchst du?«, fragte ich den Hengst ungeduldig, und auch Grim machte ein empörtes Geräusch.

Dann wandte ich mich an die Frau.

»Geh beiseite«, forderte ich sie auf. Ich erinnerte mich an die Worte des Mordlings: dass Unik nicht mehr lange zu leben hätte. »Ich habe keine Zeit zu verlieren. Mein Sohn liegt im Sterben, und nur die Schneekönigin kann ihn retten. Sie hat ihren Luchs nach mir geschickt und wartet auf meine Ankunft!«

Die Frau mit dem Hirsch machte keine Anstalten, beiseitezutreten. Sie lächelte bloß. »Ja, ich habe dich erwartet.«

Sie legte den Kopf schief und betrachtete mich. »Bist du gekommen, um zu retten, was dir lieb und teuer ist?«

Ich machte eine unwirsche Handbewegung. Erst da bemerkte ich, dass meine linke Hand zitterte. Meine rechte hingegen lag ganz ruhig auf den Zügeln. »Bevor du dich mir in den Weg gestellt hast.«

Die Huldra neigte den Kopf. »Du bist in Eile, das verstehe ich«, sagte sie. »Und doch muss ich etwas wissen: Eschenfrauen finden Menschen amüsant, der Nöck und die Mahre begehren sie. Sie wissen nicht, wie sehr eure Leben bald die unseren gefährden werden.«

Überrascht sah ich sie an: »Wie das?«

Die Huldra schüttelte den Kopf. »Die Eschenfrau lebt bei ihren Bäumen und lässt sie wachsen. Sie verändert sie nicht, und sie verändert auch euch Menschen nicht. Ihr hingegen, ihr könnt die Welt um euch herum verändern. Sogar bis zur Unkenntlichkeit.«

»Du bist die Huldra«, sagte ich. »Der Waldgeist.«

»Ich bin die Huldra, und ich mag den Wald, und ich bin ein Geist. Ich komme zu den Menschen, wenn sie alleine sind, und rufe Erinnerungen in ihnen wach, Erinnerungen an das, was vergangen ist.

Ich bin der Geist der Vergangenheit, wenn du so willst.« Prüfend sah sie mich an. »Du hast deinen Namen vergessen«, sagte sie und nickte. Sie schien zufrieden.

Mein Name, dachte ich, mein Name, wie hatte er gelautet?

Dafür ist jetzt keine Zeit, dachte ich. Meinen Namen mochte ich vergessen haben, aber nicht meinen Sohn. Ich spürte nun, dass er mir nahe war, so wie der Mordling ihn gespürt hatte. So nahe in dieser Welt voller Geister, in die er nicht gehörte. Er musste leben!

Ich hob die rechte Hand. Die Rose in meiner Handfläche wuchs wieder zu einem Eissplitter heran. »Ich sage es zum letzten Mal«, mahnte ich. »Ich bin in Eile, und niemand hält mich auf.«

»Ist dir der Norden nicht lieb und teuer?«, fragte die Huldra. »Liebst du ihn von ganzem Herzen?«

»Er ist meine Heimat«, sagte ich.

»Und doch willst du ihn verlassen«.

Ich hielt inne. »Vielleicht. Vielleicht auch nicht. Entscheidungen ändern sich.«

»Liebst du den Norden?«, fragte die Huldra. »Liebst du ihn und würdest ihn beschützen vor dem Qualm und der Hitze aus der Stadt?«

Ich zog die Zügel an. Wenn mir nichts anderes übrigblieb, musste ich die Huldra überrennen. Aber konnte ein Bachpferd es sogar mit einem Hirsch aufnehmen?

Und da war etwas, das sie gesagt hatte, was meine Neugier geweckt hatte, sogar während der Hengst unruhig tänzelte, als könnte er meine Gedanken lesen. »Hitze?«

Die Huldra nickte. »Der Wald wird nicht mehr lange schneebedeckt sein, wie er einmal war und immer wieder sein soll, nicht, wenn es so weitergeht. Die Luft wird wärmer, immer wärmer.«

Ich zog die Brauen zusammen.

»Was meinst du?«

»Die Menschen machen die Luft wärmer«, antwortete die Huldra, noch immer mit sanfter Stimme. »Ich kenne den Unterschied. Ihr verbrennt Kohle, obwohl die Sonne euch Wärme gibt, und die Bäume werden austrocknen, wenn es zu warm wird.«

Immer noch tänzelte das Bachpferd. »Was könnte ich dagegen tun?«, fragte ich. »Ich bin ein Mensch. Ich brauche Wärme.«

»Wir brauchen alle Wärme«, erwiderte die Huldra. »Aber wenn das Wasser steigt, wenn das Meer in deine Burg hineinläuft, zum Turm hinaufsteigt, was nützt dir dann noch Wärme? Was Feuer, was Kohle? Wenn es erst einmal die Straßen der Stadt durchflutet, wer wird dann noch Häuser bauen können, wo Menschenkinder geheilt werden?«

»Was kann ich tun?«, fragte ich. »Ich bin nur eine Frau, eine Frau mit einem kranken Kind. Nun tritt endlich beiseite!« Ich hob die rechte Hand, in der ich den Eissplitter hielt.

»Wenn du etwas tun könntest«, fragte die Huldra, »würdest du? Liebst du den Norden genug?«

»Ich liebe nichts mehr als den Norden, mit Ausnahme meines Sohnes, von dem ich wünschte, er könnte im Norden aufwachsen so wie ich, und dessen Leben ich retten muss. Ich verspreche, ich werde tun, was ich kann, wenn ich die Schneekönigin treffe, und für dich sprechen, gegen die Hitze. Nun tritt beiseite!«

Sie betrachtete mich einen Moment lang.

Dann lächelte die Huldra und neigte den Kopf. »Ich danke dir. Und werde dich eines Tages an deine Worte erinnern.« Sie zog am Geweih des Hirsches und machte den Weg frei. »Reitet schnell«, wisperte sie, leise und leicht wie Wind, der durch die Blätter der Bäume fuhr. »Reite so schnell du kannst. Die Schäferin erwartet dich, und Wasser und Wald sind unruhig.«

Das brauchte sie mir nicht zweimal zu sagen. Ich trieb das Bachpferd an, dann betrat ich die enge Schlucht.

Steil erhoben sich links und rechts die Wände. Zerklüftet und scharf waren die Steine, die hervorschauten.

Der Hengst musste langsam gehen, viel zu langsam für meinen Geschmack. Immer wieder schnitten die Steine in das geisterhafte Fleisch des Pferdes und auch in meine Beine, meine Unterschenkel, meine Knöchel.

Wir waren schon ein gutes Stück in die Schlucht vorgedrungen, als ich ein Beben spürte.

Nicht wie damals auf dem Eis.

So zitterte Eis nicht.

So bebte nur Stein.

Nur Berge.

Berge, deren Wurzeln so tief hineinreichten in die Erde, dass man nicht glaubte, irgendetwas könne sie zum Erbeben bringen.

Das Bachpferd legte den Kopf in den Nacken und wieherte laut. Unter seinen Füßen tanzten Steine auf dem Boden. Eissplitter fielen vom Rand der zerklüfteten Felsen herab.

Ich duckte mich, schlug die Arme schützend über dem Kopf zusammen.

Ein Kichern ertönte.

Ich sah auf.

Da, am Rand der Schlucht, weit über uns, stand ein Hirsch.

Aber er trug keinen Reiter.

Ich kniff die Augen zusammen. »Bist du das, Huldra?«, rief ich.

»Nein«, sagte eine Stimme.

Eine Stimme, die direkt aus dem Boden zu kommen schien.

Das Bachpferd wieherte, wurde langsamer, hielt an.

Ich sah wieder auf. »Was ist los?«, fragte ich. »Bitte, wir müssen dringend weiter!«

Schräg hinter mir richtete sich der Luchs auf und lugte um mich herum.

Ich folgte seinem Blick.

So sah ich, was los war.

Eine alte Frau versperrte uns den Weg. Eine Hexe mit langen, hängenden Brüsten, die sie sich über die Schulter geworfen hatte.

Die andere Gestalt der Huldra. Die alte, weise Frau, deren Rat man folgte, wenn man wusste, was gut für einen war.

»Du bist es wieder«, sagte ich zu der Hexe, die schon so viel gesehen haben musste in ihrem Leben. Viel lieber wollte ich mit ihr reden. »Was tust du hier? Kann ich noch etwas von dir lernen?«

»Aha!« Sie hob den Finger. »Das ist eine kluge Frage, mein Mädchen.« Dann krümmte sie eine alte Hand um ihr Ohr und flüsterte etwas.

Ich konnte sie nicht verstehen. Im Schritt führte ich den Hengst näher an sie heran. »Was war das? Ich kann dich nicht hören.«

Sie lächelte. Krümmte den Zeigefinger der freien Hand und bedeutete mir, noch näher zu kommen.

Ich tat wie mir geheißen.

»Was ist es?«, fragte ich.

Sie raunte noch einmal die Worte: »Aus einem Blick zurück kann man immer lernen.«

Ich drehte mich um, aber da war nichts zu sehen. »Spiel nicht mit mir!«, forderte ich scharf. »Jeder Moment zählt!«

Sie schüttelte sanft den Kopf. »Sieh hin. Schau genauer hin. Hör hin.«

Wieder drehte ich mich und spitzte die Ohren.

Aus der Ferne hörte ich noch immer das unheilvolle Grollen. »Was ist das?«, fragte ich. »Ein Gewitter?«

Sie schüttelte den Kopf. »Noch näher.«

Ich lauschte angestrengt. »Es klingt wie Eis. Nein«, korrigierte ich mich. »Wie Wasser unter dem Eis. Wasser, das sich bewegt. Das durch das Eis hindurchstoßen wird.«

Die alte Frau nickte. Sie lächelte. »Und was wirst du tun, wenn das Wasser dich jagt?«, fragte sie. »Was werden die Menschen tun?«

Ich starrte sie an. Das Grollen wurde lauter.

Dann begriff ich.

»Aus dem Weg!«, rief ich und zog die Zügel an.

Die Hexe lächelte. »Eine gute Idee«, sagte sie verständnisvoll. Dann schnipste sie und verschwand.

Über mir röhrte der Hirsch, aber ich hatte keine Zeit, um ihn noch einmal anzusehen. Noch während ich das Bachpferd zu einem gestreckten Galopp trieb, hörte ich, sah ich, wie hinter mir eine Flutwelle in die Schlucht eindrang. Donnernd schleuderte sie Geröll herein, brach Felsen entzwei und hielt direkt auf uns zu.

KAPITEL ZWÖLF

HERZ AUS EIS

Im gestreckten Galopp raste das Bachpferd durch die Schlucht. Ich war dankbar, auf einem Pferd zu sitzen, das nicht der Welt der Sterblichen entstammte und schneller war als jedes irdische Pferd. Nun stob es durch die enge Klamm, während hinter uns das Wasser donnerte, eine Flutwelle von ungeahntem Ausmaß, als wären all der Schnee und das Eis auf den Hängen der Berge auf einmal geschmolzen, als kämen die Wassermassen nun herab, um uns zu jagen.

Uns zu töten.

Ich wandte mich um, während der Hengst rannte. Dort, ich sah das Wasser am Ende der Schlucht, sah es hinunterströmen von den Rändern der Felswände. Es brach hinein in die Klamm.

Den Aufprall, das wusste ich, würde niemand von uns überleben.

Grim heulte laut und aufgeregt, aber dieses Mal nicht vor Freude.

»Schneller!«, rief ich dem Bachpferd zu. »Mach deinem Namen alle Ehre und reite, reite zu!«

Das Bachpferd warf den Kopf zurück und wieherte. Wie ein weißer Blitz schoss es durch die Schlucht, riss sich die Flanken und mir die Beine an scharfen Kanten auf, aber nichts davon spielte eine Rolle, nicht mit dem dröhnenden Tosen des Wassers in den Ohren.

Wir konnten den Ausgang der Schlucht bereits sehen. Auf der anderen Seite musste das Wasser sich verteilen, da war ich mir sicher, wenn es uns nur gelang, hindurchzukommen, durch die Schlucht hindurch …

Hinter uns brüllten die Fluten. Während wir um unser Leben rannten, war mir, als hörte ich durch den tosenden Lärm hindurch in der Ferne ein Lied.

Als sänge jemand, weit, weit entfernt, ganz allein auf dem Eis, das Lied der Schneekönigin.

Wieder drehte ich mich um. Immer näher kam das Schmelzwasser. Es toste die Klamm entlang.

Wir würden es nicht schaffen.

Ich öffnete den Mund. Ein Brüllen formte sich in meiner Brust, laut wie das Wasser. Das Lied der Schneekönigin schwoll an in meinen Ohren.

Ich ließ das Brüllen aus meiner Kehle entweichen, während das Pferd durch die Schlucht schoss. Nur noch hundert Meter.

Das Wasser jagte uns. Es griff nach uns, schäumend. Grim jaulte. Das Lied, noch immer hörte ich das Lied.

Noch fünfzig Meter.

Es war die letzte Strophe.

Noch dreißig.

Da, die letzten Worte.

Noch zwanzig.

Die letzte Note, das wunderschöne C.

Noch zehn.

Da erreichte uns die Flutwelle.

Ich riss den Kopf herunter und den Arm in die Höhe, als könnte er uns vor den Wassermassen schützen, als könnte uns irgendetwas beschützen vor all dem schmelzenden Schnee, dem sterbenden Eis.

Mit geschlossenen Augen wartete ich darauf, vom Wasser erfasst zu werden. Ich wartete darauf, das Geräusch meiner brechenden Knochen zu hören. Das meines Körpers, der gegen scharfe Felsen geschleudert wurde. Das Jaulen des Luchses, sein letztes, und das Wiehern des Hengstes, gefangen im Todeskampf mit dem Wasser.

Stattdessen spürte ich nur Wind und den Körper des Pferdes unter mir, das lief, so schnell wie der eisige Nordwind, das dahinstob wie ein Schneesturm.

Stattdessen hörte ich nur seine donnernden Hufen. Die letzten Töne eines Liedes. Und ein leises Lachen.

Konnte das sein?

Ein zufriedenes Glucksen?

Ein leises Lachen, ein zufriedenes Glucksen, donnernde Hufe, aber nicht das Donnern des Wassers.

Ich öffnete die Augen.

Genau in dem Moment, als ich wieder hinschaute, sprengte der Hengst aus der Schlucht hinaus. Er mochte nicht irdisch sein, aber schwitzen und zittern konnte er. Ich spürte, wie feucht sein Fell war unter meinen Beinen, wie sehr seine Muskeln bebten, als er ganz ohne mein Zutun langsamer wurde und schließlich zum Stehen kam.

Dann drehte ich mich um. Grim hatte sich auf den Pferderücken gerettet, hinter mich. Hatte beide Pfoten über die Ohren geschlagen und die Augen hinter den Tatzen verborgen.

Und dann lag da hinter mir die Klamm.

Kein Wasser strömte daraus hervor. Nicht einmal ein einziger Tropfen.

Stattdessen sah ich etwas, das ich einen Moment lang nicht einmal erfassen konnte.

Die Flutwelle war noch in der Schlucht gefroren.

Seltsam und schön sah sie aus, die Flutwelle, erstarrt zu Eis. Mächtig und scharf, wundersam glitzernd, wie ein Palast oder eine Burg, so wehrhaft wie wundersam.

Ich starrte es an, dieses Gebilde aus Eis.

Dann raste mein Blick hinauf auf die Spitze der Felsen.

Das Glucksen, das ich gehört hatte, das leise Lachen. Aber dort oben stand niemand mehr.

Und doch, jemand musste dort gewesen sein. Jemand musste uns gerettet haben.

Es gab nur eine Frau, die das konnte.

Die Schneekönigin.

Sie erwartete mich.

Mein Herz schlug laut und schnell und ohne Unterlass. Freude durchströmte mich, Erleichterung, so hell und warm, dass ich einen Jubelschrei ausstieß.

»Wir haben es geschafft, schweigsamer Freund! Deine Herrin ist gekommen, um uns zu retten!«

Grim nahm die Pfoten von den Augen, sah mich kurz an, dann drehte auch er sich um und erspähte die gefrorene Flutwelle.

Als er sich mir wieder zuwandte, wirkte er so zufrieden wie ehrerbietig. Er neigte den Kopf vor der vereisten Flutwelle.

Ich tat es ihm gleich. »Du hast recht«, sagte ich. »Wir schulden ihr Dank und Ehrerbietung.«

Der Hengst schnaubte bloß. Er schien gerade keine Zeit zu haben für Dank und Ehrerbietung.

Liebevoll klopfte ich ihm auf die Flanke. »Dir natürlich auch, liebes Bachpferd. Die kleine Greta hat mir ein großes Geschenk gemacht und du mir auch, als du uns erlaubt hast, auf dir zu reiten.«

Dann stieg ich schwungvoll ab.

»Du hast dir eine Pause verdient«, sagte ich zu dem Bachpferd und drückte dankbar meine Stirn an seine.

Dann knuffte ich Grim in die Seite. »Komm, runter da, schweigsamer, fauler Freund.«

Der Luchs stieß einen Protestlaut aus, bequemte sich aber schließlich herab vom Rücken des Hengstes.

Erst dann wandte ich mich ab von der Schlucht und hatte Gelegenheit, zu sehen, was vor mir lag.

Da lag ein letzter Anstieg. Ein schmaler Grat, der sich zur Spitze des Berges hinaufschlang, wie eine Rampe, die man vor einem Festungstor aufgeschüttet hatte. Sie war ganz mit frischem weißem Schnee bedeckt. Wie ein Pfad verlief auf der Rampe weiterhin der zugefrorene Bach, der hier breit war, beinahe so breit wie ein Fluss, breit genug für einen schönen Schlitten, gezogen von vielen Rentieren.

An seiner Spitze stand auf einem kreisrunden Gipfel ein Palast.

Fünf Türme erhoben sich, zwei am starken Burgtor, so hoch wie die höchsten Bäume. Drei dahinter, so hoch wie die umliegenden Gipfel in der Ferne. Sie glitzerten im Licht des Mondes, im Licht der Sterne, denn der Palast war ganz aus Eis. Er schien beinahe durchsichtig, unwirklich, als wäre hier der Nordwind gefroren, als hätte er sich zu einem Palast geformt, zu Ehren der Königin von Eis und Schnee.

Eine runde Feste und spitze Dächer gehörten zu jedem der Türme. Auf ihren Spitzen trugen sie Schneeflocken aus Eis, die blitzten wie Sterne.

Nur den höchsten Turm krönte eine andere Gestalt: ein Diamant vielleicht oder ein Tropfen. War es ein Regentropfen, ein Tropfen Wasser?

Umschlossen waren die Türme von einem Wehrgang mit hohen, runden Zinnen. Rund wie die Köpfe von Rosen. Jenen Rosen aus Eis, die an den starken Mauern des Torhauses emporwuchsen. Sie rankten sich den Stein hinauf, diese wunderschönen Rosen, die ein ihnen eigenes Licht abzugeben schienen.

Und über dem Palast, weit oben im Himmel, tanzten sie.

Die Lichter des Nordens.

Grün und golden, silbern und purpurn, so tanzten sie im Himmel. Hinter dem Palast erkannte ich in der Ferne ein Bergpanorama, das sich erstreckte, so weit das Auge reichte. Ganz aus Eis waren diese Berge, und das war es, was hinter ihnen liegen musste.

Das ewige Eis.

Über dem höchsten Turm, der mitten über dem Palast aufragte, mit dem Tropfen an seiner Spitze, sah ich den Nordstern stehen.

Hier leuchtete er so hell wie kein anderer Stern, so hell, als wäre er ein Leuchtturm, als stünde er am Himmel allein, um mir den Weg zu weisen.

Das war er. Ich hatte ihn erreicht.

Den Palast der Schneekönigin.

Eine große Ruhe überkam mich. Ich war, wo ich sein wollte. Ich war dort, wohin ich eingeladen worden war.

Komm zu mir, hatte die Schneekönigin gesagt. *Rette, was dir lieb und teuer ist.*

»Wir haben es geschafft«, sagte ich, kniete mich zu Grim hinunter und nahm ihn in die Arme.

Ich drückte das Gesicht in sein Fell, während ich weitersprach: »Danke, dass du mich geführt hast, schweigsamer Freund. Du hast deine Herrin sehr stolz gemacht, da bin ich sicher.«

Er schien zu schnurren. Ich spürte, wie das Geräusch meine Wangen durchlief.

Ich sah auf und gab ihm einen Kuss auf die Stirn. Er machte ein zufriedenes Geräusch, dann senkte er verlegen den Kopf.

Mit einem leisen Lachen stand ich auf und wandte mich dem Bachpferd zu. »Ich danke dir, dass du mich so weit getragen hast, du toller Hengst.« Ich grinste.

Das Pferd schnaubte und verneigte sich.

»Du bist frei«, fügte ich hinzu.

Wieder schnaubte das Pferd, als wäre das das Mindeste. Dann stob es davon. Weiß wie Schnee, schnell wie ein Sturm. Es folgte dem gefrorenen Pfad bis zum Fuß der Rampe, dort bog es ab und verschwand im dichten Weiß des ewigen Eises.

Als ich seinem Weg mit meinen Blicken folgte, bemerkte ich, was ich bisher übersehen hatte, geblendet von der Pracht des Palastes der Schneekönigin.

Da stand eine Hütte am Fuß der Rampe.

Beinahe wie ein Wachhaus.

»Das ist sie sicher«, sagte ich an den Luchs gewandt. »Das ist die Hütte der Schäferin.« Ich sah zu ihm hinab. »Dort finde ich den dritten Eissplitter, nicht wahr?«

Er lächelte wieder oder tat das, was er als Lächeln verstand, und zeigte mir all seine Zähne.

Dann trabte er los, Richtung Hütte, als wäre er endlich zu Hause und könnte es kaum abwarten, dort auch anzukommen, die müden Pfoten hochzulegen und sie sich am Feuer zu wärmen.

Ich folgte ihm, meinem Geleit, der mich sicher bis an die Spitze des Berges gebracht hatte, wohlbehalten zu seiner Herrin.

Gemeinsam gingen wir zur Hütte. Er setzte sich hin und leckte seine Vorderpfote, während ich die Hand hob und an die Tür klopfte.

Einen Moment lang schien sich nichts zu rühren.

»Was meinst du?«, fragte ich Grim. »Ist die Schäferin nicht zu Hause?«

Doch da hörte ich schon das Geräusch von Schritten, die auf der anderen Seite der Tür auf mich zukamen.

Ich machte einen höflichen Schritt zurück, faltete die Hände und wartete darauf, dass die Tür sich öffnete.

Als sie es tat, schlug mir eine große Hitze entgegen, eine trockene, heiße Wärme.

Und mir stand eine Frau gegenüber.

Eine Frau, die ich schon einmal gesehen hatte.

Eine Frau mit weißem Haar und eisblauen Augen.

In meinem Schlafzimmer hatte ich sie zuletzt gesehen, einen Moment bevor ich die Stimme gehört hatte, so tief und schwer wie neuer Schnee in den Bergen.

Komm zu mir.

Rette, was dir lieb und teuer ist.

»Du bist es«, sagte ich atemlos. »Du!«

Die Frau sah mich prüfend an. Sie trug nichts außer einem Leinenhandtuch, das sie sich um die Hüften geschlungen hatte. Ihre Haut war mit Schweiß bedeckt und schimmerte im goldenen Licht, das in der Hütte schien.

»Na komm«, sagte sie. »Tritt ein.«

Stumm vor Erstaunen folgte ich ihr. Sobald wir eintraten, begriff ich, warum die Frau nichts als ein Tuch trug. Kaum war die Tür geschlossen, war es noch heißer. Getrocknete Birkenäste lehnten an der Wand, und ein Feuer brannte in einem Ofen.

Ein großer Tisch stand in der Mitte des Raumes, an dem sich drei Stühle befanden. An hölzernen

Haken darüber wäre Platz für drei Mäntel und Hüte gewesen, aber ich sah nur einen Hut und einen Mantel, der dick gefüttert war mit Rentierfell.

Ein Messingtopf hing über dem Feuer, an dem sich die Frau nun zu schaffen machte. Ich schwitzte in meinem Mantel schon so stark, als hätte ich bereits Stunden in der Hütte verbracht.

»Leg ab«, sagte die Frau, während sie noch immer in dem Kessel rührte. »Es wird dir sonst zu warm werden in unserer bescheidenen Hütte.«

Während ich meinen zerrissenen Mantel aufknöpfte und an einen der Haken hängte, ging Grim hinüber zum Feuer. Ein Rentierfell lag davor.

Er öffnete das Maul zu einem großen Gähnen, das seine Reißzähne zum Vorschein brachte. Dann ließ er sich auf das Fell sinken und reckte genüsslich die Glieder.

»Da fühlst du dich wohl, nicht, schweigsamer Freund?«, fragte ich, während ich auch meine Stiefel auszog.

Die Frau sah auf. Ihr Blick fiel auf meinen Mantel am Haken, dann auf meine Stiefel.

Sie nickte, bevor sie sich dem Ofen zuwandte. Sie nahm einen Schürhaken zur Hand, öffnete die Klappe des Ofens und begann, im Feuer zu stochern.

»Man hat mir gesagt, ich würde hier einen dritten Eissplitter finden«, sagte ich, als die alte Frau stumm blieb. »Bei einer Schäferin. Bist du diese Schäferin, gute Frau?«

Die alte Frau sah nicht auf. »Eine Schäferin? Wer hat das gesagt?«

Es schien mir reichlich merkwürdig, ihr die richtige Antwort zu geben, und doch sagte ich: »Ein paar Trompetenblumen, denen ich auf meinem Weg den Berg hinauf begegnet bin.«

»Ah, die giftigen kleinen Biester?« Da wandte sie sich um und sah mich an. Ich bemerkte, dass sie lächelte. Sogar vergnügt gluckste. »Das sieht ihnen ähnlich. Ja, in gewisser Weise bin ich eine Schäferin. Ein Hüter. Die Hüterin der Zukunft dieser Erde.«

Sie beugte sich herab.

»Hallo, mein lieber Grim«, sagte sie, schenkte auch ihm ein Lächeln und streichelte ihn mit der freien Hand. In der anderen hielt sie noch immer den Schürhaken.

»Er ist dein Luchs?«, fragte ich überrascht.

Als sie mir einen Blick zuwarf, spürte ich, wie meine Wangen erröteten. »Ich dachte, er gehört der Schneekönigin. Auf seine Weise.«

»Ach, das tut er auch«, sagte die Schäferin und wandte sich wieder dem Ofen zu.

Erst jetzt bemerkte ich, dass etwas in einer Pfanne darauf briet. Es schien ein Stück Fisch zu sein. »Sie hat ihn mir bloß ausgeliehen. Eine Schäferin braucht einen Schäferhund, oder?«

»Und ich bin das Schaf?«, fragte ich lachend. »Er hat mich sicher den Berg hinaufgeführt.«

Auch sie lachte. »Ein Schaf! Was für ein Gedanke! Aber ganz falsch ist er auch nicht. Die Menschen sind meine Schafe, wie alles Leben auf dieser Erde in meiner Obhut ist.«

Dann beugte sie sich wieder zum Ofen hinab und stocherte darin herum.

Ich spürte, wie mich trotz der Freude die Ungeduld packte. Der Palast war so nah und mit ihm die Schneekönigin. Außerdem war mir so heiß, dass ich glaubte, ich müsste jeden Moment schmelzen. Mein rechter Arm begann zu schmerzen.

»Ich bin in Eile, Schäferin: Mein Sohn ist krank, er braucht die Hilfe der Schneekönigin. Der ganze Norden braucht ihre Hilfe. Sie hat nach mir geschickt, und ich brauche von dir den dritten Eissplitter.«

»Du hast recht«, antwortete die Schäferin und richtete sich endlich auf. »Wir sollten uns eilen.«

Mit einem Lächeln auf dem Gesicht und dem glühenden Schürhaken in der Hand wandte sie sich mir zu. »Die Zeit brennt.«

»Rennt«, korrigierte ich sie ganz unwillkürlich.

Sie lächelte, während sie durch die kleine Hütte auf mich zukam. »Du liebe Güte! Da muss ich mich versprochen haben.«

Mir stellten sich die Nackenhaare auf. »Den dritten Splitter, liebe Schäferin. Was kann ich dir dafür geben?«

Wieder gluckste sie. »Bist du denn sicher, dass du den dritten Splitter willst?«, fragte sie. »Gefällt dir der zweite?«

Mit der freien Hand deutete sie auf meine rechte.

Ich hob die Handfläche, um den Eiskristall zu betrachten, der sich darin befand und sich wieder zu dieser wundersamen Rose geformt hatte.

»Er ist sehr schön«, sagte ich. »Und hat mir gute Dienste geleistet. Er hat mich stark gemacht.«

Die Schäferin nickte. »Das stimmt wohl. Und der erste Splitter hat dafür gesorgt, dass dir nicht zu kalt wird auf dem Weg den Berg hinauf, auf dem Weg zum Palast der Schneekönigin.«

Ich zog die Brauen zusammen und betrachtete wieder meine Haut, zum ersten Mal im warmen, hellen Licht eines Feuers. Hell und blau war sie, als würden nur noch Venen meinen Körper durchziehen, Venen mit ihrem blauen Blut.

»Also doch«, sagte ich leise, beinahe zu mir selbst. »Ich hatte es vermutet.«

»Also, willst du den dritten Splitter?«, fragte die Schäferin, während ich noch meine Hände betrachtete. »Willst du den Palast der Schneekönigin betreten?«

Ich nickte.

»Sag, was ist die dritte Prüfung?«

»Ach, Prüfungen«, antwortete die Schäferin. »Du hast doch sicherlich schon genug Prüfungen bestanden, meinst du nicht auch?«

Ja, das meinte ich. Nie hatte ich mich so stark gefühlt und so sicher wie in diesem Moment, als ich meine Haut betrachtete und dann wieder meine Hand und die schöne Rose. Die Rose, sie hatte Dornen. Sie war so schön wie wehrhaft.

Noch während ich die Blume in meiner Handfläche betrachtete, begann sie, sich zu verändern.

»Du denkst wieder an deinen Mann, nicht?«, fragte die Schäferin. Ihre Stimme klang, als wäre sie noch näher gekommen, aber ich war so fasziniert von der Verwandlung der Rose in meiner Hand, dass ich nicht aufschaute.

»Ich denke häufig an ihn. Viele Geister haben mir in dieser Nacht vieles über ihn gesagt«, gab ich zur Antwort.

»Was davon glaubst du?«

Ich schüttelte den Kopf. Ich wusste es nicht mehr. Ich wusste kaum mehr seinen Namen, erinnerte mich nicht an sein Gesicht.

Auch meinen Namen wusste ich nicht mehr. Ich wusste nur, dass die Rose sich in meiner Hand verändert hatte.

Sie war wieder zu einem Keil geworden.

Als müsste ich mich jeden Moment verteidigen.

Da spürte ich etwas an meiner Brust. An der linken.

Hitze.

Unerträgliche Hitze.

Ich sah auf.

Die Schäferin stand mir gegenüber. Sie hielt den Schürhaken in der Hand.

Er deutete direkt auf mein Herz.

»Da du ihn willst, werde ich ihn dir geben«, sagte sie mit einem reuevollen Lächeln.

Ich wich einen Schritt zurück, aber es war zu spät. Grim rührte sich nicht, als mir die Schäferin den glühenden Schürhaken direkt ins Herz rammte.

Der Schrei, der meinen Körper verließ, war markerschütternd. Ich schlug mit dem rechten Arm um mich, aber der Schürhaken war zu lang, sodass ich die Schäferin nicht erreichen konnte.

Ausdruckslos sah sie zu, wie sich das brennende Metall in meinen Körper bohrte. Sie drehte den Schürhaken, sodass er ein noch größeres Loch in meine Brust schlug.

Ich glaubte, der Schmerz müsse mich überwältigen. Mit der rechten Hand bekam ich den Schürhaken zu packen. Ich zog daran, um ihn aus meiner Brust zu zerren, aus meinem rasenden, blutenden, zerfetzten Herzen. Ich wollte nur, dass es aufhörte.

Die Schäferin hielt ihn fest. Sie drückte ihn immer tiefer in mein Herz hinein.

Auch ich packte fester zu. Ich wusste, ich würde sterben. Kein Herz konnte das überstehen.

Und sah, noch während mir schwarz vor Augen wurde, dass etwas Erstaunliches geschah.

Unter meinem Griff wurde der Schürhaken zu Eis. Er gefror nicht nur, er verwandelte sich in Eis. Es breitete sich über die gusseiserne Oberfläche aus wie starke Blumen, wuchs immer weiter, bis es die Spitze erreicht hatte, die sich in meine Brust gebohrt hatte.

Ich spürte, wie sich diese Spitze in Eis verwandelte.

Dann hörte ich einen leisen Aufschrei der Schäferin. Das Eis hatte auch das andere Ende des Schürhakens erreicht, das sie in den Händen hielt.

Es vereiste ihr die Hände.

Brüllend legte ich auch die zweite Hand um den Schürhaken.

Mit meiner letzten verbliebenen Kraft brach ich ihn entzwei. Die Schäferin wurde rückwärtsgeschleudert.

Sie stürzte zu Boden, beide Hände noch immer um den Schürhaken gewunden. Ihr Atem ging schwer. Schweißüberströmt sah sie mich an.

»Da«, sagte sie. »Der dritte Splitter. Er hat sich direkt in deinem Herzen gebildet. Er wird dir entweder die Kraft geben, die dein Herz braucht, um deinen Weg zu beschreiten – oder dich umbringen.«

Ich taumelte.

Und ich spürte es. Noch während sie sprach, spürte ich, wie das Eis mein Herz umschloss. Wie eine Kälte mich durchströmte, die ich nie zuvor gekannt hatte.

Ich konnte sie nicht ertragen. Die Hitze, die hier herrschte. Die Hitze, sie würde mein Herz zum Stehen bringen, meine Lunge zum Kollabieren, meine Rippen würden schmelzen, mein ganzer Körper würde zerfetzt werden.

Ich wirbelte herum, stieß die Tür der Hütte auf und rannte hinaus in den Schnee, in die wunderbar eisige Kälte.

Die Rampe hinauf.

Zu der einzigen Frau, die mir jetzt noch helfen konnte.

Zur Schneekönigin.

KAPITEL DREIZEHN

IM PALAST DER SCHNEEKÖNIGIN

Während ich die Rampe hinaufstolperte, spürte ich, wie ich von innen gefror. Immer weiter breitete sich das Eis in meinem Körper aus. Hart wurde mein Herz, hart und gläsern. Hart wurden meine Lunge, meine Brust, mein Bauch.

Hart und kalt.

Mein Atem blieb stehen. Das Herz, es blieb stehen.

Immer noch stolperte ich weiter voran, immer voran. In meinem Körper war nur Eis. Es trieb in meinen Adern, durchfuhr meinen ganzen Körper von Kopf bis Fuß.

Und doch lief ich noch.

Die Schneekönigin, dachte ich immer wieder. Es war das Einzige, woran ich denken konnte. Sie wird wissen, was zu tun ist. Sie wird uns alle retten. Sie wird mich retten.

Niemand hielt mich auf, als ich die Rampe erklomm. Niemand war bei mir. Ganz allein stolperte ich hinauf und erreichte das Tor.

Es bestand aus zwei Flügeln und lief spitz zu. Ganz aus Eis war es gemacht. Es glitzerte blau und grün im Schein der Nordlichter.

Ich streckte eine Hand aus, um es aufzustoßen.

Die rechte Hand.

Das Tor bewegte sich nicht um einen einzigen Zoll.

Wieder drückte ich dagegen, dieses Mal mit beiden Händen. Meine linke war noch immer schwach, schwach und nutzlos im Vergleich zu meiner rechten, die mit aller Macht gegen das Tor presste.

Aber weder die rechte noch die linke half mir, mein Ziel zu erreichen. Es nützte nichts. Das Tor wollte sich nicht öffnen.

»Ich bin gekommen!«, rief ich.

Meine Stimme klang kalt und hoch.

»Lasst mich ein, Eure Hoheit! Ihr habt nach mir geschickt, und ich bin gekommen!«

Ich schaute mich nach einer Glocke um, einem Türklopfer, irgendetwas, das mir Einlass beschert hätte.

Aber da war nichts.

Also hämmerte ich mit beiden Fäusten gegen die Torflügel, während ich spürte, wie jede Vene meines Körpers, jede Ader, jede Muskelfaser langsam zu Eis erstarrte. Die Schäferin hatte nicht abgestritten, nach mir gerufen zu haben, aber es musste doch die Schneekönigin gewesen sein, die ihr den Auftrag dazu gegeben hatte.

»Rettet mich!«, schrie ich voller Verzweiflung. Sie musste doch hier sein, sie musste mich hören, nachdem ich den ganzen weiten Weg gekommen war! Tränen rannen mir übers Gesicht. »Rettet meinen Sohn! Rettet den Norden!«

Noch immer kam keine Antwort.

Wieder schlug ich gegen das Tor.

»Ihr habt mich gerufen, nun bin ich hier!« Die Verzweiflung wurde zu Wut, die sich in meiner Stimme Bahn brach. Gebieterisch klang sie. »Öffnet!«

Ein Name kam mir in den Sinn. Anna. Auch sie musste gebieterisch gewesen sein, diese Kriegerin, die das Fell eines Luchses um die Schultern getragen hatte.

Warum dachte ich jetzt an sie? War das mein Name gewesen?

Nein, nein … Aber ich erinnerte mich an etwas anderes. Ein Grab am Ufer eines Fjordes. Inschriften, die ich unter meinen Fingern spüren konnte, die mir wohlbekannt waren. Eine Krone, ein Fell, eine Axt. Dann ein Keil, der einmal blau angemalt gewesen war, blau und silbern. Und schließlich ein Schlüsselloch.

Ich hielt inne. Mit der linken Hand fuhr ich über die Tür, auf der Höhe meiner Hüfte. Tastete sie ab.

Und fand etwas.

Ich spürte es ganz deutlich an der weichen Haut meines Handballen.

Ein Schlüsselloch.

Was hatten die Schneeglöckchen gesagt? *Ein Schlüssel, eine Krone und ein Palast aus Eis.*

Die Schneekönigin wartete auf mich. So musste es sein!

Mit der rechten Hand strich ich das Schlüsselloch entlang, verfolgte die Umrisse mit den Fingern.

Nur so bemerkte ich, dass sich der Eissplitter in meiner Hand wieder verwandelt hatte.

Er sah nun aus wie ein filigraner, eleganter silberner Schlüssel. Hell wie Knochen, kalt wie Eis.

Ohne zu zögern, steckte ich ihn ins Schloss. Einmal drehte ich den Schlüssel nach links.

Ein Knacken ertönte. Ein langes, lautes Knacken wie brechendes Eis.

Wie brechende Knochen.

Dann öffneten sich die Torflügel. Wie Kufen, die über Eis glitten, klang es, Kufen aus einer längst vergangenen Zeit. Längst vergangene Schlitten, längst vergangene Pracht.

Es blitzte vor meinen Augen auf, während die Tore sich öffneten. Die Pracht, das Glitzern, das Eis, das ewige Eis, so wunderschön war es, so majestätisch, majestätischer als jeder Thron, jede Krone, jeder menschliche Glanz, dass es mir die Tränen in die Augen trieb. Tränen, die auf meinen Wangen gefroren, bevor ich sie abwischen konnte.

Sobald die Torflügel ganz offen standen, trat ich über die Schwelle.

Ich betrat das Reich der Schneekönigin.

Ich schritt hinein in den Palast aus Eis, den ich so lange gesucht hatte. Seine Wände waren aus Neuschnee, die Fenster und Türen bestanden aus dem messerscharfen Wind, zu Eis erstarrt. Über hundert Hallen musste es hier geben, als hätten einst zahlreiche Geschöpfe in diesem Palast gelebt oder viele ihn besucht. Eine Halle wie aus alten Zeiten, wie die hohe Hütte der Holzfällerinnen, in der sich auch Anna willkommen gefühlt hätte.

So eine Halle durchschritt ich nun, eine lange, lange Halle, von der etliche Türen abgingen. Aber ich hielt auf ihr Ende zu.

Dort, wo ich den Thron sehen konnte. Den Thron aus Eis.

»Schneekönigin!«, rief ich. »Ich bin den weiten Weg gekommen von der Burg der Weißen Raben, wo ich Herrin bin, am Fuße Eures Berges. Jeden Mittwinter führe ich Eure Prozession an, und wir singen Euer Lied, wenn wir über die zugefrorene Meerenge schreiten.«

Meine Worte hallten von den hohen Wänden wider, die geschmückt waren mit vielen Reliefs. Es schienen Striche zu sein, vielleicht sogar Messungen, vielleicht Karten?

Ich vermochte sie nicht zu lesen.

Ich konnte noch immer nicht richtig sehen.

Noch nicht ganz.

Denn mein Blick war gerichtet auf den hohen Thron, um den herum sich viele Gestalten erhoben.

Menschliche Gestalten aus Eis.

Ich hätte weinen können vor Glück, wären die Tränen nicht noch immer auf meinem Gesicht gefroren. »Schneekönigin, gebt Antwort!«

Aber meine Stimme war die einzige, die sich erhob.

Ich begann zu rennen. Meine Beine trugen mich über das Eis, als hätte ich Schlittschuhe an den Füßen. Weder mein stummes Herz noch meine gefrorene Lunge hielten mich auf. Ich glitt über das Eis so schnell, als würde ich fliegen.

So erreichte ich schließlich den Thron, eingerahmt von den vielen stummen Gestalten. Sein Rücken reichte bis an die Decke. Es war ein langer Eiszapfen, der sowohl aus der Decke als auch aus dem Boden gewachsen war und sich schließlich zu einem Stück Eis vereint hatte.

Nur in der Mitte wirkte er furchtbar dünn.

Und er war leer.

Der Thron war leer.

Ich sah mich um. Sah die Gestalten an, die ihn umgaben.

Es waren Eisskulpturen. Statuen in menschlicher Gestalt, keine lebendigen Geschöpfe.

Unwillkürlich streckte ich die Hand nach einer von ihnen aus. Es war eine Frau, ihr Mund so weit geöffnet wie ihre Augen. Wie echt sah sie aus! Hier war eine Künstlerin am Werk gewesen, die ihresgleichen suchte.

Wieder sah ich mich um. War die Schneekönigin etwa fort? War sie ausgezogen auf ihrem Schlitten? Musste ich auf sie warten, in Uniks dunkelster Stunde, in meiner, in der des Nordens?

Mein eisiges Herz pochte.

Nur einmal.

Meine rechte Hand streckte sich ohne mein Zutun.

Sie streckte sich aus nach dem Thron.

Da bemerkte ich, dass etwas darauf lag.

Es war eine Krone, die funkelte wie die wertvollsten Diamanten.

Eine Krone ganz aus Eis.

Ich streckte die Hand nach ihr aus, dann zögerte ich und zog sie zurück. Ich konnte doch nicht die Krone einer fremden Frau tragen.

Ließ die Schneekönigin sie manchmal zurück, wenn sie ihren Palast verließ? Aber warum sollte sie ohne ihre Krone gehen, diese wunderschöne Krone ganz aus Eis?

Ich brauchte noch viele Herzschläge lang, hätte mein Herz geschlagen, um zu begreifen, warum die Krone dort lag und was es mit ihr zu tun galt.

Bis ich endlich verstand, dass niemand kommen würde. Niemand außer mir.

Und als ich es begriffen hatte, wollte ich es nicht.

Ich wollte umkehren und zurückgehen.

Den ganzen Berg hinabgleiten, auf meinen Schlittschuhen, schnell wie der Nordwind.

Ich wollte zurückkehren auf die Burg und dass sich nichts änderte.

Gar nichts. Niemals.

Wie ein Kind.

In Gedanken nahm ich das Kind in den Arm, das in mir lebte, dessen Namen ich nicht mehr kannte, aber das manches Mal Angst hatte.

»Selbst wenn du nun umdrehst«, flüsterte ich dem kleinen Mädchen in mir zu, »wird nichts je wieder so sein, wie es war. Das Einzige, was sicher ist, das ist Veränderung.«

Dann legte ich mein Bündel ab und nahm die Krone in die Hand.

Noch einmal zögerte ich.

Ich dachte an die Burg. An die Raben. An Agnes.

An Kay. Meinen Mann.

An das, was mir die Naturgeister über ihn erzählt hatten.

Konnten sie alle sich denn täuschen? Mich alle betrügen?

Wie schrecklich leer die Burg ohne ihn sein würde.

Und noch während ich das dachte, packte mich die Wut. Ich trauerte, während er mich betrog?

Denn wenn es wahr war, was hatte er sich gedacht? Dass ich es nicht bemerken würde? Dass ich stillhalten würde, den Laden am Laufen halten, unseren Sohn großziehen würde?

Wie die Eschenfrau, wie die Mahr, wie die Schäferin hatte er mich zum Opfer gemacht. Und dann auch noch die Gesundheit unseres Sohnes vorgeschoben.

Unser Sohn.

Unik.

Wenn ich jetzt umdrehte, würde ihn nichts und niemand mehr retten können.

»Ich werde nicht unverrichteter Dinge nach Hause gehen«, sagte ich laut. »Nicht, wenn dort ein sterbendes Kind auf mich wartet.«

Und wenn ich jetzt umdrehte, würde auch mich nichts und niemand mehr retten können, davor, eine Frau zu werden, die gefangen war in ihrem Haus.

Also sagte ich nichts mehr. Die Frauen des Nordens verstanden es schon lange, dass viele Worte wenig halfen, wenn es etwas zu erledigen gab.

Ich setzte die Krone auf. Sie brannte auf meinem Kopf, so kalt war sie, kälter noch als die Eissplitter. Sie fraß sich hinein in meinen Kopf. Ich schrie auf.

Ich spürte, wie meine Lippen gefroren, meine Wangen, mein Schädel. Wie sie hart wurden, hart wie ewiges Eis, das nichts zerschlagen konnte.

Ich spürte es meinen ganzen Körper durchziehen. Hart wurde er, hart wie ewiges Eis, so schön und so schrecklich. Das Eis wuchs an mir herab, von der Stirn zu meinen Augen, meinen Nasenlöchern, meinem Mund.

Und dann drang das Eis hinein.

Hinein in meine Augen, meine Nase, meinen Mund.

Hinein in meinen Kopf.

Es ließ ihn zu Eis erstarren.

Ließ mich zu Eis erstarren.

Meinen ganzen Körper.

Ich stieß einen leisen, verlorenen Laut aus.

Dann fiel ich hin.

Mein Körper brach unter mir zusammen.

Ich fiel auf die Seite, den Kopf Richtung Tor gedreht, fort vom Thron. Eis traf auf Eis.

Wieder stieß ich einen Laut aus. Ein Wimmern.

Vor meinen Augen öffneten sich erneut die Torflügel, die ich nicht hinter mir verschlossen hatte.

Herein kam eine Frau.

Weißes Haar hatte sie und blaue Augen.

Auf dem Kopf trug sie einen Kranz aus Schneeflocken, um den Körper einen warmen Mantel, gefüttert mit Rentierfell.

Langsam ging die Schäferin auf den Thron zu. Auch Grim war bei ihr. Brav lief er neben ihr her und hielt mit ihr Schritt.

Während ich sie auf mich zukommen sah, bemerkte ich, dass die Krone schrumpfte. Sie rutschte meine Stirn hinauf und wuchs auf eine Größe zurecht, die mir perfekt passte.

Und noch etwas bemerkte ich.

Ich sah die Schäferin nun anders.

Nicht mehr als alte Frau in einem zerschlissenen

Mantel, sondern als ein mächtiges Geschöpf. In ihrer Hand hielt sie ein Wollknäuel, in ihrem Gürtel steckte eine Schere.

Und mit einem Mal wusste ich auch ihren Namen, obwohl ich den meinen nicht mehr kannte. »Skuld«, sagte ich leise, während sie immer näher kam. »Skuld, du bist es.«

»Ich bin es, Herrin«, sagte sie. Sobald sie den Fuß des Throns erreicht hatte, verneigte sie sich vor mir.

Plötzlich hatte ich die Stimme meiner Mutter im Ohr: *Drei Nornen leben dort auf dem Berg, tief im Wald,* hatte sie gesagt. *Sie spinnen und schneiden den Faden, der das Schicksal von uns Sterblichen ist.*

Eine stand vor mir, die Skuld, das, was sein soll, das, was geschuldet wird.

»Ich sollte mich vor dir verneigen«, murmelte ich, ohne zu wissen, wieso ich mir da so sicher war. »Du bist die Hüterin über die Zukunft.«

Sie winkte ab. »Ihr braucht Euch nicht vor mir zu verneigen, Eure Hoheit. Meine Schwestern sagten schon, dass Ihr sie nicht wiedererkannt habt.«

Da wurde mir schlagartig klar, dass ich eine ihrer Schwestern schon ganz zu Beginn getroffen hatte: die Blumenfrau. Verdandi war ihr Name, das wusste ich doch, das, was im Werden ist, die Gegenwart. Verdandi und ihr wunderschöner Garten, in dem immer alles nur war, in dem nichts verging und nichts begann.

Und die Huldra, natürlich. Die Frau, die ich Huldra genannt hatte, weil ich es nicht besser gewusst hatte. Für einen Waldgeist hatte ich sie gehalten, dabei hatte ich der Hüterin der Vergangenheit gegenübergestanden! Aus einem Blick zurück kann man immer lernen, hatte die alte Frau gesagt, in der Schlucht, die Urd. Urd, das war ihr Name. Keine von ihnen hatte ich erkannt, obwohl ich nun glaubte, sie so gut zu kennen wie kaum jemand anderes. Besser sogar als mich selbst.

Die Schäferin streckte eine Hand aus. »Ich sehe, Ihr erinnert Euch wieder. Lassen wir das Verneigen, Schneekönigin. Tun wir lieber zusammen etwas für die Zukunft, deren Hüterin ich bin, während meine Schwestern sich mit Gegenwart und Vergangenheit befassen. Ich habe Euch zurückgeholt, weil es viel zu tun gibt. Euer Thron war zu lange leer.«

Ich nahm ihre Hand und ließ mir von ihr auf die Füße helfen. Alt mochte sie aussehen, aber stark war sie, stärker als jedes andere Wesen, das mir jemals zuvor begegnet war.

»Ich verstehe nicht«, sagte ich, immer noch leise. Ich wollte nicht verstehen. Meine Stimme klirrte wie silberne Glocken im Winter, die weit über das Eis schallten. »Die Schneekönigin hat nach mir gerufen.«

Die Skuld schüttelte den Kopf. »Nein. *Ich* habe nach *Euch* gerufen.«

Ich starrte sie an. »Aber die Schneekönigin muss dir doch den Auftrag dazu erteilt haben. In der Schlucht, da hat die Schneekönigin mich sogar beschützt!«, widersprach ich, als veränderte sich die Wahrheit, wenn ich nur lange genug gegen sie anredete.

»Was meint Ihr damit?«, fragte mich die Skuld.

»Als die Flutwelle uns beinahe verschlungen hätte, die Flutwelle, die deine Schwester geschickt hat«, erklärte ich mit flatternden Armen. »Da hat die Schneekönigin sie zu Eis erstarren lassen!«

Die Skuld nickte. »Das stimmt. Ihr habt sie zu Eis erstarren lassen.«

»Das ist unmöglich!«, widersprach ich. »Ich habe nichts getan, rein gar …« Ich verstummte.

Ich erinnerte mich daran, wie ich den rechten Arm hochgerissen hatte, kurz bevor uns das Schmelzwasser erreicht hatte.

»Ich habe sie lachen hören«, sagte ich hilflos. »Ich habe ein Lachen gehört. Ich dachte, es müsste die Schneekönigin sein.«

»Ihr habt meine Schwester lachen hören«, erklärte die Skuld. »Wasser zum Gefrieren bringen, wenn es sich einmal entschlossen hat, zu schmelzen, dazu ist sie nicht in der Lage. Auch ich nicht. Das kann nur eine. Nämlich Ihr. Deshalb musstet Ihr Euren Thron erklimmen. Es ist an der Zeit, dass die Welt sich wehrt. Das Wasser, das Eis, der Schnee.« Sie rieb die alten Hände. »Meine Schwestern und ich haben keine Macht außer der, die im Wissen liegt. In der Zukunft, was mich betrifft. In dem, was wir ihr schuldig sind. Deshalb wusste ich, dass ich Euch dazu bringen musste, Euren Thron wieder zu besteigen. Deshalb habe ich Euch gerufen. Deshalb habe ich Euch einen Führer geschickt.«

Sie tätschelte Grim den Kopf.

Auch mein Blick fiel auf meinen schweigsamen Freund.

»Aber das Lied«, widersprach ich, der letzte Einwand. »Der Luchs ist der Prinzgemahl der Schneekönigin.«

»Das ist doch nur eine Geschichte«, sagte die Skuld, ausgerechnet sie. »Ihr dürft nicht alles glauben, was man Euch erzählt.«

»In der Hütte habt Ihr gesagt, er gehöre der Schneekönigin.«

»Der Grim ist ein Geist«, sagte die Skuld. »Das wisst Ihr doch. Sein Körper liegt begraben unter Eurem Palast. Lebendig habt Ihr ihn eingemauert, und nun beschützt er den Palast der Schneekönigin, wie andere Grims Kirchen oder Friedhöfe schützen. Er tut das, was den Palast schützt, den er bewacht.«

Ich starrte Grim an. »Aber … Er kann kein Geist sein. Ich habe ihn auf dem Meer gesehen, in der Mittwinternacht, als das Eis brach, als mein Sohn …« Ich verstummte. »Du hast ihn geschickt«, sagte ich langsam. Die Erinnerungen schienen so verschwommen, ich hatte Mühe, sie mir ins Gedächtnis zu rufen. Ich wollte nicht begreifen. »Du hast ihn geschickt, um meinen Sohn von mir fortzulocken.«

»Ihr brauchtet einen Grund, um den Berg hinaufzukommen«, sagte die Skuld.

»Du warst dort«, sagte ich, an Grim gewandt. »Am Mittwinter, als er ins Wasser stürzte. Du hast ihn ins Wasser gelockt! Ihr habt ihn beide ins Wasser gelockt!«

Die Skuld sah mich ruhig an. »Ich wusste, Ihr würdet nur kommen, wenn es keinen anderen Ausweg gäbe. Wenn Euer Sohn in Lebensgefahr schwebte.«

Ich spürte, wie die Wut in mir wuchs.

Sie war nicht heiß.

Sie war eiskalt.

»Du hast mich glauben lassen, die Schneekönigin hätte nach mir gerufen. Die Prüfungen …«

Der Palast schien sich um mich herum zu drehen. Der Boden zu erbeben, schlimmer als jedes brechende Eis. Es war kaum zu begreifen.

»Ihr alle habt mich hereingelegt«, sagte ich. »Es war ein Trick. Die Blumen, die Prüfungen, das war alles ein Trick. Die Eschenfrau wollte, dass mein Körper zu Eis wird. Die Mahr wollte, dass ich den Eiszapfen als Waffe gebrauche. Die Huldra wollte, dass ich meine Kräfte einsetze, deshalb hat sie die Flut nach mir gesandt. Sogar das Mädchen, der Mordling, es wollte meinen Namen haben, damit ich einen anderen tragen kann, damit ich …« Ich hielt inne. Niemand hatte mir die Wahrheit gesagt. Alle hatten sie mich hereingelegt. Die kalte Wut, sie wuchs, so hoch wie ein Eisberg, der sich vom Meeresgrund in den Himmel hinauf reckte und das Wasser durchstieß, mit scharfer Spitze und mächtigen Hängen. »Bevor ich zu Eis erstarre. Mein Herz schlägt nicht mehr. Ich kann es nicht mehr spüren.«

Die Schäferin blickte mich an. »Es war kein Trick«, sagte sie sanft. »Ihr wolltet retten, was Euch lieb und teuer ist. Ich bat meine Schwestern und die Naturgeister nur, Euch zu zeigen, was Ihr dafür tun müsst.«

»Du hast es mir nicht gesagt. Du hast meinen Sohn in Gefahr gebracht.«

Ihre blauen Augen. Das weiße Haar.

»Wärt Ihr denn sonst gekommen?«

Ich richtete mich auf. Der Boden schien unter meinen Füßen zu erzittern, doch ich spürte keine Furcht.

Ich spürte Zorn.

Und er machte mich stark.

Ich fühlte mich so stark, wie ich es niemals zuvor gewesen war. Mächtig wie eine Sturmflut, ein Eisberg, ein Schneesturm, der Fenster einschlägt und Dächer abhebt und ganze Häuser zu Fall bringt.

»Klaube nicht mit Wörtern«, sagte ich und hörte, wie meine Stimme voller wurde. »Das letzte Wort über deinen Verrat ist noch nicht gesprochen. Aber nun braucht mein Sohn unsere Hilfe. Der Norden braucht Hilfe. Ich muss die Meerenge zum Gefrieren bringen. Hilf mir, und wehe, du belügst mich noch einmal!«

Die Skuld neigte wieder den Kopf. »Kommt hinauf auf Euren höchsten Turm, Herrin.«

Ich folgte ihrer ausgestreckten Hand. Grim stand auf, um mir zu folgen. »Auch von deinem Verrat wird noch zu sprechen sein«, sagte ich ihm.

Grim wimmerte kleinlaut, dann folgte er mir um den Thron herum.

Meine eisigen Augen vermochten es, durch den Thron hindurchzusehen. Dahinter öffnete sich ein spitzer Torbogen zu einer Wendeltreppe, die den Turm hinaufführte.

Ich nahm die Stufen. Die Skuld begleitete mich.

Gemeinsam erklommen wir den höchsten Turm. Noch fühlten sich meine Gliedmaßen steif an. Jeder Schritt war mühsam.

Das Treppenhaus endete vor einer einzigen Tür, gerade hoch genug, um einen Menschen hindurchzulassen, mit einem runden Knauf.

Ich griff zu, um ihn zu drehen, aber wieder wollte die Tür sich nicht öffnen lassen.

Dieses Mal sah ich hin und bemerkte sogleich das Schlüsselloch. Ich streckte die rechte Hand aus, steckte den neuen Schlüssel hinein und drehte ihn nach links.

Die Tür öffnete sich. Grim ging als Erster hindurch, gefolgt von mir und der Skuld. Gemeinsam traten wir hinaus auf einen kreisrunden Wehrgang.

Draußen brach der Morgen an. Klares Licht überflutete den Himmel, so klar und hell, wie es nur ein Wintermorgen sein konnte, in dem das blaue Firmament endlos schien.

Ich trat an die Brüstung heran. Die Zinnen waren rund, genauso, wie ich gedacht hatte. Denn es waren Rosen.

Wie auf den Wegweisern.

Ich legte die linke Hand um eine der Zinnen und strich sanft über die Blüten.

Die Skuld trat zu mir. Ihr Blick ging weit in die Ferne, und ihr Arm deutete nach Süden.

»Dort liegt der Fjord«, sagte sie.

Auch ich schaute hin.

Obwohl er weit entfernt sein musste, konnte ich ihn so klar und deutlich erkennen wie nie zuvor. Sein Wasser leuchtete so hell, so blau, es bewegte sich so schnell, wie es Eis niemals vermocht hätte. Ich konnte sogar die Winde erkennen, die hinüberfegten, so als hinterließen sie glitzernde Spuren in der Luft.

Es verschlug mir den Atem.

Was für mächtige Winde!

Und noch etwas konnte ich sehen. Etwas, das vom Festland zu uns zog, aus Tromsø, aus Bergen, aus Oslo und noch viel weiter südlich. Etwas, das aus den Köhlereien im Norden aufstieg, aus den Holzöfen, von den Schlitten, welche die Kohle transportierten.

Ich hatte es schon einmal gesehen. In der Nacht, als das Eis zum ersten Mal gebrochen war, hatte ich davon geträumt. Diesem Wesen aus klebrigem, öligem grauem Rauch. Dem Giftgeist.

Selbst in meinem Albtraum hatte ich mir nicht ausmalen können, wie schrecklich der Anblick des Monstrums sein würde, das sich auf uns zubewegte. Wie ein wabernder, wandelnder Körper, der sich durch die Luft hievte, der sich unsichtbar ausbreitete, unsichtbar und unbekannt immer weiter wuchs, wuchs und wuchs und wuchs.

Er schien den Himmel zu beschweren, die Luft aufzusaugen. Er legte sich auf das Eis, so lang und schwer, dass es brach. Und überall, wo sich neues bildete, jung und zaghaft, da stürzte er sich darauf hinab, schluckte es, nahm es in sich auf.

Auch auf die Bäume legte er sich, bedeckte klebrig ihre Nadeln und nahm ihnen die Luft zum Atmen. Auf den Eschen, den Birken, den Laubbäumen ließ er sich ebenfalls nieder und verstopfte ihre Knospen, ihre Rinden, die Löcher.

Ich glaubte, den Schrei der Eschenfrau hören zu können, sogar aus der Ferne. Sie gackerte nicht mehr. Sie schrie nur noch vor Angst, schrie und schrie, als würde sie ersticken.

»Was ist das?«, fragte ich die Skuld.

»Das«, antwortete sie, »ist der Grund, warum es Euch nicht gelingen wird, die Meerenge zum Gefrieren zu bringen. Nicht einmal Euch, Schneekönigin.«

KAPITEL VIERZEHN

LEBEN UND TOD

So sah ich ihn zum ersten Mal mit wachen Augen, den Giftgeist, im Licht des dämmernden Wintermorgens.

Es sollte nicht das letzte Mal sein. Hätte ich genau hingesehen, dann hätte ich ihn schon früher erspähen können, aber Menschen sehen nicht gern hin, und ich bildete keine Ausnahme. Und er war noch klein damals, viel kleiner als heute.

Das war der Name, den die Skuld mir nannte. Giftgeist, sagte sie, denn sie glaubte nicht, dass ich einen der vielen anderen Namen, den er noch tragen würde, verstehen würde.

Diesen verstand ich, sogar damals, als ich ihn zum ersten Mal sah. Der Geist, der kein Naturgeist war, denn die Menschen hatten ihn gemacht. Der aber ebenso mächtig war, ebenso trickreich, ebenso gnadenlos.

Erst in diesem Moment, als ich an der Balustrade des höchsten Turmes der Schneekönigin stand und voll kaltem Zorn auf meinen Widersacher starrte, begriff ich, was es bedeutete, ihre Krone zu tragen.

Ich war die Schneekönigin. Ich konnte nun sehen, was den Menschen verborgen war, sogar der Herrin auf der Burg der Weißen Raben, deren Namen ich vergessen hatte.

Ich konnte sehen, warum das Wasser nicht mehr gefror. Ich konnte es spüren. Konnte die dünne Eisschicht spüren, die sich auf dem Wasser gebildet hatte, mit aller Macht ankämpfend gegen den Giftgeist.

Und noch mehr konnte ich spüren: Schritte am Ufer der Meerenge, auf dem frisch gefallenen Schnee.

Auf beiden Seiten der Meerenge.

Da.

Da stand ein Mann am Fuße der Burg, am Ufer der Meerenge.

Kay, schoss es mir durch den Kopf, so blass, als wäre es der Name eines lang vergessenen Toten. Das war Kay. Mein Mann.

Mit unserem schönsten, leichtesten Schlitten stand er da, vier der Hunde davor gespannt. Er war dick eingepackt. Nur seine Nase schaute aus der Kapuze heraus und seine Kette mit dem silbernen, kreuzförmigen Anhänger.

Im Arm hielt er ein Bündel.

Es war mein Sohn.

Unser Sohn, Unik, unser Einziger.

Unik, der leichenblass aussah.

»Nein!«, rief ich von der Spitze des Turmes aus, aber es war kein Verzweiflungsschrei.

Es war ein Befehl.

Um mich herum bildeten sich Eissplitter. Ich hob die rechte Hand.

Die Eissplitter folgten meinem Befehl. Als ich den rechten Arm nach vorne schnellen ließ, Richtung Süden, schossen sie davon, Kristalle aus Eis, schärfer als jedes Schwert, härter als das stärkste Metall.

Atemlos starrte ich ihnen hinterher. Ich drehte den rechten Arm herum, krümmte den Zeigefinger und bedeutete den Splittern, zurückzukehren.

In einem langen, eleganten Bogen machten sie kehrt und kamen zu mir zurück. Sie umgaben mich, schwirrten um mich herum wie messerscharfe Schneeflocken, eine Leibgarde aus Eiskristallen.

Und auch meine rechte Hand hatte sich verändert. Meine Finger waren zu Klauen geworden, zu eisigen Krallen.

Ich richtete mich auf. »Mein Sohn darf nicht sterben«, sagte ich, meine Stimme fest.

»Noch ist er nicht tot«, antwortete die Skuld.

Ich nickte. Schloss die Augen. Spürte dem Eis nach, auf das Kay mit unserem leichtesten Schlitten zuhielt.

Kannst du ihn tragen?, wisperte ich dem Eis zu.

Die Worte wurden vor meinem Mund zu winzigen Eiskristallen.

Ich streckte den linken Arm aus, mit den runden Fingern. In meiner Hand spürte ich, wie sich der Wind sammelte. Es war der Wind, der durch den Norden reiste, vom Ewigen Eis hinunterkam zu uns, zu mir.

Es war der Nordwind, der mir zu Diensten war.

Ich schloss die Finger der linken Hand. Dann führte ich sie vor meinen Mund.

Ich öffnete die Faust und blies den Wind und die Worte mit meinem eisigen Atem hinunter zur Meerenge.

Der Wind folgte meinem Befehl. Er trug die Worte hinunter zum Eis, in wenigen Augenblicken, nur wenigen Augenblicken.

Als er zurückkehrte, trug er so viele Worte mit sich.

Agnes, die hinter dem Schlitten herrannte, auf ihren alten, steifen Beinen, und Kay zurief: »Das Eis ist nicht stark genug, Kay!«

Ich sah, dass er sie nicht beachtete.

Ich sah die Tränenspuren, die auf seinem Gesicht glitzerten. Wie er unseren Sohn fester an seine Brust drückte. Seine Stirn küsste, die blasse Stirn. »Ich hol dir Hilfe, kleiner Mann. Halt noch ein bisschen durch, ja?«

»Kay!«, rief Agnes wieder, während sie hinunter zum Ufer der Meerenge humpelte: »Hab Vertrauen! Deine Frau wird es schaffen! Die Schneekönigin wird uns helfen.«

Er hielt inne, die Schultern angespannt.

Dann drehte er sich um.

Sein Gesicht war verhärmt vor Wut und Trauer. »Sie ist in den Wald gegangen auf der Suche nach einem Wundermittel, nach einem Ammenmärchen, und da wird sie für immer liegen!«, schrie er. »Nicht einmal gesagt hat sie es mir! Warte ruhig auf sie, auf dieser alten, feuchten Burg. Aber ich werde unserem Sohn nicht beim Sterben zusehen!«

Dann gab er den Hunden das Kommando. Er schnalzte.

Gehorsam lief Nordwind los, meine stolze Leithündin. Auf die Meerenge zu.

Und noch während mir der Wind ihre Worte zutrug, erreichte mich auch die Antwort des Eises.

Niemals kann ich sie alle tragen. Verzeiht, Herrin. Nicht, während der Giftgeist mich niederdrückt.

Ich verengte die Augen. Starrte den Giftgeist an. »Kann ich ihn besiegen?«, fragte ich.

Die Skuld schwieg einen Moment lang. Dann sagte sie: »Ich weiß nicht, was geschehen wird, nur, was wir der Zukunft schuldig sind.«

Agnes rief Kay noch immer etwas zu, aber er hörte ihr nicht mehr zu.

Dann drehte sie sich um. Ich konnte sehen, wie sie sich umdrehte, und mir war, als blickte sie mich an.

Dann begann sie zu singen. Das Lied der Schneekönigin, mein Lied. Als wüsste sie, dass ich sie beobachtete, dass ich sie hören konnte.

Sie glaubte an mich.

Ich machte einen Schritt zurück von den Zinnen. Dann breitete ich die Arme aus.

Um mich herum wirbelten die Eiskristalle. Wie eine Rüstung aus Eis, ein Kleid aus Schnee.

»Lass uns sehen, was du zu bieten hast, Giftgeist«, sagte ich, während der Nordwind sich in meiner linken Hand sammelte und die Eissplitter in meiner rechten, spitz wie Krallen.

Und dann sagte ich nichts mehr.

Auch wenn ich meinen Namen nicht mehr kannte, auch wenn ich zu Eis erstarrt war, war ich noch immer eine Frau des Nordens.

Der Wind blies so stark, dass er mich von den Füßen hob. Das Eis wirbelte in meiner rechten Hand, immer mehr Eis, bis ich inmitten eines Schneesturms schwebte.

Dann riss ich beide Arme nach vorn.

Und schickte noch einen Atemstoß hinterher. Hauchte einen eisigen Kuss.

Der Sturm raste auf den Giftgeist zu. Das Eis schoss durch die Luft, getragen vom schnellsten Wind des Nordens, wie mächtige Bären, kluge Schlangen, schnelle Pferde. Während es den Berg hinunterraste, wirbelte es mehr und mehr Schnee auf, mehr und mehr Eis: in der Form von Bäumen, von Eschenfrauen mit ihren acht scharfen Armen und Beinen, der Mahr mit ihren breiten Flügeln, den Laternen von Irrwischen, und Mordlingen mit spitzen Zähnen, die auf schnellen Pferden ritten.

So raste das Eis über die Burg, über das Ufer hinweg, auf die Meerenge hinaus und auf den Giftgeist zu, der schwer und klebrig auf dem Eis lag.

Er sah es kommen.

Er erhob sich, hob sich vom Eis, versuchte auszuweichen.

Ich ballte die Hände zu Fäusten, riss die Arme zurück. Mit einem lauten Kampfesschrei, auf den meine Ahnin stolz gewesen wäre, rammte ich die Arme wieder nach vorne, die Fäuste geöffnet, Krallen und Finger gespreizt.

Mit voller Wucht trafen die Eissplitter auf den Giftgeist. Sie bohrten sich in seine Masse.

Die Wucht des Aufpralls schleuderte mich rückwärts gegen das Dach des Turmes. Ein Geräusch durchlief das Wasser, das Eis, den Wind. Ein Spritzen, ein Bersten. Es verklebte uns die Ohren, verklebte mir die Hände, die Finger.

Mit aller Macht hielt ich sie gespreizt, während der Eisturm mich aufrecht hielt und sich die Eiskristalle immer tiefer in die ölige Masse gruben.

Dann spratzte der Giftgeist entzwei.

Es donnerte über der Meerenge. Es klang wie das Grollen eines lebensbedrohlichen Sturms, eines Donnerschlags, der auf einen Blitz folgte, welcher die ganze Welt entzweischlagen wollte.

Während ich die Hände sinken ließ und mit dem

Rücken den Turm hinunter auf den Boden rutschte, sah ich, wie der Giftgeist in alle Richtungen davonstob wie ein öliger Film.

»Nun musst du halten, liebes Eis«, murmelte ich und hob noch einmal die rechte Hand. Die Eissplitter, die noch immer über der Meerenge schwebten, erhoben sich.

»Nein«, sagte ich sanft. »Nicht hinauf. Hinab.«

Mit einer geradezu zärtlichen Bewegung führte ich sie Richtung Boden. »Hinab, hinab«, flüsterte ich. »Habt Acht.«

Und so senkten sie sich auf die Eisfläche.

Mit einem sanften Lächeln beobachtete ich, wie sie sich mit der dünnen Eisschicht auf der Meerenge verbanden. Wie sie dicker wurde, stabiler, stärker.

Stark genug.

Und da, da sah ich meinen Mann.

Mit dem Schlitten raste er über das Eis, das ich unter seinen Kufen erstarken ließ, sodass es ihn und unseren Sohn und unsere Hunde hinübertragen würde.

»Nicht einmal von einem Sturm hat er sich abhalten lassen«, murmelte ich, ließ die Hände sinken und lachte. »Das sieht ihm ähnlich.«

»Ihr seid beide halsstarrig«, sagte die Skuld. »Und beide glaubt Ihr schnell, dass alles gut werden und Ihr glücklich leben werdet bis ans Ende Eurer Tage.«

Ihre Stimme klang belegt.

Voll Trauer.

Ich stand auf, meine Gliedmaßen zitternd vor Erschöpfung. »Ich werde für unser Glück sorgen.«

»Werdet Ihr das, Königin?«, fragte die Skuld und wies auf die Meerenge hinaus.

Ich sah hin. Grim heulte auf.

Zunächst erkannte ich nichts. Nur noch einen öligen Film, der festklebte auf dem Eis, der die Luft durchdrang, der dünn war, dünner als Wasser, dünner als das schwächste Eis.

Und dann, dann sah auch ich es.

Mehr stieg auf, mehr von dem öligen Rauch. Er zog aus den Fabriken vom Festland heran, aus den Minen, aus den Kaminen der Stadt und den Holzöfen in den Dörfern, aus den Köhlereien im Norden.

Er stieg auf und legte sich auf das Eis. Noch war er dünn, nicht mehr als ein Film. Aber er wuchs, wuchs so schnell.

Und ich spürte das Eis wieder zittern.

Ich spürte das Eis wieder brechen.

Von der Burg bis zur Stadt lief ein Riss durch das Eis.

Unter dem Schlitten meines Mannes her.

Unter den Füßen meiner Schwester.

Denn da war sie. Ich konnte sie spüren, ihre Schritte auf dem Eis. Ich erinnerte mich mit einem Mal, wie sie klangen. Mit vielen anderen Menschen ging sie über das Eis, kam von der Stadt aus. Sie zogen Schlitten hinter sich her, Schlitten voll mit Medikamenten, mit Stoffen, mit Fleisch und Kartoffeln und Kohl und Öl und Tran.

Der Wind trug mir ihre Worte zu. »Es eilt!«, rief sie laut, mit ihrer glockenhellen, wunderschönen Stimme. »Seit über einem Jahr hat den Norden kein Schlitten mehr erreicht, und mein Neffe ist krank!«

Ich hörte ihre Stimme so laut und deutlich, als stünde sie neben mir, während sie sich auf einen der Schlitten schwang, auf einen der schweren Schlitten. »Los! Eilt euch!«

Da kam sie, eingewickelt in einen warmen neuen Mantel, mit einem leuchtend roten Schal. Sie trug schöne neue Stiefel.

Sie hätte wissen müssen, dass das Eis nicht stark genug war.

Sie wusste es.

Aber sie überquerte es trotzdem.

Es war so schön, sie zu sehen. So schön, dass mir ein schmerzhafter Stich ins Herz fuhr. Ich konnte sie nicht berühren. Ich konnte nicht mit ihr sprechen. Ich kannte nicht einmal mehr den Namen, mit dem sie mich angesprochen hätte.

Immer dichter wurde der Rauch. Wuchs wieder heran zu einer öligen Masse. Der Giftgeist erstarkte aufs Neue.

Nur wenige Minuten hatte er gebraucht.

So mächtig war er schon.

Ich starrte ihn an, den Giftgeist, der sich vor meinen Augen über das Eis ausbreitete. Der wieder schwer auf ihm zu wiegen begann, so schwer, dass das Eis zu brechen begann.

»Man kann ihn nicht töten«, sagte ich.

Die Skuld schüttelte den Kopf. »Nicht, solange er weiter gefüttert wird. Solange er sich überfrisst.«

Sie sah ihn an mit ihren hellen blauen Augen. Ihr scharfer Blick reichte weit hinaus. »Immer weiter wird er gefüttert werden, sich immer weiter überfressen.«

Ich legte ihr eine Hand auf die Schulter. »Schau nicht in die Zukunft. Schau ins Jetzt.«

Dann lockerte ich meine Schultern. »Du hast deine Schneekönigin wieder.«

Wieder rotierte ich die linke Hand. Sammelte den Wind.

»Was wollt Ihr ausrichten?«, fragte die Skuld.

»Ich werde meinen Sohn retten«, sagte ich. »Deshalb bin ich hergekommen.«

Auch mein rechtes Handgelenk begann sich zu drehen. Ich schloss die Augen.

»Dann lasst mich Euch helfen, nun, da Ihr entschlossen seid«, sagte die Skuld. »Lasst mich Euch Wissen geben: Das Wissen darum, wer Ihr seid und was Ihr vermögt.«

Ihre Worte formten sich hinter meinen geschlossenen Augen zu Visionen. Waren es Erinnerungen oder Prophezeiungen? Oder bloß Bilder, Momente, Lügen?

Oder waren es Möglichkeiten?

Denn vor meinem geistigen Auge sah ich die Schneekönigin. Flügel breiteten sich auf ihrem Rücken aus. Flügel aus Eis. Mächtig waren sie und gehörten zu einem mächtigen Geschöpf. Die Schneekönigin verwandelte sich.

Und da flüsterte die Skuld mir Worte zu. Sie sang mir ein Lied.

Es war das Lied der Schneekönigin. Doch nun, da die Skuld sie mir erklärte, begriff ich zum ersten Mal, was die Worte in der fremden Sprache bedeuteten.

Was sie waren.

Ein Zauber. Ein Zauber in der Sprache von Eis und Schnee.

Ich begann sie zu singen. Sang sie dem Eis zu, in seiner Sprache. In donnerndem Knacken, in sanftem Wogen, in mächtigem Pflug durch kaltes Wasser.

Während ich sang, raste mein Mann im Schlitten über das Eis.

Lief meine Schwester ihm entgegen.

Lag mein Sohn an seiner Brust.

Der Giftgeist aber nahm weiter Gestalt an, legte sich schwer auf das Eis und vergiftete die Luft, verklebte uns die Ohren und Finger, uns und den Bäumen, ihre Knospen und Äste.

Der Wind hob mich in die Luft. Das Eis fuhr in meine Schulterblätter, während ich sang, und wuchs, wuchs und wuchs heran zu breiten Flügeln, glitzernden Flügeln.

Singend flog ich den Berg hinab zur Meerenge. Ein Drache aus Eis und Schnee.

Unermesslich groß war die Macht, die mich durchströmte, als ich durch die Luft schoss, in der Gestalt des Drachen aus Eis, mit glitzernden Schuppen und mächtigen Schwingen. Ich war die Königin über dieses Reich, und kein Giftgeist würde mir die Herrschaft streitig machen. Hart wie Eis war meine Entschlossenheit, kalt wie Schnee meine Wut.

Und Eis und Schnee begleiteten mich, als die Schneekönigin den Berg hinunterkam, zum ersten Mal seit vielen, vielen Jahren.

Ich schoss hinab, bis ich über der Mitte der Meerenge schwebte, über der öligen, schweren, giftigen Masse.

Mit ausgebreiten Flügeln, im Herzen eisiger Kristalle, schwebte ich über dem Eis.

Unter mir rasten sie dahin, auf ihren kleinen, winzigen Schlitten. Wie Spielzeug sahen sie aus von hier oben, ihre Schlitten und ihre Hunde, ihre Kohle und ihre Nahrung, die Menschen, die dort rannten und fuhren und sich auf das Eis hinauswagten, das Eis, das ihnen unter den Füßen wegbrechen würde.

Sie alle würden im eisigen Wasser ertrinken. Es würde ihnen die Lungen füllen, bis sie erstickten.

Und ich wüsste, ich würde es spüren können, nun, da das Eis zu mir gehörte und das kalte Wasser. Wie es in ihre Körper eindrang, wie es ihnen in die Lungen schoss, wie es ihnen den Atem nehmen würde, noch bevor ihr Herz stillstand, sodass sie jeden unerträglichen Moment ihres Todeskampfs unter unermesslichen Schmerzen erleben würden.

Ein schrecklicher Tod.

Ich breitete wieder die Arme aus. Griff zu mit einer klauenbewehrten Hand, mit meinen Fingern. Sandte singend Eis hinunter, Eiskristalle, um die Meerenge zu stärken, die Risse zu stopfen.

Sie schossen hinab.

Der Giftgeist bäumte sich auf. Er verschluckte das Eis. Durch seinen öligen Rauch konnte ich nicht erkennen, wohin die Kristalle flogen. Durch den klebrigen Film hindurch konnte ich es nicht mehr spüren.

Noch weiter streckte ich die Arme aus. Dieses Mal sammelte ich nicht den Wind, nicht das Eis.

Stattdessen rief ich ihnen zu, während sie mich umfingen, die eisigen Böen, die Eiskristalle, die Schneeflocken. *Kommt! Auf, auf in den letzten Kampf!*

Ich begann mich zu drehen. Um die eigene Achse, hoch oben in der Luft. Die Handflächen streckte ich nach unten aus.

Kommt zu mir, rief ich. *Steht eurer Königin zur Seite! Singt mit mir!*

Das Eis bebte.

Das kann Euch das Leben kosten, Königin!, wisperte der Wind, flüsterte das Eis. *Tut es nicht!*

Ich will es wagen! Kommt, steht mir zur Seite!

Eine Stimme wie knarzende Stämme, wachsende Stängel und spitze Äste, die achtlosen Menschen die Haut aufschnitten, ertönte.

Tut es nicht, Königin. Ihr seid eine von uns.

Das war die Stimme der Eschenfrau.

Vor mir nahmen die Eiskristalle Gestalt an. Die Gestalt von Blumen. Von Eschen. Von Männchen mit Laternen und einem nackten Baumstumpf und einem Mädchen auf einem Pferd. Von einer alten Frau.

Helft mir, rief ich. *Hindert mich nicht. Retten wir, was mir lieb und teuer ist, dann helfe ich auch euch!*

Ich drehte mich immer schneller. Der Wind zerrte an mir. Meine Klauen lösten sich auf. Mein Körper wurde zu Eiskristallen.

Langsam änderten sie ihre Form, als sie nach und nach nickten, eine nach der anderen. Die Irrwische, die Eschenfrauen, die Bachpferde. Als sie mein Lied zu singen begannen, ein großer Chor aus Eis.

Als sie zu Rosen wurden.

Schönen, wehrhaften Rosen.

Unter mir wand sich der Giftgeist.

Unter ihm knackte das Eis.

Dann brach es.

Die Eisschollen auf der Meerenge brachen entzwei.

Die Rosen schossen hinab, bohrten sich in den Giftgeist. Sie bahnten mir einen Weg.

Ich stürzte mich hinab.

Auf den Spalt zu.

KAPITEL FÜNFZEHN

MAMA

Niemals soll solch ein Sturm über dem Eis gewütet haben wie an diesem Morgen nach der Mittwinternacht, so erzählten es sich später die Menschen im Norden.

»Weil niemand das Lied der Schneekönigin gesungen hatte«, sagten einige von ihnen, denn sie erinnerten sich nicht, dass Agnes es gesungen hatte am Fjordufer, die Hand um den Anhänger geschlungen, den ihr Frieda vor vielen Jahren zu ihrer Handfeste geschenkt hatte.

Wer sollte sich auch erinnern? Sie war ja allein gewesen, und nur ich hatte sie gehört in jener Nacht.

Hatte Agnes das alles gewusst? Oder doch wenigstens vermutet? Dass ich mich auf eine Reise gemacht hatte, die mit einer Krönung enden würde?

Wer weiß.

Und ohnehin endet keine Reise mit einer Krönung.

Sie endet mit dem Tod.

Ich stürzte mich hinab, den Weg entlang, den die Rosen mir durch den Giftgeist gebahnt hatten. Ich raste das Eis entlang, schneller noch als auf Schlitten, auf Schlittschuhen, schneller sogar als der Wind.

Auf den Spalt zu, der die Eisschollen auseinandertrieb.

Auf der einen Seite stand mein Mann mit unserem Sohn, unseren Hunden. Nordwind heulte laut auf, als ich an ihr vorbeistob.

Auf der anderen Seite näherten sich die Schlitten aus der Stadt, angeführt von meiner Schwester.

Sie hechtete vom Schlitten herunter und rannte die letzten Schritte auf den Spalt zu.

»Kay!«, schrie sie. »Wo ist Greta?«

Auch er sprang herab von seinem Schlitten, Unik noch immer fest im Arm. »Sie ist den Berg hinaufgegangen! Ich hab Unik hier, Unik ist krank!«

»Reich ihn rüber!«

Sie streckte die Arme über den Spalt aus.

Er tat es ihr gleich.

Beinahe berührten sich ihre Hände.

Aber nur beinahe.

»Du musst ihn zu mir werfen!«, rief Ida.

»Bist du wahnsinnig?«, schrie Kay.

Immer weiter drifteten die Eisschollen auseinander. Schon trennte sie ein weiterer Meter. Und noch einer.

Ich schoss in die Höhe.

Und dann stürzte ich hinab.

Mit einem mächtigen Platschen durchstieß ich die Wasseroberfläche.

»Was war das?«, schrie jemand, der mit Ida aus der Stadt gekommen war.

Aber auch sie hatte keine Ahnung.

Niemand von ihnen hatte eine Ahnung. Niemand sah genau genug hin.

Doch, einer tat es. Auf seine Weise.

Mein Sohn.

Das weiß ich nun.

Ich wusste es nicht, während das Wasser mich umschloss. Während es mich in sich aufzusaugen versuchte. Während es mir zuflüsterte.

Werde ein Teil von uns.

Lös dich in uns auf.

Zusammen sind wir mächtig.

So viel mächtiger.

So mächtig war es, das Meer. Es durchflutete mich, blendete mich. Nicht einmal ich konnte ihn fassen, den Meergeist.

Die Meerkönigin.

So mächtig war sie, mächtig wie die Erdkönigin.

Ich spürte sie. Wie sie mich umgab. Mich in ihre Hände nahm. Mich an sich zu ziehen versuchte.

Ich trat aus. Stieß mich mit mächtigen Flügelschlägen wieder hinauf. Mein Kopf brach durch die Wasseroberfläche.

Nie werde ich wissen, was sie sahen, als ich das tat, Ida und Kay, Unik und die Menschen aus der Stadt. Es blieb keine Zeit, sie zu fragen.

Wieder streckte ich beide Arme aus.

Helft mir!, bat ich noch einmal.

Die Rosen schossen herab. Sie bohrten sich in meine Hände, die rechte und linke.

Ich schrie auf vor Schmerz. Dass sogar Eis noch Schmerz empfinden konnte, das hatte ich nicht erwartet. Die Rosen verwandelten sich. Streckten meine Arme. Griffen nach den Rändern der Eisschollen.

Wir konnten sie nicht erreichen.

»Mehr!«, rief ich, während mir schwarz vor Augen wurde. »Weiter!«

Sie folgten meinem Ruf. Mehr und mehr Rosen bohrten sich in meinen Körper. Wasser quoll aus meinen Händen, meinen Armen, meinen Klauen.

Wasser.

Blut.

Es spritzte aus den Wunden hervor, die die Rosen in meinen Körper trieben, bevor sie mich wachsen ließen, weiter und weiter wachsen.

»Helft mir!«

Die nächste Rose bohrte sich in meinen Mund. In meine Zunge. Sie blühte auf in meinem Mund. Verstopfte ihn mir.

Ich brüllte vor Schmerz.

Dann schmolz sie.

Und das Wasser trug meinen Ruf weit hinaus, den Berg hinauf.

Hilfe!

Sie kamen. Kristalle aus Eis und Wasser, aus Eis und Blut. Sie regneten herab auf meinen Körper, hinab auf den Spalt, bis ich weit genug gewachsen war, endlich weit genug.

Ich griff zu. Trieb die Krallen in die eine Eisscholle, meine Hand in die andere.

Meine Hand brach. Die Finger verwandelten sich in Rosen, fünf dornige Rosen.

Ich rammte sie in die Eisscholle.

Dann begann ich zu ziehen.

Und ich rief den Eisschollen zu:

Helft mir! Hindert mich nicht!

Rosen blühten auf meinem Kopf, auf meinen Armen, auf dem Eis wie Wasserblumen.

Eine Brücke entstand auf der Meerenge. Eine Brücke aus Wasserrosen.

»Was geht hier vor?«, hörte ich jemanden rufen.

Einen Mann.

Das war Kay.

Mein Mann.

»Mama«, sagte eine andere Stimme.

Unik.

Das war Unik.

Mein Sohn, Unik!

»Los! Komm rüber!«, rief eine dritte Stimme.

Meine Schwester. Ida.

»Mama«, sagte mein Sohn.

Ich spürte, wie mein Mann ihn hinübertrug. Wie er ihn meiner Schwester übergab, die ihn fest in die Arme nahm.

Er ist sicher, dachte ich. In diesen Armen ist er sicher.

Immer mehr Wasser spritzte aus mir heraus. Blut. Mein Blut füllte die Meerenge.

Ich schloss die Augen, meine Augen, die auch zu Rosen geworden waren, zu wunderschönen eisigen Wasserrosen.

Gut gemacht, flüsterte das Meer. Raunte seine Königin. *Du kannst nun schlafen. Du kannst zu einer von uns werden. Du kannst mächtiger sein als jemals zuvor.*

Das klang verlockend. So verlockend.

Wie aus weiter Ferne hörte ich Stimmen. Kufen. Tritte.

Und dann ein Lied.

Jemand sang ein Lied.

Eine Kinderstimme. Unik sang.

Das kannte ich doch …

Es war mein Lied! Das Lied der Schneekönigin.

Nein, dachte ich. Nein, ich kann nicht zu Wasser werden.

Ich bin die Schneekönigin.

Ich gehöre nicht ins Meer. Ich gehöre zum Ewigen Eis. Ich bin Herrin im Norden.

Ich gehöre zu meinem Sohn.

Mit aller Macht versuchte ich, dem Wasser zu entkommen. Versuchte, die Flügel zu spreizen.

Stimmen. »Was tust du da, Kay?«, schrie Ida. »Komm zurück! Die Brücke wird nicht mehr lange halten. Das Eis zittert schon!«

»Ich gehe nicht ohne sie!«, rief Kay. Mit donnernden Schritten lief er über die schmelzende, brechende Brücke, über das zitternde, zitternde Eis.

»Kay!« Ida wich zurück, während das Eis unter ihren Füßen brach, während meine Flügel sich immer weiter spreizten. »Kay, das ist Wahnsinn! So einen Sturm haben wir noch nie erlebt!«

»Geh!«, erwiderte er. »Bring Unik in Sicherheit.«

Dann rannte er weiter. Er sprang auf den Schlitten, griff nach den Zügeln und rief Nordwind zu, sie möge sich eilen.

»Ich komme mit ihr nach!«, rief er.

»Kay, nimm mich mit!«, schrie Ida und rannte ihm hinterher. »Nimm mich mit!«

Aber da spreizten sich meine Flügel. Sie durchstießen die Wasseroberfläche. Mit einem mächtigen Satz schoss ich aus der Meerenge, und die Brücke brach unter ihren Füßen. Sie stolperte rückwärts, dann rannte sie, Unik an sich gepresst, zu ihrem eigenen Schlitten und sprang auf. »Fahrt um euer Leben!«, rief sie. »Zurück zur Stadt!«

Sie preschten davon. Sie mit meinem Sohn in die sichere Stadt, der immer noch mein Lied sang.

Und Kay mit unserem Schlitten, unseren Hunden Richtung Burg.

»Niemals wieder«, schwor er sich laut. »Niemals wieder will ich es vergessen!«

Was vergessen, wollte ich fragen.

Er raste über das knackende Eis. »Greta«, flüsterte er. »Greta, ich habe dich gesehen! Ich komme!«

Greta.

Das war mein Name gewesen.

»Ich liebe dich«, flüsterte er, als wüsste er, dass ich ihn hören konnte.

Dieser Mann liebte mich.

Das war mein Mann.

Der Mann, den ich liebte.

Wild schlugen meine Flügel aus, als ich in die Lüfte schoss. Es hob mich in die Höhe, dieses Gefühl. Es ließ das Wasser gefrieren in der kalten Luft des Nordens, der wunderschönen, frischen, kalten Luft meines Reiches. Der Wind fuhr mir unter die Flügel, während ich hinaufstob.

Von hier aus sah ich, wie mein Sohn in den Armen meiner Schwester die Stadt erreichte.

Wie mein Mann den Schlitten über das Eis und das Ufer zur Burg hinaufjagte.

Ich lachte.

Lachte so laut, dass die Eiskristalle zerbarsten, dass die Wolken sich schüttelten.

Lachte so laut, dass es zu schneien begann an diesem Morgen nach Mittwinter.

Dicke, weiche Flocken.

Wunderschöne Flocken, die sich auf meine Wunden legten. Gefroren. Meine Wunden heilten.

Ich tanzte durch die Luft, als wäre ich wieder ein kleines Mädchen. Pirouetten, Sprünge, Sätze. Ich tanzte und flog, und mit mir tanzte der Wind, mein Nordwind.

Dann stürzte ich mich hinab.

Hinab zum Schlitten meines Mannes.

VIERTER TEIL

»Ist dir immer noch kalt?«, fragte die Schneekönigin und küsste Kays Stirn. Brr! Ihr Kuss war kälter als Eis. Er fühlte es bis tief hinein in sein Herz, das schon zur Hälfte zu einem Eisbrocken erstarrt war. Einen Moment lang glaubte er, er müsse sterben.
Aber nur einen Moment lang. Dann fühlte er sich ganz wohl und bemerkte die Kälte nicht mehr.
»Du kriegst jetzt keine Küsse mehr«, sagte die Schneekönigin. »Sonst küsse ich dich noch zu Tode!«
Kay schaute sie an. Sie war wunderschön. Ein klügeres, schöneres Gesicht hätte er sich auch in seinen wildesten Träumen nicht vorstellen können. Sie schien nicht länger aus Eis zu bestehen, nicht so, wie sie ausgesehen hatte, als sie ihm durch sein Fenster zugewunken hatte. In seinen Augen war sie makellos, und er hatte keine Angst mehr.

Hans Christian Andersen,
Die Schneekönigin

KAPITEL SECHZEHN

DER KUSS DER WAHREN LIEBE

War ich jemals glücklicher als in jenem Moment? Als ich mich neben meinen Mann zu seiner Rechten auf den Schlitten sinken ließ, mit meinen schönen Flügeln, meinem glitzernden Kleid?

Kay stieß einen schrillen Schrei aus, als ich mit einem Mal zu seiner Rechten auftauchte. Beinahe wäre er gestürzt. Er klammerte sich am Schlitten fest, um nicht hinunterzustürzen.

Mit der linken Hand fing ich die Zügel. Die rechte Hand, auf der ihm abgewandten Körperseite, fing einige Kristalle auf. Mit einer schnellen, ausladenden Handbewegung warf ich sie vor uns auf den Boden, sodass ein breiter Pfad für uns und den Schlitten entstand.

»Greta!«, rief er. Und dann sagte er nichts mehr. Er blieb einfach stumm und starrte mich an, voll Wunder.

Ich lächelte. »Komm«, sagte ich. »Ich muss dir etwas zeigen, bevor wir zu Unik zurückkehren.«

Dann schnippte ich mit den Fingern und rotierte die linke Hand.

»Greta«, sagte Kay und streckte die Hand nach mir aus. »Ich dachte, du bist tot!«

Da ergriff uns der Nordwind: den Schlitten, die Hunde. Mein Mann stieß einen wilden Schrei aus, als er uns in die Lüfte hob. Hastig klammerte er sich mit beiden Händen noch fester an den Schlitten, während wir durch die Lüfte flogen. Die Hunde jaulten auf vor Erstaunen.

Ich warf den Kopf in den Nacken und lachte laut auf, während der Wind uns davontrug. »Auf, auf!«, rief ich dem Nordwind zu. »Immer den Berg hinauf!«

Und so flogen wir hinauf, wir und die Hunde, die mit ihren Pfoten über den Wald tänzelten, der mir so viele Prüfungen auferlegt hatte, einfach hinweg über die Hochebene, hinweg über die Schlucht und hinauf zu meinem Schloss.

Burgherrin war ich einmal gewesen.

Nun war ich Königin.

Mein Mann sah sehr blass aus, als er vom Schlitten stieg, nachdem ich den Nordwind gebeten hatte, uns sanft hinunterzulassen, am Ende der Rampe, neben einem kleinen schwarzen Punkt, der sich bald als Grim herausstellte, der Luchs, dessen Obhut der Palast unterlag.

Die Hunde strauchelten nach der Landung, taumelten und betrachteten den Boden unter ihren

Pfoten noch misstrauisch. Nur Nordwind, die Leithündin, wedelte schon mit dem Schwanz und bellte freudig. Grim näherte sich uns langsam, die Ohren neugierig aufgestellt. In seinem Maul hielt er mein Bündel, das ich vor meiner Verwandlung im Thronsaal abgestellt hatte. Von der Skuld war nichts zu sehen.

»Greta«, sagte Kay wieder. »Wo sind wir hier? Was ist das für ein Luchs?«

Da war er wieder: mein Name. Greta. Ich hörte ihn, ich wusste, dass er mir gehörte, doch es fühlte sich nicht so an.

»Greta«, sagte ich leise. »Greta. Was für ein schöner Name.«

»Dein Name«, sagte Kay vorsichtig. »Das weißt du doch, oder?«

Ich beugte mich hinab zu Grim, nahm ihm mein Bündel aus dem Maul. Langsam öffnete ich es. »Ich wusste es einmal«, sagte ich. »Ich habe ihn verschenkt.«

»Wie kannst du deinen Namen verschenken?«, fragte Kay.

»Das sind doch meine Sachen, oder?«, fragte ich ihn, während ich das Bündel durchwühlte. »Dieses Bündel hat einmal Greta gehört.«

»Dir hat es gehört«, sagte er. »Du musst dich doch daran erinnern!«

Langsam schüttelte ich den Kopf. Da stieß ich auf etwas Weiches. Ganz tief unten, auf dem Boden des

Bündels. »Was ist das?«, murmelte ich und zog eine Puppe in Form einer Krähe hervor.

Während ich sie ansah, durchzuckte es mich warm wie Feuer:

Viel Liebe, Mama.

Zu viel Liebe!

Niemals zu viel Liebe.

»Mama«, flüsterte ich.

Ich erinnerte mich, wie ich meinen Sohn am Fjord an mich gedrückt hatte. Wie Agnes auf der Türschwelle der Burg stand. Sie rief meinen Namen. Sie zögerte. *Da ist ein Geschenk in deinem Bündel. Er sagte, solange sie bei dir ist, seist du sicher.*

Und dann hatte sie gerufen:

Auf, auf, Greta! Immer den Berg hinauf!

Und ich war gegangen. Den ganzen Berg war ich hinaufgestiegen, um meinen Sohn zu retten.

Ich drückte die Puppe an meine Brust. Und ich hatte ihn gerettet. Mein Mann und ich hatten ihn gerettet.

Tränen stiegen mir in die Augen, als ich die Rabenpuppe an meine Brust drückte, so fest, wie ich meinen Sohn an mich gedrückt hatte am Ufer des Fjordes.

»Greta«, sagte Kay. »Erinnerst du dich?«

Greta. Das war mein Name. Das war die Frau, die ausgezogen war, um ihren Sohn zu retten. Ohne Furcht. Ohne zu zögern. Unter dem Schutz einer Rabenpuppe. Der es gelungen war.

Ich weinte vor Glück, und ich lachte auch. Die Erinnerungen kehrten zurück, Erinnerungen, die schon so blass geworden waren, an mein Leben vor dem Wald, vor der Krone, an Kay und Unik, an Ida und Agnes, an Frieda, meine Mutter und Vater, meine Großeltern. An die Burg, an die Raben, an Märtha, an die Dörfer die Schlitten, die Hunde, die Winterstraße! »Ja«, sagte ich, die Stimme belegt vor Glück, »ja, ich erinnere mich! Zum Glück. Beinahe hätte ich mich verloren!«

»Worin?«, fragte Kay mit mehr Kraft in der Stimme, mit mehr Sorge. »Greta, was geht hier vor?«

»Ich zeige es dir«, sagte ich, während ich mich aufrichtete, denn ich wusste nicht, wie ich es ihm sonst erklären sollte. »Die Hunde werden einen Moment lang ohne uns zurechtkommen.«

So ging ich voran zum Palast, streckte die rechte Hand aus und steckte den Schlüssel ins Schloss. Die hohen Torflügel öffneten sich mit einem angemessen königlichen Geräusch, und wir schritten beide hindurch. Grim folgte uns.

Mit großem Vergnügen sah ich, dass Kay aus dem Staunen nicht mehr herauskam, während er die lange, hohe Halle durchschritt.

Und auch ich sah sie wieder wie zum ersten Mal. Die Reliefs an den Wänden, die mir vorher nur wie Striche und Punkte erschienen waren, erkannte ich nun tatsächlich als Karten, als Messdaten. Es ging um den Stand des Meeresspiegels, um die Dicke des Eises, über viele Jahre nachverfolgt, eingeritzt in diese Wände aus ewigem Eis.

Endlich konnte ich lesen, was dort stand.

Das Eis wird dünner.

Jedes Jahr dünner.

Mir zog sich einen Moment lang das kalte Herz zusammen.

Dann schaute ich wieder meinen Mann an. Die Begeisterung, der Siegestaumel begannen schon zu versiegen. Es war Zeit, ernsthaft zu sprechen.

Als wir den Thron erreichten, drehte ich mich um und breitete beide Arme aus. Grim kam zu mir, stellte sich an meine Seite. »Das ist er. Mein Palast.«

»Dein Palast?«, keuchte Kay und streckte die Hand nach mir aus. »Greta, mein Liebes, mein Schatz, du bist am Leben, du …«

Da zögerte er, seine Hand nur eine Fingerlänge von meinem Gesicht entfernt. »Du bist doch am Leben?«

»Ich trage die Krone der Schneekönigin«, sagte ich. »Ich bin den ganzen Weg hinaufgekommen, um auf ihrem Thron zu sitzen. Um euch zu retten.«

Er starrte mich an. »Ich kann es nicht glauben.«

»Du siehst es vor dir«, antwortete ich. »Sieh einfach hin.«

Er nickte, aber blieb stumm.

Ich hielt die Stille aus.

Ich kannte doch meinen Mann, den Eiligen, den Arzt, der mit mir in den Norden gezogen war, weil er es nicht hatte aushalten können in Esnedo, nicht einen Moment länger.

Er straffte die Schultern. »Ich wusste, ich konnte dich nicht zurücklassen. Deshalb bin ich umgekehrt.«

Ich nickte.

»Ich will dich nie wieder zurücklassen, Greta«, sagte er eindringlich. »Ich war blind vor Angst und Sorge um Unik.«

»Ich doch auch«, antwortete ich. Mein Herz, mein kaltes Herz, es schlug. »Aber ich kann nicht in die Stadt ziehen, Kay. Ich kann nicht an deinem Herd sitzen und auf deine Rückkehr warten, Tag für Tag. Es gibt viel zu tun. Der Giftgeist muss bekämpft, das Eis gerettet werden.«

Er nickte heftig. »Ich kann es nicht fassen. Dass das hier alles wirklich ist. Ich war so zornig auf dich, als ich dachte, du wärst in den Wald gegangen und dort umgekommen auf eine schreckliche Weise, auf der Suche nach einem Ammenmärchen …«

Er verstummte. Wischte sich mit der Hand über die Augen. Die Tränen glitzerten auf seinem Gesicht, schön wie Eiskristalle. »Ich war so zornig, weil ich wusste, ohne dich würde ich nie wieder glücklich sein.« Er wandte sich mir zu. »Ich dachte, ich hätte dich für immer verloren, Greta. Der

Gedanke war unerträglich. Wäre Unik nicht gewesen, ich wäre dir gefolgt.«

Ich trat auf ihn zu. »Ich bin ja da. Ich bin da, mir geht es gut, und Unik ist sicher.«

Er wischte sich mit einem Lächeln die Tränen ab. »Ja, das ist er. Das bist du. Ich kann es immer noch nicht glauben, Greta …« Wieder sah er sich um. Dann schlang er die Arme um den fröstelnden Oberkörper. »Aber hier können Unik und ich leider nicht leben. Es ist doch ein bisschen kalt.«

Ich lachte. Er machte mich so glücklich. »Ich komme jeden Abend heim. Lasse die Krone am Abend hier«, schlug ich vor. »Und wir kehren auf die Burg zurück. Vielleicht kann ich die Winde besänftigen, genug für einen Schiffsverkehr.«

Er nickte.

Ich streckte die Hand nach ihm aus.

Dann zögerte ich.

Auch er musste es bemerkt haben. »Was ist?«

Ich sah ihm in die Augen. Wenn ich die nächste Frage stellte, wollte ich die Antwort wissen?

»Was ist denn, Liebes?«, fragte er wieder und nahm meine Hand in seine.

Wieder blieb ich stumm. Ich musste fragen, wollte die Antwort aber nicht wissen.

»Ich will dich nicht hetzen«, sagte er, und da blitzte sein trockener Humor auf. »Aber deine Hände sind sehr kalt.«

Da lachte ich. Sein Scherz löste meine Anspannung. »Ich dachte … Ich habe … Die Naturgeister hier, sie haben behauptet, du und Ida …«

»Ich und Ida?«, antwortete er verblüfft. »Ich und Ida was?«

Ich war zu verlegen, um weiterzusprechen.

Er begriff trotzdem. Ihm entgleisten die Gesichtszüge. »Du glaubst, dass ich dich mit deiner Schwester … Dass ihr Kind … Greta, um Gottes willen!«

Ich zuckte zusammen. Er schüttelte wieder heftig den Kopf. »Glaub mir, da gibt es nichts, worum du dich sorgen müsstest. Rein gar nichts. Sie wollte dir nicht sagen, wer der Vater ist, weil …« Er schüttelte lächelnd den Kopf. »Es ist der Bergmann. Der Junge, mit dem du damals zusammen warst, kurz, bevor wir uns kennengelernt haben. Es ist ganz und gar albern, wirklich! Aber sie dachte, es bricht dir das Herz.«

»Was? Aber das ist Jahre her!«

Kay schüttelte den Kopf, als er auch meine zweite Hand in seine nahm und mir in die Augen sah. »Greta, ich will nur dich.«

Die Erleichterung ließ mich laut laut auflachen. Der Bergmann! Das war also des Rätsels Lösung! »Wir waren beide blind vor Angst und Sorge, nicht wahr?«

»Das waren wir wohl«, antwortete er und rückte näher. Schon spürte ich seinen warmen Atem auf meinem Gesicht.

Heiß wie Feuer war er auf meiner kühlen Haut.

Ein wohliger Schauer durchlief mich.

»Wir haben noch viel zu lernen«, sagte ich und kam ihm noch ein Stück näher.

»Noch sehr viel«, antwortete er. »Und viel zu besprechen.«

»Später«, hauchte ich, als unsere Lippen sich schon beinahe berührten.

»Später«, flüsterte er.

Dann küsste er mich.

Die Schneekönigin küsste ihren Prinzgemahl, die Burgherrin ihren Mann, Greta ihren Geliebten.

Es war der Kuss der wahren Liebe.

Und wenn sie nicht gestorben sind, dann leben sie noch heute.

So enden doch Märchen, oder?

Nicht immer. Und nicht schon immer.

Während ich meinen Mann küsste, voller neu entfachter Liebe und Leidenschaft, bemerkte ich zunächst nichts.

Und auch er bemerkte es zu spät.

Wie schwer es ihm fiel, zu atmen.

Er stieß mich von sich.

Überrascht machte ich einen schnellen Schritt zurück. »Kay?«

Auch er stolperte rückwärts. Er hielt sich beide Hände an die Kehle. Seine Augen waren geweitet, geweitet vor Unverständnis, vor Panik, vor Angst.

»Greta«, flüsterte er. »Mir ist so kalt!«

Dann sank er auf die Knie.

Ich stürzte zu ihm. Sein Gesicht wurde bleich, wurde blau.

»Nein!«, schrie ich. »Nein, nein, nein!«

Dieses Mal waren es Schreie der Verzweiflung.

Ich griff nach ihm, nach seinem Gesicht, wollte ihn anfassen, wollte ihn in die Arme nehmen, ihn wärmen, seinen Herzschlag spüren.

Aber überall, wo ich ihn berührte, gefror seine Haut zu Eis.

Kay kippte zur Seite. Ich fing ihn auf, ließ ihn dann panisch wieder los. Er stürzte. Hart schlug sein Körper auf dem eisigen Boden auf. Dort lag er nun, seine Gliedmaßen zuckten. Zuckten von dem Eis, das sich langsam über seinen Körper ausbreitete, immer weiter. Er drehte sich um, versuchte, davonzukriechen.

»Hilfe!«, keuchte er. »Hilfe!«

Ich spreizte die Hände, griff mit der Rechten nach dem Eis, dem Eis in seinem Körper.

Es liebte meinen Griff. Angeregt, angefeuert, verbreitete es sich nur noch schneller. Es gefror seine Adern, vertrieb sein Blut. Es brachte seine Beine zum Gefrieren, seine Hüfte, seinen Magen.

»Nein!«, schrie ich. »Halt, halt!«

Das Eis ließ sich nicht aufhalten.

Es packte sein Herz. Seine Lunge.

Kay fiel erneut zu Boden. Mit letzter Kraft drehte er sich um, starrte mich an, voll Horror, während das Eis in seiner Kehle erblühte. Blut lief ihm aus der Nase, dem Mund, den Ohren. Es breitete sich auf dem Boden des Palastes aus.

»Hilf mir«, flüsterte er, bevor es seine Stimmbänder packte.

Sie erblühten weiter, die eisigen Rosen, das Zeichen meiner Liebe, der einzigen Liebe, welche die Schneekönigin einem Menschen zu schenken vermochte.

Sie blühten in seiner Kehle, seinem Mund, seinen Augen.

Seinen blauen Augen, die glasig wurden, noch während Blut aus ihnen lief.

Dann erblühten sie in seinem Kopf.

Und mein Mann erstarrte zu Eis.

Mit einem gellenden Schrei stürmte ich auf ihn zu. Ich zog ihn an mich.

Sein Herz schlug nicht mehr.

Es würde nie wieder schlagen.

Wieder stieß ich ein Brüllen aus. Um mich herum erhoben sich die Eiskristalle. Sie erstanden aus dem Boden, dem blutigen Boden. Rot waren sie, blutrot.

Ich legte beide Hände an meine Krone und versuchte, sie mir vom Kopf zu reißen.

Sie bewegte sich nicht um ein Stück.

Immer stärker riss ich an ihr, zerrte, versuchte sie zu zerschlagen.

Bis ich auf die Knie sank, neben meinem Mann auf die Knie, und beide Fäuste auf den Boden hieb, sodass die blutigen Kristalle sich erhoben, hoch hinauf schossen zur Decke.

»Ihr habt mich ausgetrickst!«, schrie ich. »Nie habt ihr mir gesagt, dass das der Preis ist!«

Niemand antwortete. Nicht die Schäferin, nicht Grim, nicht die Eschenfrau, nicht die Mahr, nicht der Mordling.

Ich legte die Hand auf das Gesicht meines Mannes. An seine wunderschöne Wange. Während die Tränen auf meinem Gesicht gefroren, sobald sie es berührten, fiel meine Hand auf seinen Hals.

Auf die Kette, die er immer getragen hatte.

Auf das silberne Kreuz um seinen Hals.

Und während ich es berührte, bildeten die blutigen Eiskristalle vor meinen Augen Buchstaben. In roten Lettern schrieben sie an die Decke.

In Ewigkeit

Amen

Dann zerstoben sie wieder.

Und ich hörte sie. Während ich sein Kreuz berührte, hörte ich wieder die Gebete, die tagtäglich gesprochen wurden, aus der Ferne, Gebete, die Pfarrer und Diakone murmelten, in ihren Kirchen, mit ihren Gemeinden.

Bewahre uns vor dem Bösen. Bewahre uns vor dem Eis und dem Schnee und der Kälte. Bewahre uns vor der Schneekönigin.

Ich erinnerte mich an die Worte des Priesters, gesprochen zu zwei Kindern auf einem Dorfplatz: *Sie wird bestraft, die Schneekönigin, denn jeder, den sie liebt, wird zu Eis.*

»So?«, rief ich. »So willst du die Menschen bewahren? Indem du sie umbringst, wenn sie mich berühren??«

Es gab keine Antwort.

Nur die Gebete hörte ich, immer wieder und wieder, ein ständiges leises Murmeln.

Beten wollten sie?

Bewahrt werden vor dem Bösen?

Sollten sie doch beten. Und sehen, was es ihnen nützte.

Mit der rechten Hand schuf ich ein Bett für meinen Mann, für die Eisskulptur, zu der er erstarrt war. Ich ließ ihn in die Mitte des Raumes schweben.

Dann machte ich auf dem Absatz kehrt und ging auf Grim zu. Er legte die Ohren an, kauerte sich vor den Thron. »Du glaubst, du kannst mich ungestraft verraten?«, zischte ich.

Er wimmerte, als ich die Hände um seinen Kopf schloss.

Mit einer schnellen Bewegung brach ich Grim das Genick.

»Als Fell wirst du um meine Schultern liegen«, sagte ich, während ich seinen schlaffen Körper fallen ließ. Ich ließ ihn vor dem Thron liegen und schritt zur Wendeltreppe.

Bis zur Spitze des Turmes stieg ich, hoch, hoch hinauf, begleitet von den Kristallen aus Eis und Blut.

Sobald ich vor den Zinnen stand, hob ich die Arme.

Ich schrie nicht mehr. Ich zitterte nicht und bebte nicht.

Genug gezittert.

Genug geschrien.

Ich breitete die Arme aus.

Der Boden erbebte unter meinen Füßen, als die Kristalle sich erhoben.

Scharf waren sie, scharf wie Messer.

Schnell war der Wind, der starke Nordwind.

Ich warf die Arme nach oben. Sandte sie gen Himmel.

Hoch, hoch, hoch hinauf.

Dort sollten sie es sehen, die Priester und Engel, die Naturgeister und die Nornen. Sie sollten ihr Spiegelbild sehen in den Kristallen, die gefüllt waren mit dem Blut meines Mannes.

Und dann sandte ich die Kristalle aus.

Weit sandte ich sie aus, so weit Schnee und Eis und der Wind reichen konnten.

Sie sollten sich in die Augen und Herzen der Menschen bohren und jeder Kreatur, die sie erreichen konnten. Messerscharf, eisig kalt. Tief hinein sollten sie sich graben in ihre weichen, blinden Augen, in ihre kalten, ängstlichen Herzen.

Nie wieder werde ich meinen Sohn im Arm halten.

Nie wieder meinen Mann.

Nur noch das Eis kann ich umarmen, das Eis der Welt, das immer weiter schmilzt, schmilzt wie die Skulptur meines Mannes.

Die Menschen sollen sehen, sie sollen das schmelzende Eis spüren, so wie ich es sehen muss, jeden Tag.

Das soll euer Schicksal sein.

Denn wenn ich nicht gestorben bin,

dann lebe ich noch heute.

EPILOG

Lange schon ist vergessen, was in jener Mittwinternacht geschah. Viel zu lange.

Dabei gab es eine, die die Geschichte erzählte. Zumindest so weit sie sie kannte.

Ida hieß die Frau, die sie erzählte. Sie hatte sicher einmal einen Nachnamen gehabt, aber der ist vergessen worden, so wie auch ihr Name heute ganz und gar vergessen ist, überschattet von dem Mann, dem sie berichten würde, was vorgefallen war.

Am Abend nach der Mittwinternacht, am 22. Dezember 1843, kehrte Ida in ihr Haus in der Stadt zurück. Sie hatte einen Bergmann geheiratet, ebenjenen Bergmann, der vor vielen Jahren ihrer Schwester als junger Frau das Herz gebrochen hatte.

Zufällig hatten sie sich wiedergetroffen, als er zu einer Mittwinterprozession auf der Meerenge gekommen war, Jahre später. Sie hatten ihre Freundschaft erneuert, ohne dass Ida ihrer Schwester davon erzählt hätte, die gerade ihr erstes Kind geboren hatte und dabei beinahe gestorben war.

Sie hielt es so lange geheim, dass sie irgendwann glaubte, der Zeitpunkt sei ganz verstrichen.

Albern erschien ihr das nun, an diesem 22. Dezember 1843, als sie in ihr kleines Haus zurückkehrte und den bewusstlosen Sohn ihrer Schwester auf dem Arm hielt. Der Arzt wartete schon auf sie und verabreichte Chinin. Sie legten das Kind ins Bett. *Die nächsten Stunden werden alles entscheiden,* sagte der Arzt. *Ich bleibe bei ihm sitzen. Ruhen Sie sich aus.*

Sie wollte den Jungen nicht allein lassen, ließ sich aber von ihrem Mann überzeugen, zumindest etwas zu essen.

Also ging sie mit ihm in die Stube hinunter und setzte sich an den großen Tisch vor dem Feuer.

Nur dass daran noch ein weiterer Mann saß. Sie hatte ihn nie zuvor gesehen.

Das ist mein Freund, sagte ihr Mann. *Ein Freund aus Odense, wo wir beide groß geworden sind.*

Der Mann erhob sich. Er hielt den Hut in beiden Händen und deutete eine Verbeugung an. Er trug eine sehr große, sehr rote Feder am Hut.

Ida nickte. Sie setzte sich an den Tisch, und während ihr Mann ihr eilig etwas zu essen brachte, einen warmen Eintopf aus Kohl und Kartoffeln, brach sie in Tränen aus und erzählte die ganze Geschichte. Alles, was geschehen war, von dem sie wusste, seit der letzten Mittwinternacht.

Sie weinte vor Erleichterung, denn noch glaubte

sie, ihre Schwester und deren Mann würden wiederkommen.

Der Gast hörte aufmerksam zu. Er stellte einige Fragen, blieb sonst aber stumm, dankte für das Bier, nachdem sie die Geschichte erzählt hatte, und verabschiedete sich. Damit die gute Frau etwas Ruhe habe, sagte er.

Ich hab ihn nicht nach seinem Namen gefragt, deinen Freund, sagte Ida. Es fiel ihr erst ein, als er schon gegangen war.

Ach, das macht dem nichts, sagte der Bergmann. *Der Hans Christian, der ist ein bisschen sonderbar, der gibt nichts auf Höflichkeiten. Aber ein netter Kerl, wirklich. Kann gut zuhören.*

Dann nahm er sie in den Arm und half ihr ins Bett.

Es dauerte Wochen, bis Ida begriff, dass Greta und Kay nicht zurückkehren würden. Unik war genesen, aber er würde ohne seine Eltern aufwachsen. Und doch hoffte sie noch, entgegen aller Hoffnung.

Erst als sie die Neuigkeiten hörte, dass man eine gigantische Lawine beobachtet hatte, die den Berg hinabgestürzt war und den ganzen Wald und die Burg der Weißen Raben unter sich begraben hatte, am Tag nach dem Mittwinter, während des Sturms, gab sie jede Hoffnung auf.

Also nahmen sie Unik auf, Ida und der Bergmann, und behaupteten, er sei ihr eigenes Kind, damit er keine Scham erfahren musste und kein Leid, damit keine Gerüchte entstanden um seine Abstammung, damit die Kirche ihn nicht verfolgte.

»Unik, das ist ein Nordname«, sagte der Bergmann besorgt. Er war ein guter Mann, er sorgte sich eben. Er wusste, was Kindern geschah, die anders waren als ihre Altersgenossen.

Ida verstand.

»Lass uns ihn nach seinem Vater benennen«, schlug der Bergmann vor. »Zu seinen Ehren. Lass uns ihn Kay nennen!«

Ida nickte. Sie hatte ihren Willen bekommen, als sie ihre Tochter benannt hatten, und sie Gerda geheißen. Erst hatte sie sie Greta nennen wollen, aber dann doch gedacht, dass das ein klein wenig zu viel Verwirrung stiften würde, wenn die Tante zu Besuch kam.

Die Tante, die niemals zu Besuch kommen würde. Ihre Schwester mit ihrem lockigen flammendroten Haar und den schönen, ernsten grünen Augen.

»Kay«, sagte der Bergmann zufrieden und hob den Jungen hoch, der genesen war, Gott sei Dank war er genesen. Stolz schaute er ihn an, voll Glück, einen Sohn sein Eigen nennen zu können. »Er wird unserer Gerda wie ein großer Bruder sein.«

Wieder nickte Ida.

So wuchs Unik, der nun Kay hieß, in der Stadt auf und wurde Gerdas bester Freund.

Kay wuchs zu einem ganz normalen Kind heran.

Ganz normal, bis auf eines.

Jede Mittwinternacht bestand er darauf, früh zu Bett zu gehen.

Niemand wusste, warum, aber Ida und der Bergmann waren erschöpft und deshalb dankbar, dass ihr Sohn sich so vernünftig zeigte.

Also ging er jeden Mittwinter hinauf in seine Kammer, setzte sich auf sein Bett und starrte das Fenster an.

Er wartete.

Und wenn die Kirchenglocken zur Mitternachtsmesse läuteten, begann er ein Lied zu singen.

Er wusste nicht mehr, wo er das Lied gelernt hatte oder was die Worte bedeuteten, nur dass es ihm Kraft und Zuversicht gab, mehr als jedes Lied in der Kirche.

Und während er sang, bildeten sich Eiskristalle an seinem Fenster. Wunderschöne hellblaue Eiskristalle, die sich über das ganze Glas ausbreiteten.

Sie hatten die Form von Rosen. Genau wie die Rosenbüsche, die er und Gerda so gern mochten und die vor ihren Fenstern wuchsen.

Nur dass diese auch im Winter blühten.

Und dann …

Wenn er das Lied zu Ende gesungen hatte …

Dann sah er auf der Scheibe ein Gesicht. Ein Gesicht aus Eiskristallen. Es war das Gesicht einer Frau, und sie lächelte ihn an. Voller Liebe. Voller Schmerz.

Dann hob er die kleine Hand an die Scheibe.

Die Frau lächelte weiter, während ihr Tränen über das eisige Gesicht liefen. Während sich aus den eisigen Rosen eine Hand bildete, auf der Außenseite der Scheibe, als wollte sie seine Hand in ihrer halten.

»Unik«, hörte er stets eine Stimme sagen.

Jede Nacht zum Mittwinter.

Und während er ihre Hand berührte, durch die Scheibe hindurch, während das Lied erstarb, flüsterte er:

»Mama.«

NACHWORT

Hans Christian Andersen wurde im Jahr 1805 im dänischen Odense in große Armut hineingeboren. Seine Entschlossenheit, Autor zu werden und von seiner Kunst leben zu können, verlangt mir auch zweihundert Jahre später noch großen Respekt und höchste Bewunderung ab. Er wusste, was Armut bedeutete – dass er das Risiko auf sich nahm, von seinen Worten leben zu müssen, ist ganz besonders mutig.

1835 erschien seine erste Sammlung von Märchen in Kopenhagen. Seine Bücher waren so erfolgreich, dass Andersen ein komfortables Leben führen konnte, von dem seine Eltern, ein Schuster und eine Wäscherin, nur hatten träumen können.

Iona und Peter Opie, Märchenhistorikerin und Märchenhistoriker, schrieben, Andersen sei der erste Märchenerzähler gewesen, der aus der Arbeiterklasse kam, dort, wo man sich noch mit diesen Geschichten als lebendige Tradition umgab. Das unterscheidet ihn unter anderem von den Grimms.

Seine Märchen dachte sich Hans Christian Andersen selber aus. Die Inspiration dazu – ein anderes Wort für die Geschichten, die man früher gehört und gelesen und geliebt hat und die alle Geschichten, die man selbst schreibt, prägen – soll er von den Märchen bekommen haben, die ihm seine Großmutter und andere alte Frauen erzählten, so sagte es Andersen selbst. Viele von diesen Frauen galten als verrückt.

Das wiederum verbindet ihn mit den Grimms: Auch ihre Märchen stammen von Frauen, allerdings überwiegend von jungen Frauen. Viele von ihnen entstanden an langen Abenden in der Wohnung der Grimms in Kassel. Wenn wir von Autorschaft sprechen, dann sollten wir bei den Grimm'schen Märchen die Namen von Frauen nennen: Marie Hassepflug, Dortchen Wild, Dorothea Viehmann, Annette und Jenny von Droste-Hülshoff.

Mit Ausnahme von Dorothea Viehmann waren es junge Frauen, die ihrer Vorstellungskraft, ihren Wünschen, Ängsten, Nöten und Lüsten freien Lauf ließen, während sie die Märchen erzählten.

Und auch das gilt es immer zu sagen: Die Geschichten, die sie erzählten, stammten aus der französischen Märchentradition, gebündelt von der Baroness d'Aulnoy, Gabrielle-Suzanne Barbot de Villeneuve und vielen weiteren Frauen im Frankreich des ausgehenden 17. und frühen 18. Jahrhunderts.

Auch Andersen erzählte die Geschichten, die ihm Frauen mitgegeben hatte, neu. Frauen, die sich gut in der skandinavischen Erzähltradition auskannten, mit ihren Naturgeistern und Kobolden, ihrer belebten Natur und belebten Objekten. Sie wussten, dass wir der Natur als lebendiges Wesen Respekt zollen müssen.

Ihre Namen sind, soweit mir bekannt, nicht überliefert, obwohl ich sie gern nennen würde. Als Andersen die Geschichten der Frauen neu erzählte, tat er das häufig nicht zu ihrem Vorteil: *Die Schneekönigin* ist dafür ein gutes Beispiel.

Es erschien zum ersten Mal im Jahr 1844. Hartnäckig hält sich das Gerücht, er habe die Schneekönigin, die Bösewichtin, deren Küsse das Herz junger Männer zum Gefrieren bringen, der berühmten schwedischen Opernsängerin Jenny Lind nachempfunden. Die hatte ihm zuvor einen Korb erteilt. Da hatte Hans Christian wohl noch etwas aufzuarbeiten.

Und doch ist es eine Geschichte, die sofort zu packen und zu gruseln vermag. Unzählige von uns werden sich noch an den Schrecken erinnern, den die Geschichte der Schneekönigin und Gerdas Suche nach ihrem besten Freund in uns ausgelöst haben.

Was mir auffiel, als ich das Märchen als erwachsene Frau wieder las, war, wie wenig männliche Figuren darin vorkommen. Eigentlich nur zwei oder drei, wenn man eine Krähe zählen mag: Kay, der die Geschichte über kaum eine Rolle spielt, und der Eisprinz, der Gemahl der Eisprinzessin, zwei Nebenfiguren, denen Gerda auf ihrer Reise durch den Norden begegnet.

Abgesehen davon ist es eine Geschichte über ein Mädchen, das auszieht, den besten Freund zu retten. Und über die vielen Frauen, die ihr dabei helfen.

Das war es, was mich denken ließ: In diesem Stoff steckt alles, was ich brauche.

Nun ist meine Fassung dunkler geworden, denn auch in unserer Welt geschieht noch viel Unrecht, das wir als Kinder nicht so deutlich sehen können wie als Erwachsene. Die Tradition, ob unter Geschichtenerzählern oder anderswo, dass die Frauen vergessen und die Männer erinnert werden, ist bedauerlicherweise noch quicklebendig. Viele der Frauen helfen Greta auch in meiner Geschichte zwar auf ihre Weise, aber alles hat seinen Preis. Insofern ist es in vielerlei Hinsicht das, was man ein Märchen für Erwachsene nennt. An dem sicher auch Kinder Freude haben könnten, denn ohnehin können Kinder viel mehr, als wir so denken. Solange wir diesen Planeten für sie erhalten, werden sie voller Kraft und Mut ihren Weg gehen.

Wie Gerda.

Wie Greta.

Wie die Schneekönigin.

DANKSAGUNG

Beatrice Lampe
Thérèse Coen
Angela Kuepper
Isabelle Hirtz
Berit Böhm
Kathrin Bücherl
Samantha Bublak
Katharina Schleicher
Christian Handel
Marion Gymnich
Charlotte Lungstrass-Kapfer
Eliana Berger
Lisa Pohlers
Lukas Brückner
Bernhard Hennen
Wiebke Rossa und Nicole Geismann
Johannes Herman
Andrea Vetterle
Stefanie Angerer
Allen Mitarbeitenden des Penhaligon-Verlages,
auch den Vertreterinnen und Vertretern

Allen Buchhändlerinnen und Buchhändlern
Ein besonderer Dank an Frau Strauß, Frau Bartok, Herr Mertens und alle Mitarbeitenden der Bonner Filiale von Goethe und Schweitzer für viele schöne Jahre
Stefan Plasa
Verena Koll
Michél Schüler
Mitja Nikolaus
Thomas D. Lee
Karin Surmann-Lehnen
Laura Döing
Eda Engin
Thomas Lehnen
Nils Lehnen
Matthias Lehnen

Autorin:

C. E. Bernard ist das Pseudonym von Christine Lehnen, die 1990 im Ruhrgebiet geboren wurde und seitdem in Kanada, den Vereinigten Staaten, Australien und Paris gelebt hat. Sie studierte die Fächer English Literatures and Cultures und Politikwissenschaft, seit 2014 lehrt sie Literarisches Schreiben an der Universität Bonn. Daneben promoviert sie an der University of Manchester über Neuerzählungen des Trojanisches Krieges, erwandert das Siebengebirge und mentoriert zukünftige Talente für PAN e. V. Ihre Kurzgeschichten wurden mit den Literaturpreisen der Jungen Akademien Europas und der Ruhrfestspiele Recklinghausen ausgezeichnet, ihre Romane waren für den RPC Fantasy Award und den Lovelybooks-Leseraward nominiert. Ihre *Palace-Saga* und die *Wayfarer-Saga* schrieb Christine Lehnen auf Englisch – diese beiden auf Deutsch erschienenen Reihen wurden ins Deutsche zurückübersetzt.